A PERIGOSA ARTE DE SER INVISÍVEL

The dangerous art of blending in
Copyright © 2018 by Angelo Surmelis
Copyright © 2022 by Universo dos Livros

Todos os direitos reservados e protegidos pela Lei 9.610 de 19/02/1998. Nenhuma parte deste livro, sem autorização prévia por escrito da editora, poderá ser reproduzida ou transmitida, sejam quais forem os meios empregados: eletrônicos, mecânicos, fotográficos, gravação ou quaisquer outros.

Diretor editorial
Luis Matos

Gerente editorial
Marcia Batista

Assistentes editoriais
Letícia Nakamura
Raquel F. Abranches

Tradução
Carlos César da Silva

Preparação
Karine Ribeiro

Revisão
Nathalia Ferrarezi
Lorrane Fortunato

Arte e capa
Renato Klisman

Dados Internacionais de Catalogação na Publicação (CIP)
Angélica Ilacqua CRB-8/7057

S953p

    Surmelis, Angelo
       A perigosa arte de ser invisível / Angelo Surmelis ; tradução de Carlos César da Silva. –– São Paulo : Hoo, 2022.
       272 p.

       ISBN 978-85-93911-31-6
       Título original: *The dangerous art of blending in*

       1. Literatura infantojuvenil 2. Homossexualidade masculina – Ficção
       I. Título II. Silva, Carlos César da

22-1516
CDD 028.5

Grupo editorial Universo dos Livros – selo Hoo
Avenida Ordem e Progresso, 157 — 8º andar — Conj. 803
CEP 01141-030 — Barra Funda — São Paulo/SP
Telefone/Fax: (11) 3392-3336
www.universodoslivros.com.br
e-mail: editor@universodoslivros.com.br
Siga-nos no Twitter: @univdoslivros

ADVERTÊNCIA DA EDITORA: ESTE LIVRO CONTÉM CENAS
DE VIOLÊNCIA FÍSICA E PSICOLÓGICA.

ANGELO SURMELIS
FINALISTA DO LAMBDA LITERARY AWARD

A PERIGOSA ARTE DE SER INVISÍVEL

São Paulo
2022

hoo
EDITORA

Para Jennifer, Ed e Judy.

um

Eu devia ter adivinhado que algo estava errado enquanto voltava para casa. Havia carros estacionados por toda a rua. O grupo de estudos bíblicos da minha mãe se reúne às quartas-feiras. Hoje é terça.

Abro a porta da frente bem devagar.

— Que o demônio da luxúria e da desobediência seja expurgado da casca pecaminosa dele.

Minha mãe está na sala de estar, em um círculo de pessoas da igreja e o pastor Kiriaditis. Velas cintilam ao redor deles enquanto oram. Vejo uma foto minha sobre a mesa de centro no meio do círculo. Por sorte, eles não me avistam.

— Nós expulsamos a fortaleza do diabo do corpo dele. Oramos para que Deus derrame Sua misericórdia na alma corrompida desse garoto. Amém.

Cadê meu pai? Por que ele nunca está em casa quando essas merdas acontecem?

Ouço conversas mais normais, o que indica que eles estão sossegando.

— Como posso te agradecer, pastor? — diz minha mãe. — Eu não poderia estar mais grata pela sua ajuda. Vamos orar para que ele fique na graça do Senhor. Ele é um menino desobediente.

Fecho os olhos e me forço a me acalmar. Em silêncio, atravesso o corredor até meu quarto, mas continuo escutando. Minha mãe agradece a todos mais uma vez e os conduz à sala de jantar para comerem torta de espinafre e doces gregos. Nada impede nossa família de comer.

Entro no quarto sorrateiramente. Aqui, cercado por minhas coisas, me sinto seguro. Com o papel de parede e o revestimento de madeira que instalei durante as férias de dezembro do ano passado, tentei dar um pouco de personalidade ao meu quartinho em uma das muitas casas iguais nesta rua. Queria que ficasse parecendo uma biblioteca inglesa antiga.

Mas minha família acha que tudo isso é evidência de que sou estranho. Nada faz sentido para eles. "Por que você não pendura pôsteres de esporte nas paredes, como os outros garotos?" — o que é hilário e irônico, porque ninguém na minha família gosta de nenhum tipo de esporte, exceto quando a Grécia joga na Copa do Mundo ou quando o time grego entra no estádio durante a cerimônia de abertura dos Jogos Olímpicos. É só isso. Sou o único aqui que se interessa ao menos um pouquinho por uma atividade física que não envolva cozinhar ou ir trabalhar, as duas únicas formas de exercício que minha família valoriza.

Então, de volta ao meu quarto. Instalei o máximo de estantes que consegui neste pequeno espaço. Estar cercado por livros e revistas me acalma. Faz o quarto parecer envolto em uma camada de proteção — como se nada nem ninguém pudesse me alcançar aqui.

Olhando ao meu redor, penso: *Preciso falar com Henry*. Ele sempre me tranquiliza. Apesar de que, depois do que vi, eu deveria é ficar na minha. Analiso o quarto. Dá para perceber que alguém mexeu nas minhas coisas.

Meu coração palpita.

Olho para a cômoda, encostada na única parede livre. Coloquei prateleiras acima dela para guardar meus materiais de arte. Minhas caixas, que estavam perfeitamente organizadas — as de cima da cômoda, que guardam os ingressos de cada filme a que já assisti no cinema —, agora estão uma bagunça. Uma delas está aberta e alguns dos ingressos estão espalhados sobre a cômoda. Sempre guardo tudo de volta no lugar, mas é evidente que minha mãe estava procurando algo. Ela acha que escondo drogas no quarto.

Tenho permissão para assistir a filmes ou séries de TV sobre Deus, Jesus ou alguma jornada ou lição espiritual. Todas as outras formas de entretenimento são "obras do demônio, narcisistas, egoístas e só para as garotas e os gays".

Abro a gaveta onde guardo um caderno embaixo da pilha de livros simetricamente arrumada. Folheio as páginas, apressado. Nenhuma está faltando. Suspiro aliviado, mas digo a mim mesmo que devia ter escondido o caderno em um lugar melhor. Devia ter enterrado junto aos outros, fora da casa. Já faz um tempo desde a última missão de procurar-e-destruir da minha mãe. Eu me acostumei demais. Será que esse foi o motivo da reunião de hoje? Pego o celular no bolso e o encaro. Quero mandar mensagem para Henry. Devolvo o aparelho ao bolso e vou para a cama. A ideia era só ficar deitado aqui um pouco, mas estou exausto.

Caio num sono pesado.

dois

— *Evan*. Evan.

Meu pai está inclinado sobre mim.

Estreito os olhos para vê-lo.

— Que horas são?

— Quase cinco.

— Da manhã?

Ele me olha desconfiado.

— É. Quer ir buscar rosquinhas?

Meu pai endireita a postura. Isso é uma coisa nossa. Ele costuma acordar às quatro da manhã e sair no máximo às cinco. O trabalho na padaria começa cedo, e, às vezes, vamos ao Dunkin' Donuts. É irônico que a gente vá a uma rede de rosquinhas quando cozinhar é o trabalho e a vida dele. Sentamo-nos em bancos próximos ao balcão e ele pede um café e uma rosquinha. Eu também peço uma, às vezes duas, e no geral só ficamos em silêncio. Se ele acha que estamos com um pouco mais de dinheiro naquele mês, pede mais uma dúzia para viagem. Depois me leva para casa e vai trabalhar.

Eu me levanto e procuro meus tênis. Adormeci ainda vestido. Confiro o celular e vejo um monte de mensagens de Henry enviadas depois de eu capotar.

Cadê vc?

Em casa?

Passei por aí agora. Que merda é essa? Tá tendo festa, é?

Me liga. Até mais.

Eu devia ter mandado mensagem. Corro para o banheiro e abro a torneira, mas pouco, para não acordar minha mãe. Jogo água no rosto e tento dar uma abaixada no cabelo com as mãos molhadas. Não funciona. Volto sem fazer barulho para o quarto, pego um boné de beisebol e encontro meu pai do lado de fora. Ele já ligou o carro e está apoiado no porta-malas, dando longas tragadas no Marlboro Light e olhando para a casa do outro lado da rua. Com a luz do poste iluminando o rosto, o perfil dele, que já é forte, fica ainda mais proeminente. Eu queria ter herdado a aparência do meu pai. O rosto dele é ousado, com traços angulosos e um nariz reto e grande. Meu rosto parece o da minha mãe.

Ele me ouve abrindo a porta do passageiro e vai até o lado do motorista. Com o cigarro pendurado na boca, fecha a porta devagar. Ele também não quer acordá-la.

— Posso entrar mais tarde no serviço hoje. Quer ir para outro Dunkin' Donuts?

O Dunkin' do bairro fica a menos de dois quilômetros de casa. Daria para ir andando, se quiséssemos.

— Pode ser. Qual?

— Não sei. Vi outro esses dias, enquanto voltava para casa. Fica na direção contrária do que frequentamos. Parece maior.

Maior é um código para melhor. *Mais* também é melhor. *Maior* e *mais* não são coisas que minha família pode custear, então, quando surge a oportunidade de experimentarmos um ou outro — ou, numa ocasião bem rara, ambos —, nós topamos.

A janela do lado do meu pai no carro está aberta pela metade. Ele segura o cigarro para fora quando não está tragando. Ele sabe que a fumaça me deixa zonzo, mas não tenho coragem de dizer que, quando ele abre a janela, o vento só joga a fumaça direto no meu rosto. Passo a maior parte do tempo no carro tentando achar novas maneiras de prender a respiração. Mas não me importo, porque estamos passando um tempo juntos. Um pouco de fumaça e tontura são um preço pequeno a se pagar.

O caminho é silencioso. A estrada é reta. Essa hora é perfeita — tão calma. Até me pergunto se este pode ser o começo de algo novo e melhor.

Pego-me sonhando acordado. Imaginando como seria se tudo em Kalakee, Illinois, começasse a mudar. Meu cabelo ficando liso escorrido. A paisagem plana de repente ficando cercada de montes belos e floridos. Eu conseguindo entrar em um ambiente cheio sem suar todinho de nervosismo. Nada de aula de grego aos fins de semana. Nossa casa, quieta e segura, e eu me sentindo amado.

— Chegamos.

Meu pai joga o cigarro pela janela.

Quando entramos, o lugar está quase vazio, exceto por dois caras. Ambos estão inclinados sobre o balcão no fundo do estabelecimento, sentados lado a lado com a cara enfiada no *Chicago Tribune*.

— Bom dia, Eli. — A atendente atrás do balcão nos dá um sorriso grande e amigável.

É óbvio que meu pai já veio a esta loja sem mim.

Sentamo-nos próximo ao balcão.

— É seu filho? — Com uma mão, ela coloca um copo na frente do meu pai e, sem esforço algum, enche-o de café com a outra.

— Sim. Este é o Evan. Apelido de Evangelos, mas ele prefere Evan. — Meu pai me dá batidinhas na cabeça, como se eu tivesse cinco anos.

Sorrio para a atendente. Ela tem um rosto largo e amistoso.

— A beleza deve ser de família — ela diz enquanto procura um copo para mim. — Meu nome é Linda. Apelido de Linda mesmo.

Meu pai diz:

— Ele não vai beber café.

— Muito prazer, Linda.

Quero café, sim. Quero muito café.

Inclinada sobre o balcão, Linda nos observa e pergunta:

— O que os rapazes vão querer hoje?

— Eu vou querer uma rosquinha trançada e o Evan vai querer uma com cobertura de chocolate.

Meu pai me espia para ver se acertou.

É o que sempre peço. Sou conhecido por comer pelo menos meia dúzia de uma só vez. É de se esperar que eu fosse maior, mas minha teoria é que a energia do nervosismo, que me esforço tanto para esconder, mantém meu metabolismo acelerado.

Linda sai para buscar nosso pedido. Meu pai bebe o café e encara o expositor de rosquinhas à nossa frente.

— Dormiu bem? — pergunta ele.

— Sim.

Não falo dos pesadelos. As intenções do meu pai são boas, mas ele não quer ouvir sobre essas coisas. O que ele quer ouvir é: "eu dormi bem".

— Não te acordamos para jantar ontem porque achamos que estava exausto. Você deve estar morrendo de fome. Quer beber o quê? — Antes mesmo de eu responder, ele se vira para Linda. — Querida, pega outra rosquinha para o menino, e ele vai querer um copo de leite também.

Com esse monte de açúcar, vou estar bem agitado nas primeiras aulas do dia.

— Aqui está. — Linda coloca as rosquinhas e o leite sobre o balcão, retirando-se.

— Fiquei sabendo o que aconteceu ontem — meu pai diz de boca cheia. Ele toma um gole do café e faz sinal para pedir mais.

— O que você ouviu?

— Que algumas pessoas da igreja foram lá em casa.

Bem agora que estou prestes a dar uma mordida na cobertura de chocolate. A mordida mais importante — a primeira. A que define o tom de todo o restante da experiência da rosquinha.

Paro. Deixando o café da manhã de lado, eu me viro para fitá-lo. Esse é um movimento bem calculado. Quero que ele saiba que vou dizer algo importante.

— Pai, eles acham que eu tenho um demônio no corpo. Isso parece normal para você?

— Ah, vai, não seja tão dramático. Eles só estavam orando por você. Não tem nada de errado nisso.

Repito a pergunta.

— Você acha que eu tenho demônios no corpo?

— Parece que não tem mais. — Ele ri.

Ainda não dei nem uma mordida na rosquinha. Será que ele não reparou? Ninguém ama rosquinhas mais do que eu.

— Não é engraçado. Ela torna difícil eu tentar levar uma vida normal. — Quando ele não responde, acrescento: — Ah, e eu tenho pesadelos. Não durmo bem.

— Evan. Come.

Dou uma mordida e respondo com a boca cheia:

— É ela que cria esse drama todo. O que aconteceu foi, ou melhor, *é…*

— Evan. — Meu pai me encara. — Esquece isso. Vai passar.

— Não vai! — E completo, sussurrando: — Ela sempre dá um jeito de se safar.

Agora estou bravo com meu pai. Decepcionado. É fácil ter raiva dela, mas eu esperava mais dele.

— Seu amigo perguntou muito de você enquanto você estava no acampamento da igreja.

Mudando de assunto assim, do nada.

— Henry?

— Ele passou lá em casa. Eu estava do lado de fora, consertando o carro.

— Ele sabe que celulares não são permitidos lá, senão…

— Ele só queria ver como você estava. Saber se você tinha dado notícias para nós.

— Vou encontrar com ele hoje.

Meu pai assente.

— Sua mãe acha… na verdade, *nós* achamos que o acampamento da igreja foi uma boa mudança este ano.

— Eu podia ter ido acampar com a família do Henry em Wisconsin de novo.

— Quem sabe no ano que vem. — Ele se vira. — Linda, vamos querer uma dúzia para viagem. Coloca seis com cobertura de chocolate, três trançadas e o Evan vai escolher o resto. — Meu pai tira do bolso um maço de notas e o entrega para mim. — Paga ela. Vou esperar lá fora.

— Qual é a desse dinheiro todo?

— Fui ao banco ontem. Não vamos mais usar os cartões de crédito por enquanto. Só em emergências.

Ele sai, acende um cigarro e se apoia no carro. O outono ainda não chegou, mas meu pai está vestido como se a estação já tivesse começado. Está usando um suéter tricotado bege de gola alta e calça de sarja bem apertada. É uma combinação que fica boa nele, mas me envergonha. Algumas professoras já me disseram que meu pai é atraente, de um jeito bastante inapropriado.

— Aqui está, Evan. Para os três sabores que sobraram, escolhi alguns dos meus preferidos, se estiver tudo bem por você. — Linda me entrega a caixa de rosquinhas. — Quantos anos você tem, querido?

— Dezessete. Faço dezoito em outubro. Quero comprar um carro logo.

Por que eu disse isso? Linda não parece se importar com meus planos. O açúcar está começando a fazer efeito e estou embolando as palavras.

— Você tem namorada? — pergunta ela com aquele sorriso largo. — Aposto que tem. E ela deve ser uma belezinha.

Fico vermelho, dou o dinheiro para ela e saio.

Quando estamos saindo com o carro, digo para o meu pai:

— Por que você aguenta ela?

Arrependo-me das palavras assim que saem da minha boca. Ele não tira os olhos da rua.

— Você sabe que a vida dela foi difícil, mas tem muita coisa que você não sabe. A infância da sua mãe na Grécia foi complicada.

Geralmente eu assinto e finjo que entendo. Mas não é verdade. Como alguém que teve uma vida difícil pode querer dificultar ainda mais a vida do próprio filho?

— Não tem motivo para ela fazer o que faz. Estou ficando velho demais para apanhar, então agora ela me pune com esses joguinhos psicológicos e essa merda toda de oração. Eu não entendo.

— *Evan!* — grita meu pai, ainda olhando para a frente.

— Desculpa.

Sussurro, quase para mim mesmo:

— Você se esqueceu de tudo o que ela fez esses anos todos? *Você se esqueceu do que aconteceu durante toda a minha vida?*

Dá para ver no rosto do meu pai que ele se lembra.

Tenho sete anos. Meu pai sai do apartamento às quatro da manhã para seu primeiro trabalho do dia. Ele fica na padaria até o meio da tarde, volta para tomar um banho rápido e sai para o próximo trabalho, em um restaurante onde cozinha. Às vezes, ele não volta para casa antes das dez da noite.

Hoje, quando chega em casa entre um trabalho e outro, ele me encontra no canto da sala de estar. Encolhido. Tem sangue no meu rosto, escorrendo de algum lugar escondido pelo cabelo. É verão, com a umidade típica do centro-oeste. Não temos ar-condicionado no apartamento, e a mistura de suor e sangue traz uma sensação muito estranha e desconfortável. Estou com medo demais para me levantar e ir para qualquer outro cômodo da casa.

Ele me chama, mas não me mexo. Ele se aproxima e coloca a mão na minha cabeça. Consegue sentir os calombos. Sei que sim. Neste momento, minha mãe sai do quarto e vem para a sala. Prendo a respiração.

Teria sido melhor se ele não tivesse me encontrado aqui, porque agora os dois vão ter de conversar. E, assim que ele sai para o segundo turno, tudo piora. Em geral, ele não diz nada quando essas coisas acontecem. Quero acreditar que, em segredo, ele grita com ela. Mas normalmente é ela quem grita com ele.

Hoje é diferente.

Meu pai tira a mão da minha cabeça. Meu olho esquerdo inchou tanto que não consigo abri-lo. Não vejo nada com ele. Viro-me devagar para ver, com o olho direito, o que está acontecendo. Minha camiseta está ensopada e grudando no meu corpo. Meu pai vai até a minha mãe e a pega pelo braço esquerdo. Dá para notar a força com a qual ele a segura, seus dedos estão, ao mesmo tempo, avermelhados e pálidos.

Eles só se encaram. Ela começa a chorar.

O choro dela não me afeta mais. Parou de ter efeito sobre mim há cerca de um ano.

Ele a puxa para o quarto e fecha a porta, mas consigo ouvi-los perfeitamente. É um apartamento vagabundo, com paredes, janelas e portas ainda mais vagabundas.

— Está tentando matar o menino? É isso que você quer?

Eu nunca o tinha ouvido falar desse jeito.

— Quer que eu chegue em casa e encontre meu filho morto? — A voz dele fica mais alta. Ela está soluçando. Ele continua: — Não sei o que fazer aqui. Não sei o que fazer. Eu não consigo.

— Ele não é uma boa pessoa. Eu não quero ele. Quero que ele vá embora daqui. — Dá para perceber que ela está falando sério. Já ouvi tantas vezes que acredito.

Eu sou ruim?

Tem algo errado comigo?

— Isso não é certo. Isso precisa acabar. Um dia ele não vai sobreviver, e vai ser culpa sua.

Ouço o cansaço em sua voz, mas não quero que ele pare.

Quero que grite com ela.

Que bata nela como ela me bate, me espanca e joga coisas em mim. Mas sei que isso só vai deixá-la mais forte.

Estacionamos na frente de casa. Encaro a caixa de rosquinhas e tiro meu boné de beisebol.

— Evan, só tenta. Por favor.

E não é isso o que eu tenho feito há anos?

Respiro fundo e olho pela janela do passageiro.

— Por que o congelamento nos cartões de crédito?

— As coisas estão meio complicadas agora. Vão reduzir minhas horas no trabalho. Esta casa é muito cara. E tem o seu curso de grego para pagar também.

— Nós não precisávamos ter comprado essas rosquinhas.

— As rosquinhas não são o problema.

Ele estica o braço e bagunça meu cabelo já emaranhado.

— Pai.

Abaixo-me para desviar.

— Tudo bem, não bagunçou seu precioso cabelo. Seria mais fácil se tivéssemos dinheiro para mandar você para uma escola religiosa particular. É difícil balancear os dois mundos.

— Preciso cortar o cabelo. Está ridículo.

O que ele não sabe é o seguinte: *Estou tendo que balancear muitos mundos.*

— Queria ter o cabelo igual ao seu. Olha isso. — Ele aponta para o lado da cabeça, onde o cabelo é mais grosso, e puxa as mechas onduladas o máximo que pode. — Pareço o Larry de *Os Três Patetas*.

Meu pai ama *Os Três Patetas*. É uma das poucas coisas que o fazem gargalhar.

Quando entro em casa, coloco a caixa de rosquinhas sobre a mesa da cozinha e desço as escadas até o banheiro pequeno para tomar um banho. Não quero acordá-la. Normalmente ela só vai dormir umas três ou quatro da manhã, às vezes cinco. O sono dela é mais pesado agora de manhãzinha. É quando me sinto mais seguro. Quero sair e ir para a escola antes de ela acordar.

Pego a mochila e abro a gaveta onde guardei o caderno. Enfio-o na mochila e saio fazendo menos barulho o possível.

três

Ir a pé para a escola é uma das partes de que eu mais gosto no meu dia.
É quando estou sozinho. Posso sonhar pelo caminho todo, na maioria das vezes sem ser interrompido — totalmente em paz. Sonhar acordado é uma daquelas coisas que entra na Lista de Pecados ou na Lista de Preguiças da minha mãe, então aproveito quando posso.

Antes deste verão, meu sonho foi basicamente o mesmo todas as vezes. Meio simples, sem graça e sem um pingo de teor sexual. Se uma pessoa acabasse entrando na minha vida imaginada por acaso, ficaria bastante decepcionada.

A fantasia consiste em morar sozinho, de preferência em uma cidade grande. Quanto maior, melhor. Meus dias livres de estresse, normais. Eu tendo um cabelo melhor, do tipo com o que você não precisa se preocupar. Sabe aqueles caras que só acordam e estão prontos para sair? Eu seria um deles. Tipo o Henry Kimball. Nós podemos jogar tênis por horas e eu termino parecendo o filho da noiva do Frankenstein com o Albert Einstein. E o Henry só fica... bem, ele só fica como o Henry.

Pego o celular e digito uma mensagem para ele:

> Ei. Desculpa não ter respondido antes. Tô indo pra escola. Te vejo lá?

— Panos!

É Jeremy Ludecker. Ele é do tipo que chama as pessoas pelo sobrenome. Vejo-o correndo atrás de mim e consigo ouvir sua respiração ofegante. Devem ser as alergias dele.

— Panos! Sei que você está me ouvindo, Cabelo de Pentelho. Estou perdendo o fôlego. Você sabe que minha asma é uma desgraçada.

Asma, isso. Sempre confundo. Paro e o observo. Ele vem em minha direção até trombar comigo, derrubando nós dois e caindo em cima de mim. Meu celular voa com o impacto. Ele começa a ofegar bem na minha cara, e eu sinto o cheiro de bacon.

— Jeremy. É sempre um prazer. — Tento tirá-lo de cima de mim e não deixar a situação constrangedora. Falho nas duas coisas.

Ele se levanta e estende a mão para mim. Ignoro a ajuda e me coloco de pé, arrumando a mochila e procurando o celular. Antes que eu possa dizer qualquer coisa, ele começa:

— Qual era a dos carros na frente da sua casa ontem? Passei de bicicleta por lá para ver se você queria ir para as trilhas e tinha carros por toda parte. A entrada da sua casa estava uma doideira. Você não estava respondendo às minhas mensagens, e eu ia bater na porta, mas não queria ter que lidar com um monte de gente que não fala minha língua. É sério que você é o único da sua família que consegue se comunicar com o mundo exterior? Porque eu preciso…

Ele sempre soube que meus pais exigem que falemos grego em casa, mas ainda pega no meu pé por causa disso.

— Jeremy, meus pais estavam com visitas no jantar. Não seja babaca. Você não consegue soletrar porra nenhuma e nós fazemos isso em duas línguas. Você foi para as trilhas? Viu algo bom?

Abaixo o olhar para checar meu celular. Nada ainda.

— Foi mal, cara. Não rolou.

As trilhas são vias para bicicletas construídas onde um dia havia campos abertos. Elas são enormes — começam no nosso loteamento, que costumava não ter nada além de terras com fazendas, e seguem por metros e metros. A maior parte da região está vazia, com um ou outro celeiro abandonado caindo aos pedaços, mas, se você seguir o caminho por mais uns vinte e cinco quilômetros, as trilhas levam a fazendas ativas. As pessoas que moram e trabalham lá não gostam que nós, nem ninguém, passemos por lá. Se não tomar cuidado, elas atiram mesmo.

Quero mudar de assunto. Tornei-me especialista em separar meus mundos porque não gosto quando se misturam. Ainda mais agora.

— Acabei indo para o boliche do seu tio — diz Jeremy. — Você sabe que não recuso a maravilha de jogos de graça.

Estou tão desconfortável com esse acordo. Tio Tasos sabe que Jeremy é meu amigo e o deixa jogar boliche e videogame sem precisar pagar. Ele até lhe dá comida de graça. Além do meu pai, acho que meu tio é meu parente favorito, mas talvez seja porque não é meu tio de sangue. O boliche dele tem um restaurante próprio e uma praça de alimentação.

A questão é a seguinte: Jeremy sabe que eu não gosto que ele vá lá sem mim. Não porque sou doido pela companhia dele, mas porque não é uma boa ideia.

Simplesmente não é. Esse papo de mundos colidindo.

— Eu te disse para não ir lá sem mim.

— É uma das vantagens de ser seu amigo, Pentelho. Isso e você fazendo minha lição de artes. Ei!

— Que foi?

— Panos, que tanto você olha para esse caralho de celular?

— Estou só esperando uma...

— É o filho da puta do Kimball, né? Sempre ele. Deu saudades do seu namoradinho enquanto você estava no Acampamento Sagrado Manicômio? — Jeremy ri tanto que a asma ataca.

— É como se você estivesse ficando mais infantil quanto mais velho fica. Idiota.

Nenhuma mensagem do Henry ainda. O que ele está fazendo?

— Se vocês não passassem tanto tempo juntos, talvez você e eu saíssemos mais. Qual é a graça que vocês dois veem em jogar tênis? É um esporte tão chato.

Já estamos quase na entrada da escola, e Jeremy vê Tess Burgeon. Ele grita para ela:

— Burge! Tenho um pirulito para você. É de uva. Vai querer? Quero te ver chupando.

— Que porra é essa, cara?

Ele tem tanta classe, esse Jeremy.

— Eu sei que ela me curte. A Jorgenson também, provavelmente.

— Kris?

— Elas sempre saem juntas, e eu tenho essa impressão.

Dou risada.

— Você está delirando.

— Olha ela aí. Você vai ver.

Jeremy coloca as mãos ao redor da boca e grita:

— Jorgenson!

Kris o vê acenando e vem em nossa direção. Ah, isso vai ser bom.

Jeremy se vira para mim.

— Espera só.

— Estou esperando.

Kris tem um daqueles rostos difíceis de ler. Parece que ela está de bom humor mesmo quando não está sorrindo. Seus olhos castanho-claros são bem separados, e seus cachos volumosos e naturais passam dos ombros. Eles são um pouco loiros e as raízes estão escuras.

— Que foi? — pergunta ela quando chega perto. Fica parada do lado do Jeremy, mais alta do que ele. No momento, sou grato por isso.

Jeremy começa:

— Vamos ser sinceros, Jorgenson. Você e a Burge estão caidinhas por mim.

Sem nem piscar, Kris assente.

— Total.

Jeremy sorri e levanta uma sobrancelha para mim.

— Continue — diz ele.

— Bem, é aquele problema clássico. Duas amigas. Um garoto. Quem ele vai escolher? Sabe como é.

Estou morrendo.

Jeremy coloca a mão sobre o peito.

— Kris, eu não sou do tipo que parte corações, mas você sabe do meu amor pela Burge.

Kris fecha os olhos e respira fundo.

— Ela é minha amiga, e quero que ela seja feliz. Vá falar com ela, Jeremy.

Ele coloca a mão no ombro dela e diz:

— Jorgenson, não morra de saudades de mim.

Depois, ele se vira para mim antes de sair andando.

— Vejo você no almoço. Vamos combinar alguma coisa para hoje à noite. Ah, e um tal de Cage estava lá no seu tio. Ele perguntou de você. Que tipo de nome é Cage?

— É Gaige.

Merda.

Que caralho o Gaige está fazendo aqui?

Kris interrompe meus pensamentos de pânico.

— Sei que sou meio nova aqui, mas como é que vocês dois são amigos?

Dou risada.

— Ele foi uma das primeiras pessoas que conheci quando me mudei para cá com minha família. Não dá para largar mais.

— Deu pra ver. Respeito você demais por aguentá-lo. Às vezes só dá vontade de dar um soco, sabe? — fala Kris, mas está sorrindo.

— Ah, por favor, não faça isso. Você vai quebrá-lo. Na verdade, talvez você devesse mesmo. Acho que seria bom para ele.

— Não é uma boa ideia. Tive problemas na minha antiga escola por todos os motivos errados.

— O quê, violência? — Não estou brincando totalmente.

— Tenho dificuldade em deixar as pessoas saírem impunes das merdas que fazem.

— Como é?

Ela sorri de novo.

— Rumores viram fatos muito rápido. Te vejo mais tarde, Evan.

Enquanto tento assimilar o que ela quer dizer, outro pensamento me vem com tudo. *Como será que é se sentir confortável na própria pele?*

Nossa escola não é espetacular, mas tem algo que eu amo: um pátio. A construção é basicamente um quadrado com um buraco no meio, e nesse buraco está o pátio. Isso significa que o coração da escola é um jardim a céu aberto. Todos os corredores têm portas que levam ao centro.

É para lá que vou para fugir de pessoas como Jeremy e dos meus pais. Às vezes, até de mim mesmo. E, agora, para fugir de Gaige.

Que, pelo visto, está aqui.

Na minha cidade. Onde moro. Onde meus pais moram.

O sr. Overstreet, zelador e jardineiro, está lá mexendo nas plantas. Uma lixeira enorme segura a porta do corredor norte. Entro, abaixo-me e vou até a plantação do lado oeste, onde tem grama alta e florezinhas azuis que estão crescendo. Deito-me sobre elas e olho para o céu azul.

É engraçado como nos acostumamos tanto com o inverno que até esquecemos que existem outras estações.

Fecho os olhos.

Respiro.

O pátio ficou fechado durante o ano passado inteiro. Ninguém podia entrar nele porque Lonny Cho, Scott Sullivan e Gabe Jimenez foram pegos em flagrante lá à noite com alguns outros alunos do River Park High. Os zeladores encontraram camisinhas, bitucas de cigarro e garrafas de cerveja. Foi uma confusão só. Maior do que deveria ter sido, a meu ver. Quer dizer, pelo menos usaram camisinhas. Os garotos da minha escola foram suspensos, e o pátio ficou fechado por um ano inteiro.

Pego meu caderno e abro na primeira folha em branco. Com uma caneta, começo a fazer um esboço do jardim — não exatamente do jeito que é, mas como o vejo em minha mente. Meu celular vibra. É Henry.

Acabei de ver. Tô atrasado hj. A gente se fala dps da aula? Blz

Continuo a desenhar. O jardim está fora de controle de tão crescido. As plantas e as flores estão mais altas do que o normal e, em certo ponto, começam a se entrelaçar — quase como se estivessem formando pontes. Dosséis. Encaro o esboço. *Rumores viram fatos muito rápido*. Hmmm. E se Gaige estiver aqui para me expor? Minha respiração começa a acelerar.

Talvez eu queira que descubram sobre mim. Talvez seja hora de eu me meter em encrenca por algo real.

Não.

Agora não.

Vou para a primeira aula do dia, de inglês. É uma matéria tranquila; consigo fazer a lição sem ser muito interrompido. A professora, sra. Lynwood, não força uma conexão com os alunos, então eu meio que passo despercebido. Esse é basicamente meu objetivo na escola. *Não chamar atenção*.

Estou um pouco atrasado, então pego um atalho pelo refeitório, apesar de que não devemos entrar aqui durante o período de aulas. O lugar está vazio, exceto por Tommy Goliski, que caminha na direção oposta à minha.

Ótimo.

Tommy é o cara que você não quer que te note, a menos que você seja do grupinho dele ou um atleta incrível — e eu não sou nenhum dos dois. Ele não tem muita paciência para quem não se encaixa nesses critérios.

Passei todo o ensino médio criando um ar de insignificância. Abaixo a cabeça e continuo andando.

— Evan Panos. — Ele para bem na minha frente.

Olho para ele e devo estar com a cara de alguém que acabou de ser escolhido aleatoriamente para cantar o hino nacional em um jogo de beisebol. Tipo *"Ei, você aí na última fileira da arquibancada. Isso, você, com a camiseta listrada e a bermuda cáqui. Por favor, desça aqui no campo e cante o hino nacional diante de toda essa multidão!"*.

É essa cara que estou fazendo, porque em que planeta Tommy Goliski sabe meu nome?

— Sei que você está atrasado, mas isso é importante. Quero te ajudar. Salvar você, na verdade.

Tento manter a expressão neutra de quem está ouvindo, apesar de não ter a mínima ideia do que ele está falando. Por que está todo mundo tentando "me salvar"? Será que Tommy vai fazer algum tipo de exorcismo bobo de nerd?

— Sabe, você poderia ser um cara legal. Talvez. — Ele dá uma passada de olho rápida por mim. — O potencial está aí, eu acho, mas você precisa de um tipo de personalidade. Provavelmente de algumas outras coisas também. — Continuo a encará-lo sem entender, o que só reforça a intenção dele. — Acho que posso ajudar você. Com isso aqui. — Ele aponta para mim como se eu fosse alguma opção de prato que ele está alterando no refeitório antes de colocar na bandeja.

O que está acontecendo?

— Quer minha ajuda? Quer parar de ser um zé-ninguém?

Não sei o que responder.

— Eu vou mesmo me atrasar — murmuro.

— Ninguém te entende, cara. Você é inteligente? Burro? Gay? Você sequer tem algum interesse? Até suas roupas são tipo… sei lá? Elas não dizem nada sobre você.

Enrijeço.

— Não vai falar nada? — continua ele. Estou envergonhado e irritado, quase na mesma medida. Mas estou pendendo mais para irritado. — Sabe, não é como se você fosse feio, não é bem isso. É que você é meio… — Ele dá um passo para trás e balança a cabeça. — Que merda, esse cabelo seria a primeira coisa que eu mudaria. — Ele dá uma risada aguda, o que é estranho para um cara tão grande.

Tommy caminha até a saída.

— Além disso, eu te mandaria para a academia. Você parece uma pinça. Com cabelo zoado. — Agora ele está gargalhando mesmo, praticamente se contorcendo.

Cuzão. Quero revidar, mas fico na minha. Tenho medo do que posso fazer com ele.

quatro

Entro na sala da sra. Lynwood. Por sorte, sento-me no fundo. Fácil de entrar e fácil de sair. É parte da minha identidade não ter identidade. Tess Burgeon se senta bem na minha frente. A parte de trás da cabeça dela tem tanto brilho. Quer dizer, o cabelo dela. É perfeitamente liso e me deixa meio admirado — é tão claro e reluzente, com tons sutis de vermelho.

Reparo por tempo demais. Em qualquer ambiente, cada coisinha sobre uma pessoa, um lugar ou alguma outra coisa me parece ser um sinal, como se tudo estivesse tentando se comunicar comigo. Por isso eu amo lugares bem organizados e ajeitados. Há menos barulho neles, e minha cabeça parece ficar mais calma.

— Senhorita Burgeon, você pode entregar a devolutiva dos contos?

A sra. Lynwood aponta para uma pilha de papéis sobre sua mesa. Ela sempre pede que nós escrevamos à mão, com caneta preta. Isso irrita quase todo mundo na sala. A maioria quer escrever no notebook e mandar o texto feito por e-mail, mas a professora insiste que trabalhemos com algo que dê para segurar, fazer anotações e virar as páginas. Eu não me importo. Na verdade, até prefiro. Ter uma caneta ou um lápis na mão ajuda a me concentrar quando escrevo, desenho ou faço algum esboço. De uns tempos para cá, desde que voltei do acampamento, parece que tudo na minha cabeça tem se perdido, como fumaça escapando por uma janela em direção ao céu, bem longe, deixando espaço para coisas que quero absorver. Acho que quero experiências novas. Lembranças novas, não as que recebi dos outros. Usar lápis e papel para anotar, desenhar e escrever é outra oportunidade de me dar algo novo. Algo bom.

A sra. Lynwood fica atrás da mesa com as mãos na cintura. Não de um jeito *estou prestes a fazer um discurso sobre minha vida para ensinar algo para vocês*, mas mais de uma forma decepcionada.

Tess se aproxima da minha carteira, coloca meu conto sobre ela e sussurra:

— Fala para o seu amiguinho babaca me deixar em paz.

Não estou totalmente surpreso. Todo mundo conseguiria entender o motivo de ela dizer isso. Jeremy pode ser um idiota, mas tem bondade nele também. Eu já vi. Acho que gosta mesmo da Tess, e pensei que ela gostasse dele também. Ela me faz perguntas sobre ele o tempo todo, como: "O que você e Jeremy fizeram ontem à noite?" e "Vocês vão para a festa do Lonny?". Será que interpretei as coisas errado?

— A lição que espero que vocês tirem desses contos é que não há um jeito certo e um jeito errado de escrevê-los — diz a sra. Lynwood. — Mas a maioria de vocês foi pela abordagem do que pensou que eu *queria* ler.

Todos olhamos para ela sem dizer nada.

— Por isso, não vou dar notas, porque não acho que vocês fizeram o trabalho que deveriam ter feito. Vou dar a vocês a chance de reescreverem suas histórias. Podem usar o restante da semana e o fim de semana para isso. Vou pegar de volta na segunda-feira.

Ninguém fica feliz com isso, incluindo eu mesmo. Não sei quando vou ter tempo de escrever outra coisa. Eu trabalho neste fim de semana, no domingo vai ter almoço para o pessoal da igreja em casa, e eu preciso me inscrever na aula de grego, que faço desde que tinha sete anos.

Em geral, estou correndo para fazer coisas diferentes para agradar pessoas diferentes. Pergunto-me o que aconteceria se eu só passasse tempo fazendo o que interessa a mim.

cinco

Minha mãe está me ligando.

Deixo cair na caixa postal.

É evidente que minha mãe não nasceu em Kalakee. O sotaque dela é carregado. Ela mal tem um metro e cinquenta e cinco de altura, mas diz ter quase um metro e sessenta. Seu cabelo é grosso e escuro, e chega até um pouco acima do queixo, com uma onda bem definida. Seu rosto é redondo — grande e bonito — com lábios grossos, olhos escuros e grandes, um nariz avantajado e sobrancelhas perfeitamente arqueadas. Tudo na aparência dela é meticuloso. A única maquiagem que ela usa é um batom sem marca que compra na Walgreen's. Cor: nude.

Quase todo mundo que conhece minha mãe a define como gentil. Legal, até. Ela se esforça bastante para fazer os outros acharem que ela é tranquila, a menos que ela não goste da pessoa. Nesse caso, dificilmente disfarça a antipatia.

Ela trabalha na Duane's Depot, não muito longe de casa. Dá para ir a pé. O avental azul brilhante que ela precisa usar está sempre perfeitamente passado. A identificação de plástico azul com o nome dela está reta sobre o uniforme, e ela arruma as latas de vegetais na prateleira com extrema precisão.

Meu celular recebe uma mensagem nova.

Vou até meu armário e ouço. Ela sussurra em grego:

— *Evan, não se esqueça de cortar o cabelo depois da aula. Vamos receber visitas da igreja no domingo e você não pode estar parecendo uma lésbica. Não gaste o dinheiro que dei para você em nada além do corte. Passe na loja depois para eu ver se está bom.*

Clico em "apagar".

seis

Sempre que a última aula do dia acaba, meu estômago começa a embrulhar.
Só de pensar em voltar para casa.

Henry aparece e diz:

— E aí?

Ele me acompanha enquanto caminho.

— Oi — digo.

— Até que enfim. Faz tempo, hein? — Ele tem um sorriso grande no rosto e seus olhos encaram os meus. Quando o sol bate neles, eles ficam incrivelmente claros.

Não vejo Henry desde antes do acampamento. Ele está diferente. É como se ainda fosse o Henry, mas… puta merda… ele está muito bonito. É como se todas as peças tivessem se encaixado — o corpo dele se desenvolveu. O torso está maior. E evito olhar para seus lábios grossos.

Merda. Pode parar.

— Que cara é essa? Eu não te vejo há meses e essa é a cara que você faz para mim?

— Do que você tá falando, porra? — Estou me concentrando em deixar meu rosto o mais neutro possível.

Henry tem covinhas que ficam evidentes quando sorri. A da direita parece mais alta e mais funda do que a da esquerda. *Por que eu nunca tinha percebido isso antes?* Ele sempre foi tão atrapalhado, principalmente por ser alto — tem quase um metro e noventa. A camiseta dele parece apertada ao redor dos músculos.

Conforme andamos, ele mantém os braços próximos dos meus — nossos ombros se tocando a cada passo. Agora já estamos saindo das dependências da escola. Nunca tinha me sentido tão desconfortável perto dele, mas agora minha boca está seca e minhas mãos suam.

Por sorte, Henry parece não notar.

— Mandei umas quatro mensagens ontem. O que você estava fazendo? Depois da aula?

Ah, o de sempre… tentando não irritar minha mãe e evitando você (o que é a última coisa que eu quero) porque não sei o que dizer depois do acampamento da igreja e… Gaige.

— Só lição e coisas de família mesmo. Sabe como é. E você? Como foi seu verão?

— Só joguei tênis. Tênis de manhã. Tarde. Noite. Caralho. Eu treinei, malhei, nadei. Essa bolsa de estudos está virando um trabalho de período integral.

— Mas é boa, né?

— Acho que sim. Vai pagar a maior parte da faculdade, mas sei lá.

— O quê?

— Ev, é entediante. Quero saber de você.

— Mesma coisa também. Tá vendo só o que acontece quando não nos vemos?

— Você foi o babaca que foi embora. Eu tinha vários planos para nós.

— Tipo o quê?

— Agora não importa mais. Você foi embora e eu me transformei em um zumbi do tênis que vaga pelas ruas à noite com uma raquete, faminto por… — Henry começa a rir.

— O que foi?

Ele tenta se recompor.

— Ai, eu ia tentar fazer uma referência a tênis. *Faminto por… bolas.* — Ele dá outra gargalhada. — É bobo, eu sei. Mas mesmo assim…

— Então isso é o que acontece quando eu deixo você sozinho. Você vira o Jeremy.

— Ah, para!

— Vai, se recupera aí e me conta os planos incríveis do Kimball. Você nunca faz planos.

— Ah, eu planejo, sim. Eu faço planos para os planos. Rio.

— Mentiroso!

— Essa risada feia. Ev, que vergonha. Para você, quer dizer.

— Vai se foder. Você sabe que ama de paixão.

— *Argh!* Você sabe que eu odeio essa palavra.

— Falando em paixão, como está a Amanda? — pergunto casualmente.

— Ela não gosta de suar. — Agora, Henry fica mais sério. — Inclusive, terminamos.

Respira, Evan.

— Sinto muito. — Mas não sinto, não.

— Relaxa. Tô de boa. — Ele muda o tom. — Mas conta aí. Como foi no acampamento? Se sente mais sagrado?

— Foi ok. — Estou me esforçando para soar casual.

— O quê?

— Nada.

— Ev, você está todo…

— Não. Foi bom. Só longo demais. Foi um verão bem demorado.

— Temos que botar o papo em dia. Preciso treinar agora à tarde. Topa uma partida? É bom jogarmos antes que o clima mude.

— Não dá. Preciso ir cortar o cabelo, depois fazer lição…

— Corta o cabelo outro dia. Fica mais bonito assim, maior. Tipo a Taylor Swift antigamente. Se a Taylor Swift tivesse cabelo castanho e fosse um garoto grego.

— Uhm, não sei dizer se isso é um elogio…

— Ev. Por favor. Não nos vimos durante o verão inteiro.

— Preciso cortar por causa do trabalho — minto. Meu chefe nunca falou nada sobre o comprimento do meu cabelo. — Eles não gostam que você tenha cabelo longo para trabalhar em um empório.

— Conseguiu aquele trabalho?

— Sim. Ajudou o fato de eu ter feito a inscrição logo antes de ir para o acampamento.

— Legal. Melhor do que ter que usar uma touca. E no fim de semana? Podemos fazer alguma coisa? Por que estou implorando? Isso não é legal. — Henry segue em direção ao ônibus, porque não dá para ir a pé para a casa dele. Ele mora mais perto do velho mosteiro que encontrei uma vez andando de bicicleta. Nunca contei para ele.

Quando chega mais perto do ônibus, Henry se vira e grita:

— Ev, não corta muito curtinho!

Sinto meu rosto ficar vermelho como um tomate. Sem perceber, passo a mão no cabelo, imaginando-o visto pelos olhos dele. Quando reparo no que estou fazendo, tiro a mão imediatamente e ando na direção oposta, para o centro da cidade.

Cortar o cabelo é uma das coisas que prefiro fazer o mais rápido possível — com pouca conversa e ainda menos olhadas no espelho. Sempre odeio o momento em que te giram na cadeira para ver o resultado. Você precisa olhar. Tipo, olhar mesmo. O que eles esperam que você veja? Não é como se eu automaticamente fosse me tornar uma versão mais incrível de mim mesmo. O reflexo mostra apenas a mim, só que com cabelo mais curto. Mas ainda sou eu.

Passo pelas mesmas lojas da cidade pelas quais já passei centenas de vezes, olhando e criando histórias sobre as pessoas que vejo lá dentro. Sempre imagino que a vida de todo mundo é melhor do que a minha. Tem que ser. Quero que seja.

Atravesso a rua quando me aproximo da loja de presentes. Roubei uma caixa de joias de lá aos oito anos. Minha mãe a estava querendo havia tanto tempo... ficava falando sobre o quanto significaria para ela ter *uma coisa tão bonita assim*. Quando ela abriu o embrulho na manhã de Natal, gritou, deu pulinhos, me abraçou e me beijou.

Ela ficou tão feliz.

Por um momento, foi como se todos os cacos dentro de mim tivessem se juntado.

Ela nunca perguntou como um garoto de oito anos teria dinheiro para comprar aquilo.

Mas, por algumas horas, foi como se ela me amasse.

Ainda tenho medo de que me descubram toda vez que passo pela loja.

O corte não ficou ruim. Na verdade, ficou até bom. Caminho até a Duane's Depot todo confiante. Acho que minha mãe vai aprovar desta vez.

A loja não tem a classe de uma Target nem é barata como uma loja de 1,99. Os produtos vendidos são os mesmos, mas não com o mesmo estilo ou preços baixos. Nunca entendi como ainda está aberta, principalmente quando tem uma Target de verdade a menos de vinte e cinco quilômetros daqui.

Entro na Depot e sou imediatamente recebido por Patty. Ela é a "tia Dilly" da Duane, o que aqui significa a pessoa que cumprimenta os clientes. Não vejo Patty com frequência, mas, quando acontece, é sempre como se ela estivesse me vendo pela primeira vez.

— Como vai, Evan? Veio ver a mamãe? Eu amo aquela mulher. Nunca tem nada de ruim para falar de ninguém. Dia desses ela fez *baklava* para todo mundo aqui. A gente não se aguentou com o quanto ele estava molhadinho, macio e delicioso. Você e seu pai são homens de sorte.

Patty é do centro-oeste, nascida e criada, mas, por algum motivo, ela fala como se tivesse crescido em alguma parte do sul de que ninguém nunca ouviu falar — como se fosse uma atriz fazendo o sotaque sulista mais exagerado possível.

Minha mãe é uma especialista em fazer todo mundo que não é da família próxima se apaixonar por ela. A menos que ela te ache "tão perverso" que nem se dê ao trabalho de fingir. Ninguém nunca suspeita maldade nenhuma nela. Ela poderia estripar e assassinar as pessoas de toda uma rua aqui da cidade e, mesmo assim, júri nenhum acreditaria que uma senhora pequena e de olhar inocente seria capaz de fazer algo assim.

— Vim vê-la mesmo. Como você está, Patty?

— Docinha feito ameixa. Colocamos aqueles copos com desenho de laranja com um desconto bacana. Agora que o verão acabou, começamos a vender uns com folhas amarelas para representar o outono. Folhas! Uma fofura, né, não? As laranjas estão por cinquenta centavos. Ouviu só, menino? Cinquenta centavos!

Estou parado a menos de trinta centímetros dela. Não tem a menor possibilidade de eu não ter ouvido o que ela disse.

— Que incrível. Você sabe onde minha mãe está?

— Tá lá no fundo, no departamento de roupas masculinas. É sempre bom te ver, lindinho. Amei o corte de cabelo!

Vou em direção ao fundo da loja e digo:

— Espero que consiga levar um dos copos.

Não consigo evitar. Por que não consigo parar de falar? É como se eu tivesse algum distúrbio. Sempre Ser Legal e Preencher *Todos os Silêncios*.

— Já comprei, querido.

E, então, avisto minha mãe. Prendo a respiração quando me aproximo dela.

— Oi, mãe.

Ela se vira para me olhar. Dá um sorriso. Tudo certo por enquanto. Ela inspeciona minha cabeça.

— Vira — manda ela, e passa os dedos pela parte de trás do meu cabelo.

— Mãe, aqui não — sussurro.

Fico morrendo de vergonha de alguém ver. Já é ruim demais eu ter precisado vir até aqui para mostrar o corte e ver se ela o aprova. Uma ou duas vezes, ela já tirou mechas da minha cabeça depois de eu ter recebido um corte profissional, porque não estava à altura do padrão dela. Este é o primeiro ano que me deixa cortar fora de casa. Dizia que o motivo de ela mesma cortar meu cabelo era para economizar dinheiro — o que provavelmente é verdade, até certo ponto —, mas também dizia que não queria que eu fizesse aquele *corte de garotas, porque isso agradaria ao diabo.*

— Ficou bom. Ele fez um bom trabalho. Está curto. Bem a tempo do curso de grego. Não quero que você vá para lá com cabelo longo. Seria uma vergonha — diz ela, semicerrando os olhos e analisando meu rosto. E, então, franze o cenho.

— O que foi?

Merda.

Nunca termina completamente bem. Ela nunca consegue acabar um diálogo com um comentário positivo.

— É melhor você dormir com um pano no nariz. Principalmente quando estiver com o cabelo curto. Acentua as narinas largas. Dá para perceber melhor agora que você está ficando mais velho. Tudo está crescendo, incluindo seu nariz, que já é bem grande. — Ela se vira e continua a dobrar os coletes de suéter.

Isso aqui.

Essa "virada". A mera sombra de um elogio, uma migalha de gentileza ou um borrão de amor têm que ser balanceados com um pouco de "verdade".

Ela ainda está de costas para mim.

— Eu dormia com um quando tinha sua idade. O nariz nunca para de crescer. Precisa controlá-lo. Não é bonito. Se eu tivesse dinheiro, faria uma plástica. Só sua família vai dizer a verdade na sua cara. As mentiras embelezadas que você quer ouvir só vêm de desconhecidos que não podem amar você.

Gaige disse que amava meu nariz. Que me dava personalidade. Que combinava com meu rosto.

Agora minha mãe se vira e olha para mim.

— Talvez você tenha a oportunidade de ganhar dinheiro um dia. Se tiver, nós dois poderíamos fazer plástica. Agora, vá para casa e coma. Não se esqueça de domingo. Sua tia Lena e o tio Tasos vão lá para casa. Dou testemunho para eles dois, e sua tia está quase lá. Tasos, bem.... ele é do mundo. O Senhor está agindo nela. Seria um milagre se uma das minhas irmãs encontrasse o Senhor. — O sorriso dela some. — Você deixou o gay te tocar?

De cara, acho que ela de fato leu minha mente. Congelo.

Ela não parece notar e se vira de novo. Agora, está dobrando suéteres.

— Ele te tocou enquanto cortava seu cabelo?

E, então, expiro. É claro. *O gay*. Qualquer homem que faça um trabalho que minha mãe julgue ser coisa de mulher deve ser gay.

— Mãe, ele não fez nada diss...

— Tem que tomar cuidado. Esses homens são predadores. — Ela continua a dobrar as roupas.

Como é que ela faz isso? Ir de falar do meu cabelo para algo tão mais... alarmante.

— Ele só fez o trabalho dele.

— Você sabe que me preocupo com você. Com o que é melhor para você.

Sinto-me zonzo. Talvez seja pela maneira como ela pulou tão rápido de um assunto para o outro. Consigo vê-la, ouvi-la, mas é como se eu estivesse debaixo d'água. Minha mão direita fica dormente, e a sensação sobe pelo braço.

— Vá direto para casa. Nada de aventuras nem de sonhar acordado.

Volto a pé para casa, atordoado, evitando qualquer reflexo de mim mesmo e indo direto para o meu quarto.

sete

Nós três estamos sentados na sala de jantar. Meu pai está enfiando o garfo na boca como se não visse comida há dias. Para um homem que trabalha perto de comida o dia todo, ele sempre volta para casa com fome. Minha mãe corta o frango no prato dela com calma.

— Amanhã, depois do trabalho, preciso que você me ajude com meu cabelo — diz ela, olhando para mim.

— Mãe, preciso fazer lição.

— Você pode fazer os dois. Preciso deixar essa onda mais solta. Quero que ele já esteja ajeitado até domingo, quando todo mundo vier para cá. Não alcanço a parte de trás.

— Esse tipo de coisa leva tempo. — Enfio com tudo minhas batatas no molho. Essa é uma das muitas vezes em que eu queria não ser filho único, para ter mais alguém que pudesse tirar o foco de mim.

— Não me diga como é. Você vai me ajudar com meu cabelo e pronto. Seu pai tem dois trabalhos. Ele se mata por você, e você não consegue fazer uma coisa simples dessa.

Encaro minha comida e digo, praticamente sussurrando:

— Mãe, isso não é trabalho para duas pessoas. Tenho coisas a fazer e você pode ir ao salão para…

Sinto os olhos dela em mim. Ela fala com o queixo meio travado, dando a entender que está se referindo a algo mais do que só cabelo:

— Você é uma péssima pessoa e um filho ainda pior. Sabe que o dinheiro está curto. Seu pai contou que reduziram as horas dele no restaurante?

Meu pai ainda está comendo, de cabeça baixa. *Obrigado por interromper a discussão e tentar resolver essa loucura toda, pai.*

Com o garfo, arrumo a comida no meu prato e murmuro:

— Que novidade.

— O que foi que você disse para mim?

Meu pai fala, até que enfim:

— Voula. Vamos só comer. — Ele se vira para mim. — Gostei do cabelo.

Ela aperta minha orelha esquerda. Eu congelo. A mão dela vai da parte de baixo da minha orelha para a lateral e volta para a parte de baixo. Ela pressiona os dedos e faz força para baixo.

Mantenho a cabeça baixa.

Não chora.

Respira.

Ela fala, entre respiros curtos, calmos e calculados:

— Por que ele é tão sem educação? — Ela olha para meu pai.

— Voula. Por favor. Para.

— Você devia se enfurecer. Ele não é uma boa pessoa, esse seu filho. — Quando termina de dizer a última palavra, ela dá outro puxão na minha orelha e depois a solta.

A força me faz bater o rosto na quina da mesa. De alguma forma, consigo mover minha cabeça para perto do peito, o bastante para que meu nariz desvie da superfície da mesa e minha testa assuma todo o impacto. Levanto a cabeça de novo. Ai, rápido demais. Estou literalmente vendo estrelas. Pisco muitas vezes e olho para o lado, só para vê-la cortando o frango toda tranquila de novo. Tento focar a visão em meu pai. Ele está olhando direto para mim, paralisado. Dá para notar que está incomodado, mas não faz nada. *Por quê? Por que você não diz nada, pai?* Talvez todos nós estejamos tão acostumados com essa rotina que só aceitamos e cumprimos nossos respectivos papéis.

— Evan? Tudo bem?

Minha cabeça parece estar debaixo d'água. Sinto algo quente escorrer pelo meu rosto.

— Vou pegar gelo. — Meu pai começa a afastar a cadeira para se levantar.

— Senta, Eli. — Ela ainda está mexendo na comida.

— Voula, isso já é demais.

Pego o guardanapo e o levo para minha testa. Sangue. Saio da mesa e vou até a cozinha para pegar gelo e um papel-toalha. Inclino-me e olho para o meu reflexo na torradeira, depois chego mais perto. Não é muito sangue. Parece ter sido um único corte, mas com certeza vai deixar marca. Agora a dor começa.

— Não terminamos a janta. Volta aqui e senta de novo. — A boca dela está cheia, e eu consigo ouvi-la colocando o garfo e a faca sobre o prato. Depois de qualquer tipo de violência, meus sentidos ficam em alerta. Cada coisinha se intensifica. Praticamente consigo ouvi-la respirando do outro cômodo.

Quando volto para a sala de jantar, ouço meu pai dizer:

— Vee. Já chega.

— Não me diga o que...

— Não!

— Você não vê o que eu vejo. Olha para ele. Olha de verdade.

— Só vejo nosso filho.

Sento-me de volta à mesa. Ela vira o rosto para o meu.

— Pensei que este ano, com o acampamento da igreja, seria o momento em que Deus chegaria até você. Até Ele desistiu.

Olhando para baixo, murmuro:

— Mãe, eu não...

O rosto dela se aproxima do meu.

— Você voltou parecendo ainda mais gay. O jeito que você anda. Fala. Suas roupas. Essa obsessão com o cabelo.

Fecho os olhos. A voz dela começa a ficar mais alta conforme continua:

— É o mundo de Satã. Os gays se casam, têm filhos, homens são mulheres, mulheres são homens. Você quer essa maldade toda para o seu filho? Você deveria me ajudar. Precisamos protegê-lo.

— Voula, os tempos são outros.

— Pedi a ajuda do pastor. Mas tenho que fazer tudo sozinha. Trabalho, limpo, cozinho e ainda assim estou tentando salvar isso aqui. Esse depravado — diz ela, e cospe três vezes em minha direção. — Estou tentando salvá-lo dele mesmo e desse estilo de vida.

— Vee. Querida. — Agora ele está quase implorando. — Por favor, vamos só jantar em paz.

— Que foi? Você é um *pousti* também? — O tom de acusação na voz dela é cruel. A palavra *pousti* em grego é gíria para gay, e não de um jeito bom e compreensivo.

— Voula!

Eu o ouço se levantar. Pego meu papel-toalha cheio de gelo, coloco sobre a testa e saio da sala de jantar. Ouço meu pai subindo as escadas na mesma hora que a sinto se aproximando de mim. Dou um pulo para o lado e ela bate com tudo na porta de vidro da cozinha que leva ao quintal. Atira o prato em que estava comendo, espatifando-o na porta. Cacos se espalham por todo o chão. Ela se vira para mim, furiosa.

— Você é um *pousti*! Um *pousti* maligno! — Minha mãe avança em minha direção com o que sobrou do prato. Caio para trás e ela vem para cima de mim. Ela bate em qualquer parte do meu corpo que consegue alcançar enquanto tento arrancar da mão dela o que restou do prato.

Ela raspa um caco no meu braço, e dói.

— Mãe!

Merda. Agora meu braço sangra também.

Meu pai aparece e tenta tirá-la de cima de mim. Eu não espero para começar a cambalear em direção ao meu quarto. Com a respiração pesada, consigo fechar a porta. Ainda a ouço gritando, para mim e para o meu pai. Parece que ela está tentando fazer com que ele a solte. Ele deve estar segurando-a com força. Ela começa a chorar.

Sou atingido por uma onda de ódio — da minha mãe, por nunca mudar; do meu pai, por não fazer nada; e de mim, por permitir que isso aconteça. Depois, sou tomado pelo sentimento de culpa — dessa vez eu revidei. Sinto-me quente com a raiva e o nervosismo. Será que sou capaz de violência? E se eu for como ela?

oito

Ouço uma batida na porta do quarto.

— Abre. Por favor.

A voz dela está mansa. Estou no chão, encostado no pé da cama com o caderno no colo, desenhando a cena dela em cima de mim, as duas mãos estendidas para a minha cabeça. Geralmente, quando faço um esboço desse tipo, me desenho sem rosto, sem qualquer feição que possa me definir — como aqueles bonecos de reanimação cardiorrespiratória. Mas, dessa vez, desenho meu cabelo, do jeito que estava antes de eu cortar. Meu cabelo bagunçado, emaranhado e volumoso no estilo grego. Desenhar no meu caderno é o único momento em que sou totalmente honesto.

— Quer fazer biscoitos comigo?

Uso mais intensidade para fazer os rabiscos que representam meu cabelo. Com o dedão direito, pressiono o papel, borrando o grafite para criar um sombreado.

Depois de qualquer incidente como o de hoje à noite, ela me aborda com coisas de que sabe que eu gosto. Quando eu era bem novinho e algo assim acontecia, ela fazia minha comida favorita depois ou íamos à loja de departamento da cidade para ver os brinquedos. Não tínhamos dinheiro para comprar nada, mas olhar para eles bastava. No final, ela me comprava um doce. Eu era levado a acreditar que seria diferente numa próxima vez. Que ela me amava.

Isso nunca se concretizava, é claro. E nada mudava. Agora, nada disso funciona comigo mais. Parou de funcionar já há um bom tempo. Tornei-me indiferente a isso e alheio até mesmo à dor, mas hoje eu senti tudo.

Ela fala baixinho:

— Vou fazer *kourabiedes*. Você adora. Vem para a cozinha me ajudar. Se quiser.

Os passos dela se movem em direção à cozinha, e ouço o som de gavetas se abrindo. Olho para o celular. Nada.

— Evan?

— Agora não, pai.

— Como está sua cabeça?

— Me diz você.

— O que mais está doendo?

— Tudo.

nove

3h24 da manhã.

Não consigo dormir.

Estou tão agitado — é como se existissem Evans diferentes, e todos com planos distintos se espalhando dentro de mim.

Vou até a porta do quarto, prendo a respiração e escuto. Nada. Olho embaixo da porta. Escuridão total. Pego o caderno e o celular, coloco devagar meus tênis All Star sem cadarço e vou até a janela. Apesar de ser uma pena não ter telas para as janelas e as portas no verão — já que os mosquitos são parte inevitável do cenário aqui —, são momentos como esses em que sou grato pela procrastinação do meu pai. Abro a janela fazendo o menor barulho possível. Enfio o caderno dentro da calça e coloco o celular no bolso. O segredo é segurar firme na árvore com uma mão e usá-la de apoio para fechar a janela com a outra. Por um ou dois instantes, a situação parece mais precária do que de fato é. É só um andar. Já caí de alturas maiores do que essa. Além disso, já estou bem machucado, o que significa que, se eu cair, não precisarei explicar minha aparência na escola. Desço da árvore depressa e vou até os fundos da casa. Minha bicicleta está embaixo da varanda da cozinha. Subo nela.

Vou tão rápido que meu rosto chega a formigar.

De onde estou, posso ver o velho mosteiro. Fica a alguns quarteirões de distância, e pedalo com o máximo de força que consigo. Hoje em dia, o lugar é usado como um tipo de armazém para equipamentos para as fazendas. Desço da bicicleta. Agora estou sem fôlego e tudo está formigando, não só meu rosto. Levo a bicicleta até o lado direito da construção e vou até a parte de trás.

Encontro janelas bem altas, que começam a cerca de um metro do chão e descem por baixo da superfície por mais um metro. Parece um porão. Apoio a bicicleta na parede, deito-me de barriga para baixo próximo ao espaço aberto ao lado das janelas e, com um impulso, passo pelo vão. Estou bem do lado de fora de uma das mais altas. Passo as mãos pela fechadura da janela e a balanço. Quando ela cede um pouco, olho para trás, só para conferir se estou mesmo sozinho. Abro-a lentamente e me jogo para dentro.

Venho aqui há anos. Este lugar é repleto de estátuas — deve ter pelo menos umas cinquenta. Da primeira vez que eu as encontrei, fui sufocado pelos meus próprios sentidos. Quando se sente que tudo está tentando se comunicar com você, cada estátua parece estar tentando te dizer uma coisa diferente.

Algumas delas têm as mãos estendidas, outras seguram cálices ou livros. Outras ainda parecem estar no meio de uma batalha e algumas estão em poses tranquilas — de robe, socializando. Coisas normais.

Com o passar dos anos, atribuí papéis a elas. A estátua do homem com a mão estendida tem um rosto bastante nobre. Ele parece forte. Sempre pensei a respeito como a figura que me mostraria o caminho para ir embora. Desta cidade. Desta vida. Ainda estou esperando.

As estátuas de mulheres que seguram livros e cálices são as responsáveis pelo meu futuro.

São muitas as estátuas de guerreiros em batalhas. Elas são imponentes. Formidáveis. Decidi que elas podem ser meu exército.

Tiro o caderno que havia guardado na calça e me sento no meio da sala. Pego o celular e o coloco no chão, bem à minha frente, quando a tela acende com três mensagens de Henry:

> Topa uma partidinha de tênis amanhã?
> Minha mãe tá perguntando se vc pode jantar aqui em casa no finde.
> Bora tomar sorvete?

Quero dizer sim para todas as perguntas, mas eu não posso. Posso?

Abro o caderno.

Todo dia tem pelo menos uma atualização.

8 de setembro

Fecho o caderno. Não sei o que escrever. Por um tempo, as coisas pareceram ir bem. Agora está tudo... demais. Tudo é demais.

Na época em que as surras da minha mãe estavam mais pesadas do que nunca, eu pensava muito em jeitos de morrer. No geral, eu esperava que um dia ela fosse longe demais a ponto de me matar. Teria sido mais fácil. Isso já faz uns dois anos. Desde então, cresci. Agora estou mais alto, e está ficando mais difícil para ela ter que explicar meus machucados, cortes e queimaduras. Tudo isso ameaça nossa narrativa de família grega perfeita. Pensei que as agressões tinham sido substituídas por mais insultos e joguinhos psicológicos, então me permiti relaxar um pouco. O sonho de um futuro diferente tinha começado a criar raízes. Mas, então, hoje provou que tudo não passava de algo temporário.

Abro o caderno e o folheio até chegar à primeira página em branco. Começo a desenhar as estátuas, mas não neste lugar. Eu as desenho por aí no mundo — nas mesmas poses, mas agora livres.

Folheio mais uma vez o caderno e paro no que escrevi durante o acampamento da igreja nesse verão.

19 de junho

Só faz um dia e tudo já está uma merda. Escolheram o Gaige para ser meu parceiro de estudos e da oficina — ele é um ano mais velho e é da Califórnia. Amigável demais, com um sorriso largo e atraente, e um estilo que estava dificultando minha concentração. Talvez eu possa trocar de parceiro... O menino que cheira a cachorro-quente poderia ser uma boa escolha. É Liam o nome dele? Amanhã vou pedir para trocar pelo Liam!

20 de junho

Aparentemente, o nome do garoto é Limm. Sério mesmo, Deus? Limm? E trocar de parceiro não é permitido.

Meu celular toca. É meu pai.

— Cadê você? Quer ir buscar rosquinhas?

— Saí para andar de bicicleta.

— É melhor você voltar antes que sua mãe acorde. Quer que eu espere?

— Não, já estou indo.

Desligo e leio a próxima anotação no caderno.

21 de junho

Gaige me beijou.

dez

Um garoto me beijou e eu correspondi.

Gaige tinha perguntado se eu queria ir dar uma volta. Fiquei um pouco na dúvida, porque estava com a sensação de que sabia o que poderia acontecer, mas o que poderia acontecer também era o motivo de eu *querer* ir. O toque de recolher era às dez da noite. A essa hora, todo mundo já devia estar de volta nos chalés. Gaige e eu dividíamos um chalé com outros dois garotos, e eles pegavam no sono lá pela meia-noite. Foi aí que nós escapamos. Não estávamos longe — só havíamos andado alguns metros — quando ele me pegou, meio sem jeito, e me beijou. Não é como se eu não tivesse considerado aquilo. Que inferno, eu tinha pensado naquilo bem na primeira vez que o vi. Ele era ao mesmo tempo meio nerd, confiante e sexy no jeito de falar e andar. Além de tudo, ele sabia muito sobre coisas em que eu nunca nem tinha pensado.

Eu não conseguia acreditar que, depois de passar tanto tempo imaginando, eu finalmente estava beijando um garoto. Então fui com tudo. Eu o beijei como se precisasse daquilo para viver — tanto que ele deve ter pensado que eu queria mais. Mas eu não queria, pelo menos não naquele momento. Um beijo era eufórico e perigoso o suficiente.

Voltar para casa significava que eu poderia escapar do que estava sentindo e deixar de lado o que havia acontecido no acampamento. Agora, Gaige está aqui, e meu melhor amigo ficou gostoso. Que merda é essa, Deus?

— Espera aí! Panos!

Paro de pedalar e olho para trás. Jeremy.

— Só vi sua mensagem hoje de manhã. Desculpa... — digo.

— Achei mesmo que você deveria estar enfiado na lição de casa ou num jogo de tênis com o Kimball. — Jeremy vem para o meu lado e arregala os olhos quando vê meu rosto. — Que porra é essa? Você é o bobão mais estabanado que eu já vi. O que você fez na sua cabeça dessa vez?

Forço uma risada.

— Ah, sabe como é...

Jeremy parece convencido e fica quieto. Como sempre. Ele revira os olhos e fala:

— Passei pelas quadras e nem sinal de você ou do Kimball. Estudou muito?

Carregamos nossas bicicletas em direção à entrada da escola quando vejo Henry de longe. Sei que é ele por causa do jeito que o borrão está vindo em nossa direção pela esquerda com passos largos.

— Só estou correndo atrás do prejuízo com a lição de casa.

— Meu Deus, o Kimball deve estar com pressa — fala Jeremy.

— Oi, gente — diz Henry, ofegante.

Jeremy balança a cabeça na direção dele.

— E aí?

Mas Henry está com os olhos fixos em mim.

— Desculpa não ter respondido. Só vi suas mensagens agora de manhã — digo.

Jeremy começa a falar sem parar:

— Panos, como você bem sabe, é uma fera sociável de respeito. Ele ignorou minhas mensagens também. Você não foi o único. Ele está muito ocupado estudando e caindo por aí. Certo, meu trabalho aqui está feito e ainda quero sair para andar de bicicleta. Vamos neste fim de semana? Nas trilhas? Kimball, você pode ir com a gente.

Jeremy olha para mim.

— É, vamos combinar alguma coisa, sim — digo. Por que estou mentindo?

E, fácil assim, Jeremy já está a um quarteirão de distância. Ele pedala com a mesma rapidez com que meus órgãos internos parecem estar se revirando.

Henry demonstra um olhar de preocupação. Ele toca meu ombro, mas eu me afasto.

— O que você fez na cabeça? — pergunta ele.

— Nada. Só... — Abano a mão como sinal para ele deixar para lá.

— Não é melhor ir ao médico?

— Foi um corte de nada. Não precisa se preocupar. — Odeio mentir para ele, mas já virou instintivo para mim.

— Estou falando disso de você ficar caindo. Acontece muito. Talvez seja melhor procurar ajuda.

— Não acho que tem médico que trate uma péssima coordenação motora. Ei, qual foi a da vontade repentina de sorvete ontem à noite? — Estou tentando mudar de assunto.

— Vamos hoje à noite? Na Bugle's? Acho que essa é a última semana que ela vai ficar aberta até tarde, pelos horários do verão. É de lei.

Bugle's é onde todo mundo da cidade vai para tomar sorvete. É a melhor sorveteria, e não só porque é da nossa cidade. Aqui quase não tem nada *bom*, que dirá *o melhor*. Quando eu for embora de Kalakee, a Bugle's é um dos três lugares de que vou sentir falta de verdade. Os outros dois são a Jasper's Pizza e o mosteiro.

— Vou ver o que consigo fazer...

— Pego você na esquina.

— Eu mando mensagem.

Nós nunca nos encontramos na minha casa. Nem mesmo na porta. É uma regra implícita que todos os meus amigos conhecem. Em todos esses anos de amizade com Henry — com qualquer um, na verdade —, ninguém nunca foi à minha casa mais do que algumas vezes, e ninguém nunca chegou a sequer entrar. Só Jeremy, uma vez. Era verão e a porta da frente estava aberta porque estávamos com recorde nas temperaturas altas aquele ano, e nós não temos ar--condicionado. Ele chamou meu nome da soleira da porta, e minha mãe apareceu do nada e acabou o assustando. Agora, ele sempre me espera do outro lado da rua e me manda mensagem quando está a um quarteirão de distância. Ela não me proíbe de ver meus amigos por causa das aparências. Precisamos *parecer* normais. Mas ela faz questão de que as situações sejam o mais desconfortáveis possíveis.

— Você vai para o pátio? Vou com você.

— Tá bom. — Só que eu não quero que Henry vá ao pátio comigo.

Vou andando na frente e, quando chegamos, Henry diz:

— Você está me evitando?

Sim. Mas em voz alta, digo:

— O quê? Até parece.

Sento-me em um dos bancos.

Henry me encara com a mesma expressão típica.

— Desde que voltou do acampamento, você está meio…

— Só está tudo uma loucura. Né? Entre o trabalho e o resto das coisas, eu mal ando tendo tempo.

— O que tá rolando? Te vi pouco desde que você voltou. Aconteceu alguma coisa no acampamento?

A questão é que eu queria falar para ele. Falar como amigo, antes de ir para o acampamento. Antes de ele ter feito eu me sentir assim. Antes de ele desenvolver *essa* aparência. Mas, em vez disso, falo:

— Foi só o acampamento de sempre. Sabe còmo é, bem bíblico.

Ele me lança um olhar estranho, mas sua expressão logo muda.

— A piscina dos Kimball não foi a mesma sem você lá esse verão.

— Senti saudades da piscina. — Senti saudades dele. — O lago no acampamento era um nojo. E também senti falta dos almoços da sua mãe.

A sra. Kimball faz almoços ótimos. Eles não são nada muito fora do comum, mas para mim são extraordinários, porque não são comida grega. Um misto-quente na beira da piscina dos Kimball é como mágica. *E Henry.*

Nada de pensar no Henry.

Muito menos na beira da piscina.

De sunga.

Eu já o vi de sunga centenas de vezes. Dane-se isso, eu já o vi pelado quando acampávamos juntos e trocávamos de roupa na mesma barraca. Mas era diferente naqueles tempos.

Tento me convencer a focar nas plantas do pátio.

— Sabia que as flores da *Martensia virginica* são raras nesta época do ano? De abrirem. De darem flores.

— O quê?

— É só um fato.

O que é que estou dizendo?

Ele sorri.

— Você é tão esquisito. Na boa. Senti falta dessa esquisitice. — Henry passa a mão esquerda pelo cabelo, o que não ajuda na minha busca por distração. Ele pisca algumas vezes, depois olha para mim de novo. — Teve alguém novo no acampamento este ano ou só a mesma galera da igreja?

— Os mesmos — digo, e minha voz falha. — Sabe como é, os suspeitos de sempre. — *Ah, e um garoto novo que eu beijei em vez de beijar você.*

Nunca ficamos quietos assim. Henry e eu podemos literalmente conversar sobre qualquer coisa. Não estou falando de qualquer coisa no sentido de *qualquer coisa que seja pessoal e particular*, apesar de ele já ter compartilhado mais comigo do que eu com ele, mas podemos passar horas discutindo qualquer assunto, por mais absurdo que seja. Uma vez conversamos por, tipo, uma hora sobre como bolsos em bermudas nunca são demais. Chegamos perto de literalmente desenhar esboços de bermudas com mais bolsos do que se pode imaginar — bolsos escondidos, bolsos dentro de bolsos. A conversa foi longe assim.

O silêncio faz meu olho pulsar. Eu o quebro falando:

— E a Amanda? — Ele me olha, confuso. — Quer dizer, como você está, agora que terminaram?

Ele dá de ombros.

— Sei lá. É só que… ela finge que nunca existiu nada entre nós. Eu fui apagado de todos os espaços da vida dela.

— O que aconteceu?

— Acho que... só éramos diferentes. Demais.

É a vez dele de mudar de assunto do nada:

— Alguma menina no acampamento?

Dou uma meia risada nervosa.

— É melhor irmos para a aula.

Pego meu celular para ver a hora. Tem uma mensagem do tio Tasos. Bem na hora.

Seu amigo Gaige está aqui na cidade e vai para a igreja domingo. Vou falar para seus pais o chamarem para ir para a casa de vocês depois. Ele é gente boa.

Leio três vezes. Depois leio de novo. Preocupado, Henry se inclina e pergunta:

— Aconteceu alguma coisa?

Dou um pulo para trás.

— Preciso ir. Vejo você depois. — Saio do pátio praticamente correndo.

— Na Bugle's hoje à noite. Não esquece! — grita Henry para mim.

Mal passo pela porta e entro no corredor quando ouço alguém chamando meu nome. É Tess. Se fosse possível que a voz de uma pessoa combinasse com a cor do cabelo — loiro-claro —, seria o caso da Tess. Viro-me, mas continuo andando. De costas.

— Tess. Oi.

— Evan, para. — Ela parece irritada.

— Vou me atrasar — digo, sem parar de andar.

Ela corre para me acompanhar, até que sou forçado a parar próximo de um bebedouro.

— Você fica mais estranho a cada dia, sabia? Você estava no pátio?

— Não.

— Acabei de te ver. — Tess me encara como se estivesse procurando a verdade nos meus olhos.

— Quer dizer, sim. — Estou lutando com as palavras.

— Com o Henry?

— Hm… Henry?

— Sim. O Henry estava lá com você.

— Isso. Estávamos tentando entender como…

— Finalmente te encontrei. — Kris vem em nossa direção e diz para Tess: — Eu procurei você por toda parte.

Tess sorri para ela.

— Bem na hora, Kris. — E de volta para mim: — Eu sei que você e o Henry sempre foram próximos. A Kris e eu estávamos nos perguntando se ele ainda está com a Amanda. Ela apagou todas as fotos dele das redes sociais e…

Kris lança um olhar para Tess antes de pontuar:

— *Eu* não estava me perguntando nada sobre o Henry.

— Não sei o que está rolando com eles — afirmo.

— Bem, vamos batendo um papo até a sala e talvez isso te ajude a lembrar. — Tess prende o braço esquerdo no meu direito e me puxa pelos corredores.

onze

Entrar na minha casa é sempre uma tarefa delicada.

Nunca sei quando minha mãe vai estar em casa. Além disso, hoje é o *dia seguinte* a um incidente. Nunca sei no que vai dar. Na metade do caminho pela escada, ainda não ouço barulho nenhum vindo do primeiro andar. Suspiro, quieto.

— Estou na sala de estar.

Merda.

— Vem aqui. — A voz dela soa como se estivesse vindo do sofá.

Estou no topo das escadas agora e consigo vê-la. Ela está mesmo no sofá, com as pernas jogadas para o lado direito, embaixo de uma das almofadas. As persianas estão fechadas e a única luz acesa é a da luminária de mesa com um pano de prato estendido sobre ela. O restinho de claridade do dia passa pelo vão das persianas. Ela está com o roupão azul-escuro e uma camisola rosa-clara por baixo. Quando ela ainda está usando essa combinação na metade do dia, é porque não se sente bem. Não deve ter ido trabalhar hoje. O cinto do roupão está enrolado na cabeça, porque isso a ajuda com enxaquecas.

— Senta, por favor.

Minha mãe gesticula para a cadeira ao lado do sofá. Sua voz soa tranquila e controlada, o que me dá ainda mais medo. Eu me sento.

— Como foi na escola?

— Tudo bem.

— Seu tio Tasos ligou. Ele conheceu um dos seus amigos cristãos do acampamento da igreja. É Greg o nome?

— Gaige.

— Por que não contou para nós sobre ele? Por que não passou seu número? Ele teve que ir atrás de você pelo seu tio.

— Ele é da Califórnia.

— Ele é um bom menino cristão. Não é grego, mas pelo menos é cristão. Né?

Que saco, essa bobagem toda. Tem tantas camadas de merda nesse discurso.

Ser cristão já vale tanta coisa que, mesmo se você não for grego, ainda pode ser aceito pela família Panos.

— Felizmente o Senhor ajudou o menino a se lembrar de que você tinha mencionado o restaurante do seu tio. Ele veio fazer um tour no campus da Loomis Bible College em Chicago.

— Ah. Que bom.

Não é nada bom.

— Você deveria ver esse menino para aproveitar que ele está aqui. Talvez trazê-lo para jantar, enquanto ainda temos esta casa. Ele já comeu comida grega?

Nada, nada bom.

— Acho que sim. Ele gosta.

— E quem não gosta de comida grega? Até você gosta — diz ela, e acrescenta num sussurro: — E você não gosta de nada.

— Eu gosto de muitas coisas.

— Nada de que eu e seu pai gostamos. É com esse tipo de pessoa que você deveria sair. Gaige. Esse é o tipo certo de influência.

Minha mãe me olha por um instante com os lábios franzidos. Depois, os cantos se levantam um pouco e ela se inclina.

— *Você não pode se esconder.*

Quero sair daqui, mas me forço a agir normalmente.

— Um pessoal da escola me chamou para sair hoje. É a última semana de funcionamento da Bugle's.

É como se ela nem tivesse me ouvido.

— Seu pai pode fingir ou não saber mesmo... — A voz dela está calma.

— O quê?

— Mas eu sei que há maldade em você.

Minhas mãos começam a suar.

— Mãe, estou tentando. Eu não...

Ela apoia as costas no sofá e continua falando com a voz baixa, mas assertiva:

— Você precisa estar disposto a se esforçar. É um trabalho árduo que requer atenção constante. Você não pode ser preguiçoso.

— Não. — Vou dizer qualquer coisa que a faça me deixar sair daqui.

— Quero que veja o Gaige. Mostre a ele a sua versão boa. — Ela olha em direção à cozinha, levanta as mãos e as passa pelo cabelo. — Quem é que vai hoje à noite?

Ela ainda não está olhando para mim.

— Ah, sabe como é, o pessoal de sempre. O Jeremy e acho que a Tess também, a menina de quem ele gosta. Daí o Lonny Cho, o Scott, o Gabe, as namoradas deles...

— O Vagenzinho também vai?

Meus pais descrevem as pessoas antes mesmo de tentarem se lembrar dos nomes delas. Eles encontram uma característica que as define e passam a chamá-las assim, mesmo depois de aprenderem o nome de verdade. Até hoje, minha mãe se refere ao Henry como "Vagenzinho" porque ela acha que o corpo dele parece uma vagem. (Isso foi antes desse novo físico mais musculoso dele, é claro.) Meu pai chamava nosso advogado da imigração de "Cebolão", porque, quando ficava muito quente e ele suava, tinha cheiro de cebola. Jeremy é "Cabelo de Fogo" porque é ruivo. Muito original.

— Sim. E provavelmente a irmã do Henry também.

Tenho certeza de que a Claire não vai. Ela está na faculdade, longe daqui. Até onde sei, seremos só Henry e eu, mas ajuda inventar um grupo de meninos e meninas quando peço para sair com amigos não cristãos.

— Posso te ajudar com o seu cabelo amanhã — ofereço com o tom de voz mais suave que consigo. — Se fizer na sexta-feira, dá tempo de manter o relaxamento até domingo.

Ela olha para o roupão e começa a pegar as bolinhas de tecido que se acumulam em roupas velhas.

— Ainda dá tempo. Chama o Gaige. Ele deixou o número com seu tio.

Tenho o número dele.

Tudo bem, posso lidar com essa condição — vou mandar mensagem e convidar o Gaige. Além disso, estou fazendo tudo o que posso para não mostrar qualquer sinal de felicidade por minha mãe ter me deixado sair. Depois de um incidente como o de ontem, o comportamento dela costuma ir ou para um lado ou para o outro: ou ela se sente culpada e diz sim para as coisas, para compensar o que fez, ou entra em uma espiral negativa tão grande que *qualquer* coisa pode causar uma cena ainda maior e mais intensa.

Felizmente, hoje estamos na opção número 1.

Ela olha para a almofada e passa a mão pelo tecido. As fibras precisam sempre estar alinhadas na mesma direção.

— Eu chorei durante toda a viagem de trem da Grécia para a Áustria, quando fui buscar você.

Ouvi essa história minha vida inteira. Passei meus primeiros quatro anos de vida com meus avós paternos na Grécia. Meus pais trabalhavam e moravam na Áustria. Eles haviam se mudado porque era difícil conseguir trabalho no país natal deles.

— Você era tão pequeno. Talvez sua avó não tenha te alimentado direito ou você que não queria comer. Não sei. Você se lembra?

Faço que sim. Eu me lembro mesmo.

— Você teve medo de vir na nossa direção. Segurou o avental da sua avó com uma mão e a calça do seu avô com a outra. Só olhou para mim e para o seu pai, como se não nos conhecesse. — Minha mãe começa a chorar. — Seus olhos eram tão grandes. Tão abertos. Nunca vou me perdoar por ter te deixado.

— Mãe...

— É por isso que você não é próximo a mim. Você não me queria. Você me culpava.

— Eu não...

— Ainda culpa. Eu me responsabilizo. Nós precisávamos de trabalho. Eu não sabia o que fazer com você e, quando o vi de novo, já era tarde demais. Você já tinha decidido me odiar.

A PERIGOSA ARTE DE SER INVISÍVEL

Lembro-me de como eu só queria me sentir seguro. Ser amado. Quando fica assim, minha mãe parece ser tão pequena. Vulnerável. Indefesa. Ela olha para mim e diz:

— Você ainda tem olhos grandes e lindos.

doze

Posso senti-la olhando para mim da janela. Minha mãe está esperando. Esperando para ver se Henry vai chegar de carro sozinho. Mesmo sendo impossível enxergar o fim da rua, ela ainda ficaria olhando, como se conseguisse. Caminho até a esquina com o caderno enfiado na frente da calça. Sinto-me desconfortável deixando-o no quarto agora. O Subaru Legacy L 1995 (verde-musgo, com exterior metálico perolado e interior cinza) vira na nossa rua. O carro foi herdado da mãe de Henry. Ele para bem na minha frente e se estica para abrir a porta do passageiro. Entro e tento agir casualmente.

— E aí?

— E aí? — diz Henry quando entro, depois sai com o carro em direção ao fim da rua. À minha casa.

— O que você está fazendo?

— Um retorno bem longo.

Tentando não soar alarmado, pergunto:

— Hm… Por quê?

Quando ele passa pela nossa casa, consigo ver minha mãe ainda olhando pela janela. Agora ela está com a cabeça para fora, acompanhando cada movimento do carro.

— É sua mãe?

— Sim. Obrigado por ter vindo me buscar. Eu poderia ter encontrado com você lá.

— Foi nada. — Ele olha para mim, gira o volante de maneira tão abrupta que faz o carro cantar pneu enquanto faz a curva. Depois de termos virado, ele acelera com tudo e nós saímos da minha rua com tanta velocidade que sou jogado para trás no assento. — Pronto — diz ele.

— O que foi isso? — pergunto, suspirando de leve.

— Assim ela tem algo para ver. — Ele ri um pouco. — Corte legal. — Ele faz menção de bagunçar meu cabelo, mas eu me afasto. Não quero que sinta os calombos e as feridas na minha cabeça.

— Desculpa, só me assustei.

Ele não insiste.

— Vai pedir o de sempre na Bugle's hoje? Um sundae?

— Isso. — Tiro o caderno da calça como se não fosse nada de mais.

— Vai fazer lição, é?

— Eu estava fazendo lição antes de sair de casa, daí só trouxe o caderno junto.

Eu não poderia ter inventado uma desculpa pior. Por sorte, acho que ele não percebeu.

— Eu é que estou sofrendo com o trabalho do senhor Crandell.

— Educação física?

Ele me lança um olhar sério.

— Você sabe que ele era professor de inglês antes.

— Certo.

— E ele quer que escrevamos o que nos inspira sobre o atletismo. Ele diz que escrever sobre o que você sente te faz um atleta melhor, porque daí a coisa se torna real dentro de você.... vira um...

— É, eu precisei fazer também.

— Você escreveu alguma coisa? Não sei se ajuda.

— Escrevi umas bobagens, mas é diferente. Eu não vou ter carreira no esporte nem nada assim.

— Isso não me inspira. Escrever sobre isso não vai fazer com que eu queira isso ainda mais, vai?

— Você não parece ter muita certeza.

— Não é que eu não tenha. Certeza, quer dizer. Só não sei por onde começar, e minha motivação está baixa. Sei lá. Eu esperava que você pudesse me incentivar com alguma grande ideia. Qualquer coisa. Você que é o criativo. Além do mais, cara, você não precisa se preocupar com o trabalho dele, porque ele sabe que você não se importa com esporte nenhum.

— Vai se foder, seu cuzão. Eu jogo tênis com você o tempo todo. E isso não alivia minha barra. Eu ainda preciso fazer a lição de casa.

— Cara, você acabou de dizer que não vai seguir carreira nisso. Caramba, relaxa. E já faz muito tempo.

— O quê?

— Que você não joga tênis comigo.

— Isso é para me fazer querer ajudar você?

Ele olha para a frente sem dizer nada. Só sua mão direita está no volante. A esquerda está para fora da janela, e Henry a mexe contra o vento. Sei que seus braços são longos, mas eles parecem mais definidos do que o normal hoje. Ele está com uma camiseta branca de manga curta e ainda exibe o bronzeado que pegou nas férias de verão. Sua bermuda está larga e desbotada em alguns pontos, e ele está usando Vans pretos que já tiveram dias melhores. Tudo isso dificulta minha concentração em qualquer outra coisa que não seja como ele está tão atraente agora.

Henry quebra o silêncio:

— Estou tão frustrado.

— Estou meio tenso também. Posso ajudar caso...

— Você parece estar pronto para o inverno — diz ele, olhando para o meu moletom folgado, que parece ainda mais folgado por causa das duas camisetas que estou usando por baixo. Decidi um bom tempo atrás que seria melhor me cobrir o máximo possível para evitar perguntas.

— Achei que ia esfriar hoje. Agora já é oficialmente outono, né?

— Faltam algumas semanas. Ainda estamos nos últimos dias do verão. Você sabe bem que vou enrolar esse clima até quando eu conseguir.

Henry é conhecido por usar bermuda mesmo quando tem neve no chão. Ele não tem medo de que as pessoas reparem nele, mas não é como se ele estivesse tentando ser notado. Só não se importa se acontecer. Admiro isso.

— Não quero dar uma de Jason Bourne — fala ele —, mas acho que tem alguém nos seguindo. Cada curva. Cada movimento que eu faço, esse carro não sai da minha cola.

Que. Merda. É. Essa? São meus pais. Sei mesmo sem precisar me virar. Eles já fizeram isso antes. É minha mãe, na verdade, mas ela não gosta de dirigir, então convence meu pai para que peguem o carro e me sigam. Tomara que, assim que virem que nós vamos de fato parar na Bugle's, eles voltem para casa. Espero que esteja lotado lá.

— Tá paranoico, hein? — Tento rir, mas minha garganta está seca demais.

Ele me olha de um jeito estranho, depois olha para o retrovisor e dá de ombros.

— Você conhece a Tess Burgeon?

— Sim. Não somos próximos nem nada, mas acho que o Jeremy gosta dela. Quer dizer, sei que ele gosta.

— Cara, ela gosta de *você*, não do Jeremy.

— O quê?

Estou chocado de verdade. Tess? Desde quando? Ela nunca interagiu comigo se não fosse para falar ou me olhar com um ar de superioridade.

Ele tenta parar no estacionamento da Bugle's, mas está lotado.

— Às vezes eu esqueço que moramos em cidade pequena. Todo mundo está tentando aproveitar o resto do verão.

Ele manobra o Subaru para dar a volta e acelera para sair do estacionamento como se não estivesse dirigindo um carro de 1995.

— E vamos ter de estacionar na rua mesmo. Segura aí!

Ele passa pela sorveteria. Dou uma olhada lá dentro e vejo todo mundo — Jeremy, Tess, Kris, Tommy e sua namorada, Bella. Vejo até a Patty do Depot com o marido. Normalmente, isso me faria surtar, mas é exatamente o que meus pais precisam ver. Muita gente. Pessoas de grupos variados.

Espera.

Essa gente misturada logo vai incluir um garoto da Califórnia que vai aparecer aqui contra a minha vontade. Mas que ainda assim... convidei.

Será que eu falo alguma coisa para Henry ou espero que ele descubra sozinho?

— Tá muito cheio. Ev, tudo bem se só pegarmos alguma coisa rapidinho e sair para dirigir? Não estou muito no clima para ser supersociável.

Quando foi que ele *me* viu sendo supersociável? Ele sabe que eu tenho vontade de vomitar toda vez que preciso conversar com mais de dois desconhecidos. Além disso, não é como se ele já não me tivesse chamado de "Ev" antes. Centenas de vezes. Só que do nada, parece diferente — mais íntimo. Agora, quando ele fala, eu poderia facilmente concordar com qualquer coisa que ele propusesse. Esse é um problema novo.

— Por mim, tudo bem. — Contanto que meus pais me vejam entrando e falando com o pessoal. Contanto que eles não nos vejam indo de volta para o carro, só nós dois, e dirigindo para outro lugar. — Mas, voltando para a Tess, por que você acha que ela gosta de mim?

— Porque nenhuma garota sai por aí perguntando sobre um cara como ela faz com você, a menos que esteja interessada. Vou parar aqui.

Estamos a dois quarteirões de distância.

Coloco meu caderno embaixo do banco e saio. Olho ao meu redor e, lá longe, vejo o carro dos meus pais indo embora. A sorveteria lotada deu conta.

— Que tipo de perguntas ela está fazendo?

— Está interessado nela? — Ele soa surpreso.

— Só curioso. Nunca percebi esse comportamento dela.

— Bem, você não é bom em perceber as coisas.

— Eu sou excelente em perceber as coisas. *Excelente.*

— Não esse tipo de coisa. — Ele dá um sorrisinho e me fita bem nos olhos.

Sinto um arrepio. Ele está flertando comigo?

— Sei exatamente o que está acontecendo. Ela está tentando descobrir se Jeremy disse algo sobre ela para mim, e ele falou mesmo. Ele está muito a fim dela.

Henry para. Já estamos a um quarteirão de distância, e ele se vira para ficar de frente para mim.

— Evan, você não tem ideia do que está falando. Ela queria saber se *você* estava saindo com alguém, se *você* tinha interesse em sair com alguém e se *voooocêêêê* gostava de meninas. — Na última ênfase, ele prolonga a palavra e cutuca meu peito com o dedo longo.

— Olha só. — Fico desconfortável. *O que isso significa?* Sinto meu coração acelerando.

Eu não devia ter colocado tantas camisetas. Está parecendo um parque aquático aqui embaixo. Sinto-me ensopado. Ando na direção da Bugle's, balbuciando uma coisa atrás da outra a cada passo.

— Que besteira. Por que ela iria querer saber tudo isso? Vou perguntar para ela eu mesmo quando chegarmos lá e resolver...

Henry tenta me alcançar.

— Ei, vai devagar. Acho que ela não quer que você saiba que essas perguntas foram feitas. Vamos só pegar o sorvete, ver como o pessoal está e ir embora. Ninguém precisa falar sobre nada com ninguém.

Ataco a porta. Quando a puxo com força, ela se abre e quase acerta Henry. Por um minuto, esqueci-me de que ele estava logo atrás de mim.

— Cara. Só respira.

Entramos e vemos o que parece ser todo mundo que conhecemos da cidade. Isso não foi uma boa ideia. Não hoje. Não com tudo que está acontecendo. *Não com o Gaige.*

Eu me acalmo e penso: *Eu dou conta.* Já consegui fingir antes em situações mais difíceis. Encontro Jeremy e sorrio. Passo os olhos pelo ambiente. Nenhum sinal do Gaige ainda.

— Paaaaaaanos! Achei que você ia dar uma de nerd e ficar estudando hoje ou fazendo alguma outra coisa chata. — Ele se vira para o Henry. — E aí, Kimball?

Henry cumprimenta Jeremy com a cabeça.

— Vou para a fila. Quer o de sempre, Ev?

— Eu vou também. — Inclino-me próximo a Jeremy. — Vi que sua mina está aqui. Vocês têm se falado?

— Sei lá, cara. A Burgeon tá meio estranha. A Kris também.

— Não. Você é estranho. Você precisa criar coragem, puxar a Tess de lado e falar com ela. Mas tenta qualquer coisa que não seja sua babaquice insuportável de sempre. Tenha respeito. Sério.

— Valeu, Pentelho. Estou muito confiante agora.

— Só seja o Jeremy bonzinho, não o babaca. Eu sei que ele está bem enraizado, mas tenho certeza de que você consegue se segurar. É esse Jeremy que a Tess precisa ver.

— Você que está sendo cuzão agora. Você não leva jeito para discursos motivacionais, Pentelho.

— E seja legal com a Kris também. A Tess é bastante próxima dela.

Entro na fila atrás de Henry. Ele está olhando com muita intensidade para o painel de sabores atrás do balcão.

— Eles não mudaram o cardápio, e você sabe que vai pegar o de sempre.

— Só estou vendo qual é o especial do dia.

— Ei, você tá bravo?

Henry se vira.

— Ev, para de me enganar. Você gosta da Tess?

— Não fala alto assim, caralho — sussurro.

Dou uma olhada pela sorveteria. Todo mundo parece estar nos encarando. Sorrio envergonhado para as pessoas que olham para mim, depois me viro para Henry.

— Não. Não estou — murmuro para ele enquanto tento conter a mistura de nervosismo e empolgação que está crescendo na minha barriga.

Do fundo da sorveteria, ouço alguém gritar meu nome. Segundos depois, um abraço de urso me envolve por trás.

— Qual sabor você vai querer? — pergunta a garota atrás do balcão para Henry.

Mas ele não diz nada porque está ocupado demais encarando os braços ao redor da minha cintura.

— Valeu pelo convite.

Os braços me soltam. Eu me viro. E agora estou olhando para ele.

— Gaige.

Ele é alto, mais do que Henry, e a única pessoa que conheço que tem o cabelo maior do que o meu. Ele tem o tipo de sorriso grande e perfeito que aparece em comerciais de pasta de dente. O nariz dele é o oposto do meu — bonito e reto. Ele não está de óculos.

— Que bom que conseguimos nos ver antes de eu... — fala ele.

— Vocês estão juntos? — Ali, a garota trabalhando no balcão de sorvetes está com um sorriso de flerte no rosto, mas ele é direcionado apenas para Henry. Todas as pessoas que trabalham aqui sorriem assim para ele.

— Um sundae de brownie para o meu amigo. Massa de creme, com um extra de castanha e sem cereja. Eu vou querer... hm, duas bolas do de menta com bastante chantili. Sem castanha, sem cereja e sem cobertura.

Henry nem sequer olha para mim.

De repente, Gaige se apresenta, e Henry nos observa. Não digo nada, mas enfio a mão no bolso para pegar o dinheiro antes de Henry gesticular para eu parar e mostrar um maço de notas dobradas.

— É por minha conta. Eu que te convidei. — Depois, ele olha para Gaige. — O que você quer?

De cara, penso que ele está perguntando o que Gaige quer *comigo*. Mas depois entendo. *Ah, claro. Sorvete. Está falando de sorvete.*

— Hm, só uma casquinha de chocolate, mas deixa que eu pago. — Gaige tira uma nota de vinte do bolso.

Henry dá um sorriso falso para ele e balança a cabeça.

— Pode deixar, cara.

— Você tem planos para depois daqui ou temos tempo de fazer alguma coisa juntos? — pergunta Gaige. Depois, ele se inclina para mais perto de mim. — Tenho cerveja no quarto do hotel.

Aponto para Henry.

— Nós vamos... nós temos uma parada que... Preciso voltar para casa direto. Mas outra hora nós saímos, sim. Antes de você ir embora.

Ele dá de ombros e assente.

Ali dá um sorriso carinhoso.

— Você é o Henry, né?

Ele assente e sorri de volta para ela. Todo mundo está sorrindo, menos eu.

— Meu nome é Ali. Temos aula de Física juntos. — Ela ainda não devolveu o troco dele.

— Eu sei, Ali. Oi. — Apesar de ainda sorrir, ele parece estar bem tenso.

Tudo bem. Primeiro Henry ficou todo estranho querendo saber se eu gosto ou não da Tess, e agora ele está flertando com essa menina? É sério? Talvez esse seja o jeito de ele se vingar de mim. De qualquer forma, é patético.

— Vou dar uma última festa na piscina esse fim de semana, se você quiser ir...

— Ah, claro. Parece que vai ser divertido. — Henry dá um sorriso largo com covinhas para ela.

Vai se foder, Henry. E Ali!

— Ah, e você... Kevin? Você e seu amigo podem ir também.

— É Evan. Valeu. Meu amigo não é daqui.

Eu já fui para a casa da Ali pelo menos duas vezes. Será que ela está fingindo não se lembrar de mim?

— Vou passar alguns dias aqui — acrescenta Gaige.

— Que ótimo. Vamos todo mundo — diz Henry.

Fico parado e só consigo pensar: *Não, não, não vamos, não.*

— Perfeito. Vai ser no sábado. Depois te mando os detalhes.

Nós três vamos até o fim do balcão para esperar os sorvetes. Henry olha para Gaige.

— Mas, então, de onde você e o Evan se conhecem?

É como se eu estivesse invisível agora. Falo para mim mesmo: *Você finalmente dominou a arte.*

Será que Gaige vai mesmo para a festa?

Será que *nós todos* vamos? Eu preciso me inscrever no curso de grego no sábado.

E, bem assim, meus mundos começam a colidir.

— Nós nos conhecemos no acampamento durante o verão — diz Gaige.

Desculpa, Gaige. Essa parte da história não.

— Ele veio para cá fazer um tour na faculdade. Ele sabia que eu morava em Kalakee… A igreja que a família dele frequenta é afiliada da igreja da minha família. Esse tipo de coisa.

— Legal. Evan nunca fala dos amigos do acampamento — diz Henry.

Penso: *Agora seria um ótimo momento para o arrebatamento.*

— Bem, talvez ele nunca tenha conhecido alguém como eu. — Gaige dá um sorriso. Grande.

— Nós temos coisas em comum — falo rápido.

Henry olha para nós dois. Essa cara dele é de quem está com os sentimentos feridos?

Somos interrompidos por Tess e Kris. Nesse ponto da conversa, fico grato.

— Vocês estavam jogando tênis hoje? — Tess está falando num tom mais alto que o normal, como se estivesse ansiosa ou algo assim.

Ou ela gosta de você, Evan. Sorrio com desconforto.

Interrompo.

— Não. Só lição. De casa. Você veio com o Jeremy?

Claro que sei que ela não veio, mas talvez eu possa concretizar isso para ele com o poder da sugestão, já que ele é idiota demais para fazer isso sozinho. Além disso, estou feliz de verdade de poder sair de uma conversa constrangedora para outra. Qualquer coisa seria melhor do que a interação anterior.

— Só nos encontramos aqui mesmo — ofereço.

— Tipo um encontro? — Tess ri.

— Ah, isso vai ser interessante — fala Kris.

— Esse é o amigo do Evan, o Gaige. Ele é da Califórnia — diz Henry.

— Muito prazer.

Tess analisa Gaige, depois Henry, depois a mim.

Kris balança a cabeça na direção de Gaige.

— E aí?

Assim que as garotas começam a conversar, Gaige se vira para mim e sussurra:

— Quando vamos poder ficar sozinhos?

— Agora não — sussurro de volta, e logo me viro à procura de averiguar se alguém está olhando.

Henry volta a atenção para Tess.

— Você e o Jeremy estão num encontro?

Kris ri. Muito alto.

Tess se junta a ela e enrola uma mecha de cabelo no dedo.

— Não, estou falando de vocês dois. Vocês vieram tomar sorvete depois de fazerem lição de casa, como se fosse um encontro. — Ela dá uma risadinha de novo. Como se fosse engraçado.

Sinto meu rosto queimar. Henry se vira em direção ao balcão mais uma vez. Olho para Gaige, e ele me olha de volta, parecendo desconfortável.

Eu só fico parado, sem dizer nada, sentindo-me ansioso de todas as maneiras possíveis.

— Aqui estão seus pedidos. — Ali está segurando a casquinha de Gaige.

— É, Tess. Assim mesmo. Tem algum problema? — pergunta Henry.

Ela faz uma careta para ele.

— Problema nenhum — responde Kris, parecendo estar irritada com Tess.

— Então, pronto. Espero que consiga ir a um encontro com o Jeremy, Tessie — fala Henry enquanto pega o sorvete da bandeja. Ele sabe que ela odeia ser chamada de Tessie. Por que ele está agindo dessa maneira?

O rosto de Tess é tomado pela raiva na mesma hora.

— Não estou a fim do Jeremy! — diz ela, um pouco alto demais; tanto que Jeremy, e basicamente todo mundo, a escuta.

Kris faz uma careta para ela e vai embora.

Olho para Jeremy e ele só dá de ombros, mas dá para ver que ficou chateado.

Tess ainda está concentrada em nós. Henry me entrega o sorvete e dá um sorriso bizarro para mim. Gaige parece totalmente confuso, como se não soubesse o que está presenciando. Henry se vira para encarar Tess, lambe o topo da torre generosa de chantilly em cima do sorvete de menta com chocolate e diz:

— Se não do Jeremy, então de quem você está a fim, Tessie? — A esta altura, ele só está tirando uma com a cara dela.

— Por que eu te contaria? — Ela bufa. — E, por favor, não me chama mais assim.

— Por que *não* contaria? Nós não somos competição para você, se acha que estamos namorando. — Ele gesticula para nós dois com a mão que não está segurando o sorvete. Tipo *eu e ele*.

Uma parte de mim não gosta da maneira como ele está agindo. Não é do feitio dele ser tão maldoso desse jeito, e o que eu mais amo em Henry é o quanto ele é bom o tempo todo. Mas mesmo assim. Vê-lo dizer isso em voz alta, na frente de todo mundo — mesmo não sendo verdade —, me deixa eletrizado.

Mas a emoção logo vira pânico quando tento controlar o rubor no meu rosto e, ao mesmo tempo, pergunto-me o que raios Gaige deve estar pensando agora.

Eu só queria um sundae. Só uma saidinha normal. Não tenho essas oportunidades com frequência. De repente, sou puxado para um universo onde as pessoas estão flertando, não flertando, provocando umas às outras, conversando em rodinhas e aparecendo do nada da Califórnia. Dessa vez, Tess faz uma careta brava para Henry antes de se virar e ir para o canto onde as meninas do time de vôlei gargalham. Kris sorri para mim. Como se compartilhássemos um segredo.

Henry enfia a colher no bolso e continua lambendo o chantili. Ele se vira para mim.

— Está pronto? Prazer em te conhecer, Gaige. Vejo você no fim de semana.

E eu não consigo me segurar. Penso: *Pronto para quê?*

— Hm, acho que te vejo no sábado, então? — falo para Gaige.

Ele assente, mas parece confuso.

— Tá bom. Talvez. Não sei se eu... A gente pode se falar antes de sábado?

— Eu mando mensagem. Tenho seu número. Você me deu no acampamento, lembra?

Gaige encara os meus olhos e responde:

— Lembro, sim.

Quando ele diz isso, Henry ergue as sobrancelhas. Tento respirar enquanto saímos da sorveteria.

treze

Depois da interação constrangedora na Bugle's, agora Henry e eu estamos sentados no carro, tomando nossos sorvetes. A cada duas colheradas, ele olha para mim. Tento não fazer nenhum barulho. As pessoas percebem que eu faço uns barulhos de felicidade quando sou tomado pelo sabor de algo — é tipo um som constante de murmúrio misturado com gemido. Acho até que foi o próprio Henry que comentou isso comigo.

— Não está bom? — pergunta ele.

— Não, está ótimo. Por quê?

— Não deve estar tão ótimo assim. Você está quieto demais. Quer experimentar do meu?

— Quero. — Levanto minha colher, mas, antes que eu possa colocá-la no copinho dele, Henry já traz sua colher em direção à minha boca.

— Toma. — Ele espera eu engolir. — Bom, né? São os melhores deste lugar. Vou sentir saudades daqui. — Ele continua a comer. — Por que você não me contou sobre o Gaige?

— Bem, eu não achei que... Acho que esqueci. Quer dizer, tinha muita gente no acampamento, não só ele. Então... — *Ok, se controla, Evan.* — Você vai se mudar?

— O quê?

— Você disse que vai sentir saudades daqui.

— Não, estou falando do futuro mesmo. Já conversamos sobre isso... Um dia vamos embora.

Não gosto da ideia de Henry se mudar sem mim, mas não é por isso que estou quieto. Fico calado porque estou tentando entender o que está acontecendo entre nós, e o que foi o negócio da colher? Nós dividimos talheres agora?

— Você não vai me oferecer do seu? — pergunta Henry.

Dividimos comida o tempo todo. Mas nunca dividimos comida *assim*. Será que é para eu fazer o negócio da colher? O que quer dizer? Sinto que isso tudo é demais para mim.

Ele está esperando. Coloco minha colher no sundae e pego o sorvete, a calda de chocolate, o chantili e as castanhas. Pegar a colherada perfeita é um dom.

Começo a levá-la em direção à boca do Henry. Merdaaaaaa, por que eu coloquei tantas camisetas? Estou suando igual doido de novo, e minhas mãos praticamente tremem.

Henry se inclina e coloca a colher na boca. Ele nunca tira os olhos dos meus.

— Hmmmmmm, foi a medida perfeita.

Ele coloca as mãos por debaixo do banco e pega uma sacola de plástico para colocar o copinho de sorvete vazio. Logo eu termino o sundae e jogo o copinho fora também.

— Ele se lembrou de você.

— Quem?

— Gaige. Lá da Califórnia.

— Ele está procurando faculdades aqui.

— A família dele é como a sua?

— Bem, eles não são gregos. — Dou uma risada nervosa enquanto vasculho meu cérebro atrás de outro assunto. — Por que você ficou provocando tanto a Tess lá na sorveteria?

— Ai, sei lá. Foi babaca da minha parte, né? O jeito que ela estava falando me incomodou. Não sei explicar.

Ele finalmente dá partida no carro e começa a dirigir.

— Para onde vamos, Ev?

Penso no quanto o mosteiro seria uma boa ideia agora. Já faz tanto tempo que quero falar sobre lá com Henry, mas nunca tive coragem.

— Ev?

— Tô pensando.

— Se você não pensar em um lugar agora, eu vou dirigir até a Califórnia.

— Seria tão ruim assim? — Rio de nervoso, mas meio que estou falando sério.

Henry fica em silêncio por meio segundo, depois diz:

— Não, não seria nada mal. — Depois ele fica quieto pelo que parece um tempo bem longo e desconfortável. — Ei! Estou só dirigindo aqui enquanto espero.

— Já sei. — Respiro fundo e digo: — Você já foi no velho mosteiro? É do seu lado da cidade.

— Já passei por lá. Está abandonado, né?

— Eles guardam equipamento das fazendas em uma parte dele, mas tem outra que parece meio largada mesmo. É como um museu. Tem um espaço cheio de estátuas. Como se fosse uma festa de estátuas.

— Como você sabe?

Penso por um minuto e me pergunto se eu deveria contar a verdade. Será que é hora de eu contar para alguém — contar para o Henry — tudo sobre mim?

— Porque eu entrei lá. Estava destrancado, mas...

— E você nunca me contou? Eu moro a só alguns quarteirões de distância, e você nunca nem pensou em dizer: *Ei, cara, que tal você ir comigo a um lugar legal... Perto. Da sua. Casa!* Nossa. Tantos segredos. — Não sei dizer se ele está brincando ou não.

Estou nervoso. A sola do meu pé começa a formigar e não sinto mais meus dedos. Já pensei em contar muitas vezes. Contar tudo, não só sobre o mosteiro, mas sobre o que acontece em casa, sobre o que estou sentindo, sobre como me sinto em relação a *ele*.

— Mesmo depois de todos esses anos, Ev, às vezes ainda parece que não te conheço. E eu te falo *tudo*. Falei sobre as coisas com a Amanda enquanto aquele circo todo estava acontecendo, e ainda assim sempre fico na dúvida sobre você. Tipo com a Tess. E agora com o Gaige. — Nós dois ficamos quietos por um momento antes de ele começar a falar de novo. — Sabia que, nesse tempo todo em que somos amigos, eu nunca entrei na sua casa? Nem uma vez.

Ah, inclusive, minha mãe convidou você para jantar amanhã. Acho que vai ser bolo de carne ou algo assim.

— Você não me conta tudo. Não pode ser verdade. — Ele começou a acelerar. — Acho que é melhor dirigir mais devagar.

— Me conta algo que eu não saiba agora e eu te conto também. Tento dar uma risada para desconversar.

— Viu? Você não me fala tudo, senão não teria nada para compartilhar agora. — Depois olho em volta. — Aonde estamos indo?

— Para o velho mosteiro. Quero ver essa festa de estátuas.

Agora não sinto mesmo os dedos dos pés. Quando entrarmos, vai ser um segredo a menos que escondo de Henry. E depois, o que mais pode acontecer? Merda. Tento mexer os dedos para ver se volto a senti-los.

À exceção dos faróis do Subaru, está tudo completamente escuro lá fora. Estamos dirigindo no meio da região das fazendas, e o caminho permanece quieto e plano por vários quilômetros.

— Bem, estou esperando.

É óbvio que ele não vai deixar isso para lá.

— Então sou eu quem vai começar?

— Para de enrolar, Ev.

Estou pensando bastante. O que é que eu posso contar para ele que não seja tão… humilhante? Revelador? Quando se cansa de esperar que eu diga alguma coisa, ele diz:

— Eu não vou para a faculdade. Pelo menos não no ano que vem. — Ele não tira os olhos da estrada.

— Espera, o quê? Por que só está falando disso agora? Quando foi que você decidiu isso? — Estou perplexo de verdade. — E a bolsa? Seus pais sabem que…

— Olha — interrompe Henry. — Minha mãe e meu pai sabem. Eles não estão superfelizes, mas concordaram. A bolsa é… não é minha praia. Todo mundo parece mais animado com ela do que eu. Estou começando a sentir que tênis é meu trabalho agora. Eu amo jogar. Nós nos divertimos tanto quando jogamos, não é? Quero amar tênis para sempre.

— Sinto muito. — Acho que eu deveria elaborar mais, mas não sei o quê.

Henry assente.

Chegamos a uma clareira e o telhado do mosteiro aparece no meu campo de visão. Ele embica o Subaru na entrada longa e cheia de cascalho, e fica evidente que o carro precisa de suspensões novas.

— Tem lugar para estacionar lá?

— Acho que não. Eu venho de bicicleta para cá de madrugada, e o portão está sempre trancado. Podemos escalar ele, mas não dá para dirigir até lá.

— Por que eu nunca conheci esse lado seu? Vou parar aqui mesmo e a gente vai andando pelo resto do caminho.

Ele encosta no canto direito da entrada, num espaço entre o cascalho e uma descida cheia de grama. Talvez eu caia quando abrir a porta.

— Qual lado?

— Esse lado vivendo-no-limite e invadindo-um-lugar-abandonado. Acho melhor você sair pela minha porta.

Ele desce do carro e estende um braço para mim. *Isso é ridículo.*

— Tá de boa, Henry.

Seguro no volante para me apoiar, deslizo para fora e me desequilibro. Caio no cascalho e bato partes do meu corpo que ainda não estavam tão machucadas. A dor é moderada em comparação com a vergonha que estou sentindo.

— Tá tudo bem?

Coloco-me de pé o mais rápido possível e dou batidinhas na roupa para tirar a sujeira.

— Tudo ótimo. Vamos lá. Mal posso esperar para você ver o lugar.

Vou na frente para ele me seguir.

Henry tenta parecer sério e diz:

— Não pense nem por um segundo que eu esqueci que você me deve algo que não sei sobre você!

— E não pense que já terminamos de falar sobre você não ir para a faculdade.

Estou correndo para o portão. Ouço os tênis de Henry no cascalho, correndo atrás de mim. Ele me alcança, e agora estamos lado a lado. Sorri quando suas pernas longas me passam. Apesar de ele não ser nem dez centímetros mais alto do que eu, em momentos como este, parece mais ser uns trinta. Ele pula e toca o portão antes de mim.

— Tã-rã!

Henry joga a cabeça para trás e fecha os olhos em direção ao céu escuro. Seu cabelo, que costuma ficar jogado para a frente, caindo na testa, está todo penteado para trás. Roubo uma olhada por um breve segundo. Esse é o cara que nunca julgou nada que já falei ou fiz, apesar de eu mal lhe contar as coisas. Só que uma parte de mim sente que ele já sabe de coisas que eu não falo. E, mesmo assim, ele não julga.

— Vamos subir essa bagaça. — Ele se segura na cerca. — Vou primeiro e daí te puxo para cima.

— Henry, já vim aqui centenas de vezes e subi essa cerca sem nenhum problema. — Seguro as barras de ferro com as duas mãos. Bem forte. Não quero repetir o desastre que foi sair do carro. — Não preciso de ajuda com algo que sei fazer.

Ele já está na metade do caminho até em cima.

— Você está me dizendo que nunca se machucou com essas coisas pontudas na parte de cima? — Ele começa a ir para o outro lado.

— Essas coisas se chamam pontas de lança, e essa cerca nunca me cutucou ou machucou.

— Você é tão bobo. É claro que você ia saber o nome.

Já estou no topo quando sinto meu celular vibrar no bolso. Giro o corpo, e agora estou de costas para Henry. Apoio-me na barra cruzada logo abaixo das pontas. Henry está no chão e eu o sinto me olhar. Pode ser que eu tenha mentido sobre nunca ter me machucado aqui antes, mas *não vai* se repetir hoje. Solto as barras de cima, empurrando a barra cruzada com meus pés e caindo encolhido no chão, ao lado de Henry.

— Cara, você nem olhou para ver onde eu estava. Você poderia ter caído em cima de mim.

— Mas não caí. Precisamos dar a volta pelos fundos. Vem comigo.

— Daria para vir da minha casa para cá a pé. Por que não explorei este lugar antes? E o que me irrita mais ainda... por que você não me contou?

— Shh, Kimball. Já encerramos essa história.

Eu nos levo para longe da entrada, que parece uma mistura da Mansão Wayne com uma igreja. Damos a volta por um lado do mosteiro e indico o caminho da direita, de modo que passemos pela cerca-viva. Henry está andando do meu lado, e tudo está perfeitamente normal.

— É difícil acreditar que eles guardam equipamentos antigos das fazendas aqui. É como se esse lugar devesse ser usado para algo mais legal. Como você o descobriu?

Meu celular vibra de novo. Pego-o do bolso, tentando andar mais na frente de Henry para que ele não perceba.

— Te falei. Foi quando eu estava de bicicleta.

É minha mãe. Desligo o celular e o coloco de volta no bolso.

— Vamos pegar esse caminho até lá, depois podemos ir pelos fundos, onde ficam as janelas altas.

Sigo a trilha que passa por uma fonte grande ao leste do mosteiro.

No fundo, há dois conjuntos de janelas de cada lado de um conjunto ainda maior de portas duplas, no meio da parede. Aponto para as janelas mais distantes. Conforme nos aproximamos desse lado, chegamos mais longe da já esparsa luz da propriedade. Henry pega o celular e o liga na função de lanterna.

— Está com medo? — pergunta ele, direcionando a luz para os meus olhos.

Semicerro os olhos e empurro a mão dele.

— Idiota. Aponta para a janela.

Henry ri e faz como instruí. A luz ilumina a parte de dentro. Quando ele as vê, quase dá um pulo para trás.

— Caralho!

— Eu falei. Deve ter umas cinquenta.

É como se alguém tivesse mexido nas estátuas. Nunca as vi tão próximas da janela assim. As duas mais próximas de nós quase tocam o vidro. Henry mexe no batente.

— As janelas abrem para dentro ou para fora? — Ele continua mexendo.

— Para fora. Está trancado? — Pego o batente do outro lado. Trancado. — Hmmm. Estranho. Elas nunca estão trancadas.

— Talvez a festa tenha saído de controle.

— Aonde você vai?

— Vou tentar abrir as outras portas.

— Espera por mim. Está escuro. Deixa eu iluminar o caminho para você...

Balanço o batente. Está destrancado.

— Deu certo? — pergunta ele do outro lado.

— Está aberta.

— Talvez eles tenham descoberto você. Talvez a gente tenha companhia.

Viro-me e pego o celular dele.

— Ei...

— Desliguei o meu. É mais fácil assim. Sei para onde estou indo.

Este espaço não é parte da sala das estátuas. É um lugar completamente diferente, de cima a baixo — paredes de madeira manchada, um teto bem alto de caixotão e o que me parece ser chão de pedra. Tem um tapete bem velho e empoeirado, além de uma escrivaninha longa de madeira entalhada em um dos lados e que parece já ter sido um altar. Ela tem um acabamento dourado gasto e desbotado. A cadeira alta foi feita com o mesmo material da escrivaninha e tem um apoio de costas e de assento almofadado com veludo vermelho, também puído.

— Sinto como se eu precisasse de uma biblioteca agora. Não percebi que estava sentindo falta de uma — diz Henry em seu tom de voz normal, não sussurrando.

— Você está acabando comigo. — Ainda sussurro. — Vamos tentar não fazer barulho.

— Não tem ninguém aqui.

— Se alguém trancou as janelas, então alguém veio ou está aqui. — Vou até a porta. — Talvez por aqui a gente chegue ao outro cômodo.

— Dá aqui. — Henry tira o celular de mim. Ele abre a porta e ilumina o que parece um corredor. — Isso só pode ser a porta para a festa das estátuas. É o cômodo ao lado da biblioteca. — Ele mexe no batente, que não cede. Henry continua tentando. Nada.

— Puxe-os — digo.

Ele coloca o celular na boca, pega os dois batentes com uma mão cada e os puxa. As portas se abrem. Ele pega o celular e ilumina o lugar.

— Sucesso! Vamos. — Ele fecha as portas e nós esperamos enquanto ele aponta a luz ao nosso redor.

O cômodo é maior do que o escritório/biblioteca, mas parece menor, em partes por causa das estátuas, mas também porque o teto aqui é mais baixo. A luz do celular faz todas as partículas de pó brilharem no ar. As paredes são apaineladas e, na parede à esquerda, por onde se entra, há uma lareira toda feita de pedra. O piso tem um desenho ornamental. Está desbotado em determinados pontos, mas as partes ainda intactas têm três bordas que passam por todo o espaço. Todas as três têm o mesmo tipo de decoração. Cada coluna é um pouco diferente.

— Eu amei este lugar. — Henry olha para mim. — Vamos morar aqui.

Fico feliz por ele não conseguir enxergar minhas bochechas coradas no escuro.

Ele não faz ideia do que está dizendo ou de como isso me afeta, me confunde — bem quando não tenho o luxo de confrontar o que sinto. Em vez de fazê-lo, entro no modo guia turístico.

— Deixa eu mostrar tudo para você.

Gesticulo para o celular dele. Quando o pego, começo a me mover entre as estátuas. A iluminação deixa as pedras ainda mais sinistras. Dependendo da projeção e do ângulo do brilho, os rostos parecem agradáveis ou assustadores. A luz que passa entre as estátuas faz o ar parecer tremer.

— Essa aqui com os braços estendidos está indicando o caminho.

Aponto para a estátua, a fim de que Henry veja de qual estou falando, principalmente o rosto. Os olhos não parecem olhar para o nada — é como se estivessem vivos, e, se você se mexer devagar, consegue imaginá-los te acompanhando. Dou alguns passos e coloco a luz em três estátuas de mulheres.

— Essas moças com os livros e os cálices estão segurando meu futuro. Agora, como você pode ver — giro para iluminar todo o cômodo —, há muitos caras que parecem estar em diversas posições de guerra. Eu os chamo de Exército.

Aponto a luz do celular para Henry. Ele olha ao redor e depois para mim. Está a um braço de distância.

— Por que Exército? Por que não... Civis?

Hesito por um minuto e depois, antes que eu consiga me parar, respondo:

— Eles estão lutando pela minha vida.

Henry não desvia o olhar. Geralmente, quando alguém me olha por muito tempo, fico muito nervoso. Não costumo conseguir segurar por mais de um ou dois segundos. Neste momento — esse momento que acelera meu coração e faz minhas mãos suarem —, eu me forço a sustentar o olhar dele.

— Acho que isso se configura como uma das coisas que eu não sabia sobre você. — Ele ainda me encara. — O que você faz aqui?

— Às vezes, nada. Outras vezes, desenho. Às vezes, finjo que está tudo normal, só um dia comum em que nada dá errado.

Pergunto-me se os cílios de Henry se prendem uns aos outros quando ele pisca. São muitos — tanto em cima quanto embaixo. Ele não pisca. Henry se senta bem no meio da sala. Eu o acompanho e me sento diante dele. Ele cruza as pernas, inclina-se e apoia os cotovelos nos joelhos. Fico em uma posição parecida, só que minhas mãos estão para trás, as palmas estendidas no chão. Estou inclinado para trás.

— Por que *você* não está lutando pela sua vida? — Agora ele está sussurrando.

Não digo nada. Passo os olhos pelo espaço por um momento, depois encaro Henry de novo. Ele coloca a mão no bolso, tira um pedaço de papel amassado e o entrega para mim.

— Toma. Acho que eu te devo mais alguma coisa.

Pego da mão dele e desdobro.

— A lista de lugares que a gente prometeu visitar.

Olho para o papel e depois para Henry. A lanterna do celular desenha sombras no rosto dele de um jeito que, com essas maçãs do rosto altas, faz com que pareça parte da festa das estátuas. Minhas mãos tremem um pouco. Não de forma aparente, mas o bastante para fazer com que o papel se mexa. Seguro com mais força.

— Eu me lembro. — Tento controlar minha voz. — Eu me lembro de quando começamos esta lista.

— Eu a carrego comigo quase o tempo todo. Ev, você se lembra de quando começamos a escrevê-la?

— Éramos crianças. Tínhamos o quê, uns sete anos?

— Oito. Não nos conhecíamos há muito tempo na época, mas você passou o fim de semana na minha casa e dormiu no chão do meu quarto, em um saco de dormir.

— Aham.

— Demorou muito para convencer sua mãe. Ela não estava muito feliz com a ideia.

— Ajudou o fato de ela estar dando testemunho para os seus pais. Ela achou que os converteria. Acho que posso ter sido usado como um cavalo de Troia.

— Foi meu primeiro fim de semana sem o Dillon. Aquele cachorro significava mais do que tudo para mim. Nunca chorei daquele jeito. Fiquei com tanta vergonha. Ainda mais na sua frente… — Ele para de falar e mira o chão, passando os dedos pela textura de troncos de árvores. — Você veio para a minha cama e ficou deitado comigo, me abraçando até eu dormir.

Ele me encara. Não digo nada.

— Ev, você fez aquilo o fim de semana todo, a cada vez que eu não conseguia parar de chorar. Quando eu via o pote de comida dele ou a coleira... Você disse que precisávamos ir a um lugar diferente e recomeçar, mesmo que fosse só por um dia.

Ele começa a rir um pouco.

— Tipo o zoológico submerso, onde podíamos fazer carinho nos animais, e o avião submarino em Mermet Springs. — Nós dois rimos. — Que merda foi aquela?

— Nem sei. — Eu o observo, e é o mais próximo que eu já me senti de outro ser humano.

— Essa lista fez com que eu me sentisse melhor, mesmo se nunca fôssemos a lugar nenhum. *Você* fez eu me sentir melhor.

É minha vez de abaixar a cabeça.

— Ev, como você se machuca tanto?

Merda.

Tento me lembrar de respirar. Sou grato por estar quase totalmente escuro aqui.

Ele chega mais perto de mim.

— Você nunca tropeçou nem caiu quando jogamos tênis ou quando você anda de bicicleta.

— Meu equilíbrio é...

— Sempre acontece quando você está em casa.

Encaro as estátuas e me afasto um pouco de Henry. Ele pega a base do meu moletom e me puxa para mais perto. Abaixo a cabeça, ainda desviando o olhar. Ele vem para ainda mais perto e começa a tirar meu moletom. Sinto-me paralisado, assustado, eufórico. Tento pará-lo.

— Henry. Por favor.

Como posso estar com frio e suando ao mesmo tempo? Ele está perto o bastante para que eu sinta o cheiro de sorvete de menta com chocolate no hálito dele.

— Ev, quero ser quem vai ajudar você a se sentir melhor — diz Henry, baixinho.

Usando toda a força de vontade que consigo juntar, afasto-me de vez e digo:

— Não. Isso não é o que você quer. Ou o que eu quero.

A verdade é que isso é exatamente o que eu quero, mas tenho tanto medo de querer... e ainda mais medo de conseguir.

Henry imediatamente solta meu moletom. E o momento acaba.

catorze

Meus olhos estão fechados.

— Deus misericordioso, proteja esta criança. Projeta os desejos dele. Afaste-o do pecado. Mantenha a mente e o corpo deste menino puros. — Minha mãe começa a murmurar coisas que não entendo. Só quem é tocado pelo Espírito Santo pode falar nessa língua mística que só Deus entende. — Maaaalaaaaneeee kwaaannnntaaaaa moriiiinaaa.

Abro um pouco os olhos e vejo que ela está sentada na beira da minha cama, de olhos fechados. A cabeça dela balança devagar, e seu tom de voz é baixo. Finjo dormir, e ela continua.

— Deus da bondade e da vingança, sabemos que Tu não és só amor, mas também ira. Pelos imundos, pelos depravados, pelos desobedientes. Faça esta criança ser Tua de novo e o guie com Teus pensamentos santos, não com os do mundo.

— Vee.

Agora meu pai também apareceu.

— O que você está fazendo?

— Shhh.

Prendo a respiração e tento relaxar minhas pálpebras para não parecer que estou fingindo dormir.

— Vee, sai daí.

— Adoramos a Ti, Pai Sagrado. Confiamos em Tua palavra, que nunca falha. Vivemos pela Tua promessa de nos limpar e nos livrar do mal. Esta criança precisa ser livrada, em Teu nome sagrado. Amém.

Sinto-a se levantando da cama e indo embora, fechando a porta depois de sair. Meus pais começam a cochichar bem do lado de fora do meu quarto.

— E se ele acordasse? Seria...

— Ele precisa de oração o tempo todo. Ele chegou tarde ontem.

— Isso está saindo de controle, e...

— Shhh! Você não sabe. Não posso confiar tudo ao pastor. Você nunca sabe, Eli. Você nunca sabe. Por que não vê o caderno dele? Você lê melhor do que eu. Talvez tenha algo lá que possa nos dizer o que está acontecendo.

Ao ouvir isso, eu me sento na cama.

Espera.

Cadê?

— Vee, eu não vou ler as coisas particulares dele. Não é certo.

— Ele está mudando. Ele não segue mais as minhas ordens, não escuta.

Meu coração está batendo muito forte. É como se meu sangue estivesse a mil por hora. Então, eu me lembro.

Merda!

O caderno. Ainda está no carro do Henry.

— Vee, ele nunca mais vai confiar em nós dois nem em ninguém se continuarmos assim.

— Já estava na hora de você se levantar, de qualquer jeito. Leve-o para comer rosquinhas. Com você ele conversa. Descubra o que ele anda aprontando. O que ele faz quando não está aqui ou na escola. Estou cansada.

Eu a ouço entrar no quarto deles, e meu pai vai ao banheiro.

Meus pensamentos vagam.

Se eu tivesse deixado, será que Henry teria me beijado ontem? Será que ele encontrou o caderno? Ou pior: *será que ele leu?* O que eu digo ao Henry quando o encontrar hoje? Digo a mim mesmo que fiz a coisa certa, mas não parece.

quinze

Quando meu pai e eu entramos na Dunkin', tento me concentrar nele, mas é quase impossível. Continuo vendo o rosto de Henry tão próximo do meu. Lembrando-me do cheiro de sorvete de menta com chocolate no hálito dele. Do jeito que ele me contemplava, que se repete na minha mente. Por que o parei? Ele deve estar me odiando.

Linda está perto da beira do balcão, enchendo um copo de café para uma mulher de terno cinza e cabelo preto com um corte chanel perfeito. Ao levantar o olhar, Linda nos vê. Meu dom de ver e ouvir tudo está especialmente aguçado hoje. Este lugar inteiro e todas as pessoas nele estão tão nítidas para mim, e tudo soa tão barulhento.

— Olha só se não são meus dois bonitões. Elias, Evan, como vocês estão?

— Estamos bem, querida.

Sentamo-nos a uma mesa próxima da porta. É estranho não ouvir meu pai, e principalmente minha mãe, quando não estão falando grego. É ainda mais estranho ouvir meu pai se referir a Linda como "querida".

— Os rapazes vão querer o de sempre?

Meu pai olha para mim e eu assinto.

— Espera — digo. — Vou querer café desta vez.

— Como foi ontem à noite?

— Bom. — Meu Deus, como isso é estranho. — Pai?

— Oi?

— Vocês me seguiram?

Olhando para as mãos, ele toma um pouco de fôlego.

— Sim.

— Por quê?

— Queríamos garantir que você... — Mas ele para de falar. — Eu não sei.

— Pai...

— Não vamos fazer de novo. Prometo. — Depois, mudando de assunto e de tom de voz: — Seu tio disse que você fez um amigo novo no acampamento. Um amigo cristão.

— Gaige. Ele está aqui na cidade para ver o campus da faculdade cristã.

— Aqui está, rapazes. O de sempre. — Linda coloca os cafés e as rosquinhas na nossa frente. — Bom apetite! Me avisem se quiserem mais alguma coisa. — Ela dá uma piscadinha e sai.

— Posso ir jantar na casa do Henry hoje à noite? Depois de eu ajudar a mãe com o cabelo?

— Não tem lição?

— Posso fazer no fim de semana.

— Não se esqueça de domingo. Vamos passar o dia todo na igreja. O pessoal vai para nossa casa depois.

Não pergunto sobre a festa na piscina. Uma coisa de cada vez.

Ele parece desconfortável.

— Precisamos falar sobre a aula de grego. A inscrição é no sábado. E precisamos falar sobre a casa.

Dou a primeira mordida na rosquinha e tomo um gole do café, depois mais um.

— O que tem a casa?

— Acho que você está ficando velho demais para o curso de grego e... — Ele para, toma um gole do café e não olha para mim quando enfim diz: — Talvez precisemos vender a casa.

— Ah. — O negócio de eu estar velho demais para a aula de grego é mentira. Provavelmente não temos mais como custear nada disso. A casa. Minha educação extra. Mas admiti-lo deve ser muito desmoralizante para ele. Não posso dizer que estou decepcionado por causa do curso, mas a casa? — Vamos nos mudar?

Espera, será que nós nos mudaríamos para longe do Henry? Da escola? Além disso, do meu quarto. O único lugar na casa inteira onde me sinto seguro.

Meu pai balança a cabeça enquanto bebe o café.

— Posso trabalhar nos fins de semana no empório. Talvez isso...

— Vamos falar com a sua mãe sobre trabalhar nos fins de semana. Uma corretora de imóveis da igreja vai passar lá em casa hoje. Volto às três. Não estou mais com o segundo trabalho no restaurante... eles me mandaram embora. Não estão com tantos clientes, eles disseram. Só estou na padaria agora. — Ele dá mais um gole no café. A questão sobre o meu pai é que, mesmo quando algo ruim acontece, ele nunca reage. Mas vejo a frustração e o desconforto estampados em todo o corpo dele. — O corretor entende grego e inglês, então você não precisa lidar com a papelada.

— Você sabe que eu não sou um advogado imobiliário, né? — Estou fazendo graça, mas é sério.

Ele dá a primeira mordida na rosquinha trançada e diz com a boca cheia:

— Você conhece a língua. Não entendo por que não pode nos explicar as coisas e preencher os formulários. Eu só entendo até certo ponto, e sua mãe... sua mãe está certa sobre algumas coisas. Você às vezes é preguiçoso mesmo.

Não vire essa pessoa agora, pai. Eu preciso que você seja mais do que isso.

— Não sou preguiçoso.

— Não retruque! — Ele abaixa o tom de voz para um sussurro irritado e espia ao redor para conferir se não tem ninguém olhando ou ouvindo. — Eu perdi o trabalho. É provável que percamos a casa, e você só pensa em si mesmo.

Fico em silêncio, e a culpa me consome na hora por não ter percebido o tanto que isso deve ser ruim para ele. Quero ser salvo, mas ele mal consegue salvar a si mesmo.

A voz dele fica calma de novo, mas um pouco ríspida.

— Não se preocupe. Não precisa traduzir os documentos imobiliários. A corretora vai resolver isso. — Nós dois olhamos para o lado de fora por alguns minutos. — Desculpa por termos te seguido ontem. — Ele soa sincero.

Assinto.

— Ela fica preocupada.

— Você também?

— Não. A que horas vai ser o jantar na casa do Henry? Posso levar você lá, se ele te trouxer de volta.

— Vou perguntar.

— Querem mais café? — Linda sempre aparece bem quando se precisa dela.

— Para nós dois. — Meu pai aponta para os copos vazios na nossa frente. — Henry ainda está namorando aquela...

— Não, mas tinha uma menina na Bugle's ontem que o chamou para uma festa na piscina no sábado. Ele vai.

— E você?

— Gaige estava na Bugle's também. A mãe pediu para chamá-lo. Ela acha que ele é uma boa influência.

Meu pai responde em uma voz baixa:

— Tudo bem ter... você sabe. Gostar de alguém. Você deveria ir a essa festa na piscina. Se o Gaige vai, sua mãe não vai se importar. Ele vem de uma boa família cristã.

— Sim. Ele é um cara legal, e nós não nos conhecemos muito bem. Além disso, eu não...

— Talvez, se ele se mudar para cá por causa da faculdade, vocês poderiam se conhecer melhor.

Estou tentando tanto não ficar com o rosto completamente corado agora. Ele está mesmo de boa com isso? Esses sinais confusos estão acontecendo rápido demais. Terminamos nossos cafés e nossas rosquinhas em silêncio, e seguimos para o carro.

— Vai ser bom ter um grupinho.

— Pai?

— Caso Gaige seja alguém com quem você possa conversar. E você tem Henry e Jeremy também. Isso é bom.

Não sei aonde ele quer chegar, mas concordo.

— Aham.

— É como o pessoal da igreja para a sua mãe, sabia?

— E para você?

Ele balança a cabeça.

— Não sei. Nunca foi desse jeito para mim. Quer que eu leve você para casa primeiro ou direto para a escola?

Quero dizer algo. Algo que vai confortar meu pai, mas tudo que consigo dizer é:

— Para a escola. Vou adiantar um pouco de lição na biblioteca.

Ele sai do estacionamento da Dunkin' e começa a dirigir. Rápido.

— Você está bravo? — pergunta ele.

— Estou... frustrado. Sim, estou bravo. Quer dizer... qual é, né, pai? Você acha mesmo que sou preguiçoso? Você concorda com a mãe e do nada diz que temos que vender a casa. Você se desculpa por ter me seguido, mas... — Paro de falar e olho para ele. O rosto dele está sem expressão, como sempre acontece quando ele é confrontado com uma situação desconfortável, e seus olhos também estão vagos. — Você está certo sobre uma coisa. Estou virando a conversa para que seja sobre mim. Você também deve estar bem bravo e preocupado.

— Não posso dar um bom motivo por termos seguido você. Faço o que acho que é certo todos os dias. Todos os dias. Trabalho muito, tento pagar as contas, invisto na sua educação e tento fazer tudo funcionar, não importa o quanto... o quanto seja difícil... que tudo pareça fora do alcance. Estamos do lado de fora. Você ainda mais.

Qualquer resquício de raiva que eu ainda tinha vira tristeza. Estou triste por ele e pelo tanto que deve ser difícil equilibrar tantas responsabilidades e fazer com que todas deem certo. Ficamos em silêncio enquanto ele dirige por mais alguns quarteirões. Parecem muitos quilômetros.

— Tio Tasos disse que Gaige é um garoto muito educado e bonito. Ele pratica esportes?

E é assim que a conversa segue. Ela simplesmente muda de rumo — sem período de transição.

— Não. Ele é mais do tipo que curte livros e tecnologia. Acho que ele quer estudar algo relacionado a ciência.

— Você gosta dele?

Ai. Meu. Deus. Isso é tão constrangedor.

— Ele é legal. Nós nos damos bem... ele é legal.

— Henry e o resto do pessoal chegaram a conhecê-lo?

— A Bugle's estava muito cheia. Ele conheceu muita gente.

— Uhum.

Sinto frio e calor ao mesmo tempo. Faço o clássico desvio de assunto dos Panos:

— Você vai procurar outro trabalho? Sabe, se eu acabar trabalhando nos fins de semana...

— Eu vou. O dinheiro que você ganha do trabalho deveria ser para a faculdade. Você vai precisar. Não sei com quanto vamos conseguir ajudar.

— Eu não esperava que vocês fizessem isso.

Mais silêncio.

Pego meu celular no bolso.

— Tenha um bom dia. Vou falar com a sua mãe sobre o jantar hoje à noite e o negócio da piscina no sábado. Volta para casa direto da escola para ajudá-la com o cabelo.

— Pode deixar. Obrigado.

Assim que entro na escola, corro para o pátio. Tem uma lixeira segurando a porta aberta. Preciso esclarecer minhas ideias. Essa é a melhor parte de chegar cedo na escola — não tem mais ninguém aqui.

Vou até o banco mais distante e mando uma mensagem para Henry:

> Ei, acho que deixei meu caderno no seu carro. Debaixo do banco. Traz pra mim? Tô no pátio.

Por favor. Por favor, não leia. Por favor, Henry. Por favor.

Parte de mim também quer mandar: *Ei, então... como você está se sentindo sobre ontem? Porque, desse lado aqui, eu não consigo parar de pensar no que aconteceu. E em você.*

Hoje parece um daqueles dias complicados de se estar na escola. É o tipo de dia em que fingir é mais difícil do que o habitual. Sou muito bom fingindo ser normal — acho que, se você perguntasse para os alunos o que eles acham de mim, eles ficariam entre dois grupos. Um deles se perguntaria se sequer sabe quem sou eu. Tipo, literalmente teriam que tentar lembrar se sou mesmo um aluno vivo da escola deles ou só um cara inventado pela pessoa que está perguntando como parte de um experimento social. O outro grupo diria que sou tímido, desajeitado e que fico na minha.

Respiro fundo e escrevo outra mensagem:

Ei, Gaige, é o Evan. Acho que vou descobrir os detalhes da festa na piscina ainda hoje. Te mando dps. Espero que esteja aproveitando Chicago. Desculpa por ontem.

Apoio as costas no banco.
Vamos analisar o pior resultado que isso tudo pode ter:
Henry lê meu caderno.
Descobre sobre o beijo de Gaige.
E sobre o abuso.
Descobre até onde a loucura religiosa da minha família vai.
Decide que é demais para ele.
Ele me expõe. (Será que isso é possível?)
E aí não tem mais Henry.
Mundos colidindo.
Meu celular vibra.
É Gaige.

Beleza. Me avisa quando descobrir. Queria conversar.

Eu me deito no banco e penso em Henry.

E no mosteiro.

Respira, Evan. Pensa no mosteiro.

Em Henry.

No que quase aconteceu. No que de fato aconteceu.

Se nos beijássemos, seria diferente de quando beijei Gaige?

Odeio pensar isso, mas... Gaige foi quase um teste. Por que eu não vi isso antes? *Porque você ainda não tinha beijado Henry!* Um teste para que eu visse. *Será que quero...? Será que estou...?*

Meu celular vibra.

Tô com seu caderno. Já chego. ☺

Ai, Deus. Um emoji. Ele nunca manda emojis. Nunca. O que eu digo quando o encontrar?

E aí, cara? Você por acaso leu meu caderno? E depois, o que mais? O que ele vai dizer, caso tenha lido? O que ele vai dizer sobre tudo? Conjecturo se ele está pensando em ontem tanto quanto eu. Talvez tenha se assustado e agora nunca mais vai tentar me beijar. Estou surtando.

— Ev!

Henry aparece com seu sorriso largo, mostrando as covinhas. Hoje não. Agora não. *Para, Henry.*

Sorrio para ele.

— E aí? — pergunto. Ele fica parado na minha frente, meio ofegante. — Você veio correndo?

— Aham. Eu estava do outro lado da escola. Toma. — Ele estende o caderno para mim. Estamos tão perto que, quando ele estica o braço, quase acerta meu peito.

Eu pego o caderno e o enfio na mochila.

— Valeu. Eu estava tão cansado ontem que nem pensei em...

— Então...

Antes que ele possa dizer qualquer coisa, eu falo:

— Vou poder ir para a sua casa hoje. — Analiso o rosto dele procurando algum sinal de que ele se lembra. Qualquer coisa que me informe que agora ele sabe mais do que sabia ontem à noite.

— Beleza. Vou falar para a minha mãe.

Nada.

Eu acho. Não dá para saber. Minha percepção está bagunçada. Ele não poderia ter lido. Henry não mente bem assim.

— Quer que eu busque você?

— Meu pai me leva. Você me leva de volta para casa depois?

— Claro. E talvez devamos falar sobre o que aconteceu...

E aí está.

— Claro. Com certeza. *Muito* importante. — Não é minha intenção, mas soa falso. — Concordo. Deveríamos mesmo. Conversar.

Ele parece abatido. Fui eu quem fez isso?

— Preciso ir pra aula. Até depois. — Com essas palavras, Henry sai, e me sinto como um daqueles balões de parques de diversão que, não importa o quanto estejam cheios durante o evento, quando você chega em casa, eles já estão completamente murchos.

dezesseis

— *Isso te lembra alguma coisa?*

— Deveria?

Inclino-me em direção ao cavalete de Jeremy e semicerro os olhos para ver melhor a tela que ele pintou.

— Sei lá, Panos.

— Jeremy, faz o que você sentir e pronto. Não precisa parecer nada.

— Ugh. Acho melhor você fazer para mim.

— Jeremy. Evan. Como estão? — O sr. Quinones, nosso professor de Artes, pode ou não ter sacado que eu faço muitos (a maioria) dos projetos do Jeremy.

— Estou tentando pensar na melhor maneira de fazer uma colagem, senhor Q. — Jeremy não ajuda, porque a culpa fica evidente em sua voz.

O professor vem até nossa mesa.

— Está tomando forma. Isso não é uma prova, Jeremy. Colagens são um dos melhores jeitos de se expressar livremente. Não se sinta limitado, você pode misturar os materiais. — Ele observa a minha tela, que pode estar um pouco exagerada. — O senhor Panos aqui não tem medo de misturar elementos. As escolhas de materiais dele são incisivas e deliberadas. — Ele anda pelo resto da sala e depois volta à sua mesa. — Vamos terminando antes do fim da aula, pessoal. Podem deixar as telas aqui. Não quero vocês trabalhando nisso no fim de semana.

— Talvez o senhor Panos devesse ser mais incisivo e delibe-rado com outras coisas também. — Tommy olha em minha direção com a mão esquerda perto de boca, fazendo um gesto de sexo oral.

— Senhor Goliski. — O sr. Quinones chama Tommy até a mesa com uma expressão séria. — Você acabou de ganhar atividades novas para depois da escola.

Tommy revira os olhos e vai até a frente da sala.

— Acho que ele sabe, Panos — diz Jeremy.

Gotas de suor começam a se formar no meu lábio.

— Ai, meu Deus — sussurro.

— Acho que ele sabe que você faz meus trabalhos.

— O quê?

— Panos, eu disse para você dar uma desleixada. Você faz minhas coisas ficarem legais demais. Siga a regra de ouro: sempre, *sempre* mire no C+ quando estiver fazendo minhas lições.

— Fala baixo.

— Você vai à festa na piscina amanhã ou tem aula de grelo?

Dessa vez, sou eu quem revira os olhos.

— Pelo visto, acabou o curso de grego para mim.

— Puta merda! Desde quando?

— Senhor Ludecker? Está tudo bem?

— Desculpe, senhor Q. O Panos acabou de me dar uma ótima ideia para a colagem. Vai ficar irado!

— Conversem baixo, rapazes. Os outros alunos estão tentando se concentrar.

Olho para Tommy, que me mostra o dedo do meio.

Jeremy se inclina e abaixa o tom de voz.

— Que épico. Isso é uma era totalmente nova.

Desde que virei amigo de Jeremy, sempre tive aulas de grego aos sábados. Entre isso e ajudar minha mãe a limpar a casa, era quase impossível sairmos nos fins de semana.

— Acho que vou pegar mais turnos no empório. Preciso guardar dinheiro para a faculdade e para comprar um carro.

— Mesmo assim. Não vai ter mais lição de casa. Podemos até dar uma volta de bicicleta e tal. Como foi que isso aconteceu?

— Meu pai perdeu um dos empregos e...

— O clássico corte de funcionários. Já vi acontecendo antes. Meus pais ameaçaram fazer eu e minha irmã dividirmos um celular no ano passado quando os dois estavam preocupados com as demissões nos trabalhos deles. Dá para imaginar isso? Dividir um celular? Eles cagaram no meu mundo quando falaram aquilo. Pelo menos dessa vez tem um lado positivo.

Isso é sério? Jeremy é um narcisista de primeira, e estou exausto demais para lidar com isso agora, então só respondo:

— Parece que eu vou à festa da Ali.

— Acho que vou também. É bom aproveitar que o clima ainda está bom. Aquele cara do acampamento também vai?

— Aham. A Tess vai estar lá, né?

— Quem se importa? Você a ouviu na Bugle's. Todo mundo ouviu. — Ele diminui mais ainda o tom de voz. — Que merda de perda de tempo.

— Talvez você devesse ter escolhido alguém menos espertona e mais...

— Eu deveria ter opções. Estou no meu melhor momento. — Ele inclina as costas na cadeira e dá uma longa olhada para o seu projeto de arte, depois para o meu. — Você entende dessas coisas. Eu não sei como, mas você entende.

O sr. Quinones anuncia:

— Certo, vamos começar a guardar as coisas. E não se esqueçam do objetivo deste fim de semana. Tragam uma coisa da sua vida fora da escola para acrescentar às colagens de vocês. — O sr. Quinones olha para Jeremy e para mim. Ele gesticula para que eu vá até a mesa dele enquanto entrega um pedaço de papel para Tommy e o libera para sair da sala, provavelmente rumo à diretoria. Tommy me lança um olhar furioso.

— Nunca admita nada — fala Jeremy.

— Valeu mesmo, cara. — Enquanto todo mundo sai, termino de guardar minhas coisas e vou até a mesa do sr. Quinones. — Oi.

— Evan, tem uma coisa que acho que pode te interessar.

— Tudo bem.

— É um programa de estágio em uma galeria em Chicago. Faço parte da comissão. Aceitamos três estagiários todos os anos. Às vezes leva a um trabalho remunerado, mas não deixa de ser uma boa exposição à arte e a oportunidades. Além disso, é atraente para as universidades. Você vai tentar entrar no Instituto de Arte, né?

Fico parado, sem acreditar que estamos tendo essa conversa.

— Você teria interesse?

— Hm… Acho que sim?

Ele ri.

— É bom. Eles vão querer ver amostras do seu trabalho, e você teria que preencher alguns formulários.

— O que eu…

— Você pode me trazer alguns esboços, coisas que eu ainda não tenha visto em aula, na segunda-feira? Coisas que você já tenha. Não precisa fazer nada novo.

— Não tenho nada terminado. Quer dizer, tenho algumas coisas, mas… tudo é tão…

— Tudo bem. Traga o que puder. Estamos acostumados a ver os projetos dos artistas em diferentes estágios de finalização. Tem menos a ver com as coisas estarem terminadas e mais com o processo e a técnica.

Ele me chamou de *artista*. Nem eu me vejo assim.

Estou pensando no que tenho — os desenhos que eu não teria medo de mostrar para outra pessoa, muito menos para um grupo.

— Vou ver o que consigo arrumar. — Faço uma pausa. — Obrigado.

— Você tem talento. Isso pode ser algo de verdade para você. Não só um estágio, mas na vida mesmo. A arte pode ser o que você faz para o mundo.

Agora acho que ele está brincando. É uma piada de mau gosto.

— Valeu.

— Estou ansioso por você.

Volto para a mesa, pego minha mochila e saio da sala. Por um minuto, não me lembro de onde tenho que ir agora. Meu cérebro está em branco.

— Ele brigou com você?

Dou um salto para trás de susto.

— Meu Deus, Jeremy. Você ficou esperando esse tempo todo?

— O que rolou? Me conta tudo no almoço. É melhor eu desistir do meu sonho de ser um grande artista?

Almoço. Certo.

— Ele quer que eu me inscreva em um estágio numa galeria da capital. Ele nem falou de você.

Henry aparece e começa a andar conosco. Analiso o rosto dele à procura de sinais de... nem sei o quê. Quero saber o que ele está pensando depois de ontem.

— O Panos aqui vai fazer uma parada chique de artes. Numa galeria. Em Chicago. O senhor Q está planejando tudo. Ele é gay, né?

— Porque ele é professor de Artes? — rebate Henry.

— Ué, sim, e porque ele não é casado e tem uns trinta anos. Que foi?

— Eu não acho que ele já esteja na casa dos trinta. Acho que ele ainda tem vinte e poucos — interfiro, como se fosse provar algo.

— O que estou dizendo é que todas as peças se encaixam. Ele é velho e não é casado. Ou pelo menos não tem namorada, até onde sabemos. E é professor de Artes. Ele se veste bem e o cabelo dele está sempre arrumado.

— Você é um idiota, sabia? — De repente, não quero mais ficar perto de Jeremy. Não quero mais ouvi-lo falar sobre o sr. Q. — Estou com fome e hoje é dia de tacos, então...

Apresso-me e saio na frente deles rumo à cafeteria. Pego minha bandeja, a comida e a bebida o mais rápido que posso. Tão rápido que os perco de vista na multidão. Acho um lugar para me sentar num canto bem, bem longe.

Digo a mim mesmo para me acalmar. *Jeremy é um idiota. É como ficar bravo com um bebê. Esquece isso.* Henry me encontra mesmo assim.

— Você está com *muita* fome? — Henry se senta na minha frente, do outro lado da mesa. — Pequena mudança de planos para hoje. Meus pais vão sair. Eles se esqueceram, eu me esqueci também. Na verdade, eles vão ficar fora o fim de semana todo. Isso estava planejado há meses. Eles vão ver um espetáculo na capital e vão passar o fim de semana lá.

— Ah. Não vai ter jantar então?

— Vai, sim. Ainda vamos comer bolo de carne. Minha mãe vai deixar pronto e acho que eles ainda vão estar em casa quando você chegar. É que seremos só nós dois. A Claire ainda está na universidade.

— Tudo bem.

Não sei como me sentir sobre isso. Queria mesmo que Claire fosse hoje. Gosto dela. Além do mais, ela forneceria o apoio emocional de que vou precisar.

— Os tacos estão nojentos. Panos, não sei como você consegue comer isso. — Jeremy bate a bandeja na mesa.

Dou de ombros. Ainda não estou pronto para aliviar a barra dele.

— Então, Kimball, a Ali parece ter um crush em você. Eu a senti flertando com você do outro lado da Bugle's.

— Você acha? — pergunta Henry com a boca cheia de feijão. — Ev, você estava certo em tomar atitude. É o epicentro, na verdade. Alguma ideia?

Enfiando na boca o máximo do taco que consigo, assinto e respondo:

— Hmmmmm.

— O esquilo grego aqui concorda. Essa festa na piscina vai ser muito boa para você, Kimball. Um rolo novo. Uma menina nova para você ficar nesse ano letivo. Assim você pode superar a Amanda de vez.

— Já superei.

— O quê? — Jeremy é meio lento às vezes.

— A Amanda.

— Mais um motivo para ser algo bom. Panos e eu vamos solteiros. — Dou um sorriso constrangido, e sei que não deveria, porque minha boca está cheia com a carne do taco. Jeremy revira os olhos para mim. — E esse é um dos motivos de ele estar solteiro. Ah, mas espera aí. Acho que o Panos vai ter companhia lá. Eu me esqueci do novo melhor amigo dele, Cage.

Engulo em seco.

— Gaige.

— Foi o que eu disse.

— Ele vai mesmo? — Henry pergunta de maneira casual.

— Quem?

— Gaige.

— Acho que sim.

O tom da voz de Henry fica um pouco mais alto do que o normal.

— Legal.

Meu celular vibra no bolso. *Deve ser Gaige agora.*

— Vejo vocês depois. — Pego minha bandeja com uma mão e procuro o celular no bolso com a outra. Espero até ter saído de perto deles para olhar.

É minha mãe.

dezessete

Tem um carro que eu não reconheço na nossa entrada. Vou para dentro de casa me sentindo um pouco apreensivo.

— Evan, chegou bem na hora. Vem aqui em cima cumprimentar a Tina, meu bem. — Ela é sempre encantadora quando estamos fingindo ser a família grega perfeita.

Subo as escadas o mais devagar que consigo. Um. Passo. De. Cada. Vez. Ela me encontra logo no último degrau e fala — meio sussurrando, meio só mexendo os lábios:

— Tentei ligar. A corretora está aqui. Se comporta.

Ela me olha feio. Meu pai está sentado no sofá da sala de estar. Tem bandejas de comida espalhadas pela mesa de centro. Tina, a moça que deve ser a corretora de imóveis, está sentada na poltrona, de frente para os meus pais. Deixo minha mochila no chão e sorrio, porque também posso fingir ser perfeito.

— Vem aqui, querido. — Minha mãe se senta ao lado do meu pai e dá tapinhas no espaço do sofá ao lado dela.

Tina se vira para olhar para mim. Sorri. Ela é bem loira — do tipo que as mulheres de cabelo escuro da minha família acabam virando. É quase branco em algumas partes e de um amarelo-avermelhado em outras. A maquiagem dela é pesada, com cílios postiços e batom perolado. Sei que esse não é um visual que minha mãe aprova, mas ela está concordando com tudo e fazendo tudo parecer perfeitamente "adorável". Sorrio para o meu pai e me sento ao lado da minha mãe. Já é tarde demais quando percebo que minha mochila ficou do outro lado da sala. Eu deveria ter ido ao meu quarto guardar.

— Evan, meu bem. Não se esqueça de guardar suas coisas.

Quando Tina se vira para encarar minha mochila no chão, minha mãe coloca a mão direita em mim e enfia as unhas no meu braço esquerdo. Ela aperta com mais e mais força. Eu só fico parado. Quieto. Sei como isso funciona. *Não demonstre dor. Não se mexa. Não diga nada.* Tina se vira, e a mão da minha mãe relaxa sobre meu braço. É como se ela estivesse me fazendo carinho.

— Voula, você deveria ver a minha casa. Eu teria vergonha. Não dou conta da bagunça dos meus filhos. — Ela ri. — Simplesmente desisti. Vai fazer o quê, né? — Ela balança a cabeça de um jeito que dá para ver que ela ama os filhos, apesar de serem bagunceiros.

— Tina, você está coberta de razão. É só uma casa. — A falsidade na voz dela é tão óbvia para mim, mesmo ninguém mais percebendo.

Tina se vira para mim e fala:

— Sua família tem uma casa linda. Seu quarto é incrível. Sua mãe disse que você fez tudo aquilo sozinho.

— Ele é um artista, o nosso filho. — Minha mãe ri e olha para mim de um jeito *adorável*.

— Bem, já estávamos terminando. Voula, Eli, ficou alguma dúvida?

— Vamos conversar e voltamos a falar com você na semana que vem. Voula? Evan? — Meu pai olha para a minha mãe e depois para mim. Tenho dúvidas, mas não faço perguntas porque elas não têm espaço aqui.

— Agradeço a Deus por você estar nos ajudando, Tina. — Minha mãe se levanta e vai em direção da mulher para abraçá-la. — Por favor, você precisa levar o resto da *spanakopita* e dos doces. — Ela sai em direção à cozinha.

— Ah, Voula, não precisa! Estão uma delícia, mas o Evan acabou de chegar da escola. Ele deve estar morrendo de fome.

— Que isso! Fiz para a sua família. Você precisa levar para o seu marido e seus filhos lindos. Tem comida para o Evan. — Ela volta para a sala de estar com alguns potes de plástico e uma sacola de mercado. — Pronto, vou arrumar tudo para você. Suas unhas estão bonitas demais para você se meter na cozinha hoje.

— Sua mãe é uma cozinheira de mão cheia. Como é que você não está gordo? — Tina acena para mim. A mão dela tem cheiro de rosas. Aquele aroma artificial de perfumes de farmácia. É gostoso. Ela balança a mão próximo do topo da minha cabeça, do Band-Aid na minha testa. Ela faz menção de tocá-lo, mas eu me afasto. — O que aconteceu?

— Tênis. Ele joga tênis. E anda de bicicleta. — Minha mãe entrega a sacola cheia de comida para Tina. — Ele é estabanado, mas está tudo bem com ele. — Ela vem até mim e puxa a manga direita da minha camisa, para ficar igual à da esquerda. Use mangas longas. Sempre mangas longas. — Eli, ajuda a Tina a levar as coisas para o carro — pede ela, e meu pai pega a sacola no mesmo instante.

— Obrigada de novo, Voula. Prazer em finalmente te conhecer, Evan.

— Muito prazer também. — Pego minha mochila e vou para o quarto.

— Evan! — diz minha mãe num tom alto demais para um sussurro assim que meu pai e Tina saem pela porta.

— Estou indo.

Encontro-a na cozinha, lavando a louça.

— Você sabe que não é para deixar suas coisas espalhadas. O que você achou dela? Me ajuda a guardar tudo antes de mexer no meu cabelo.

— Ela parece ser legal.

— É uma vagabunda. Viu o tanto de maquiagem que ela usa? Aquele cabelo malcuidado? Me dá essa taça, está cheia com o batom daquela mulher. Vou precisar esfregar para tirar.

— Ela é da nossa igreja? Eu nunca…

— O pastor falou dela para mim e para o seu pai. A família dela vai ao culto da tarde no domingo. Devem estar ocupados demais para servirem ao Senhor já de manhã. Pelo menos ela tem ascendência grega. Só de uma parte da família, mas entende a língua.

Meu pai entra e sobe as escadas.

— Estamos aqui, Eli. O que ela falou?

— Ela não acha que vamos ter problemas. — Ele abre o forno para pegar o que sobrou da *spanakopita*. Minha mãe puxa a mão dele. — Mas estou com fome. Você deu o resto para a mulher.

— É para o jantar. Vou fazer salada para acompanhar.

— Tudo bem. — Ele se vira para mim. — Que horas você quer que eu te leve para o Henry?

— Podemos sair lá pelas cinco e meia.

— Você vai mesmo? Vai sair de novo?

— Mãe, é só um jantar com a família dele — minto. — Não vai ser nada de mais. Posso fazer seu...

— Eles não são cristãos.

— Eles vão para a igreja.

— Não a do tipo certo. Você sabe disso. Tentei dar testemunho para eles por anos. A mãe e a filha usam calça e deixam aquele menino ficar com o cabelo comprido. Igual a um *pousti*! Você gosta de andar com *poustis*?

— Voula!

— Aquele menino, Gaige, parece vir de uma família melhor. Por que não sai com ele? Do jeito certo. — Ela me olha feio. — Você sempre evita as pessoas boas e vai atrás das ruins. — Ela cospe três vezes na minha direção. — Queria que você não tivesse nascido.

Essa é clássica. Já ouvi tantas vezes que é como um *bom-dia* para mim. Não tem mais o impacto que costumava ter. *Eu também não queria ter nascido. Pelo menos não nesta vida.*

— Voula! Já chega! O que foi que eu falei?

— O quê? Não tenho direito de ficar irritada? Estamos vendendo a casa e... — Ela começa a chorar. — Eu vou tomar um banho rápido. Aviso quando for para você me ajudar com o cabelo. — Ela sai da cozinha, secando as lágrimas.

— Quer saber? Ela só tá... irritada. Vender a casa é demais.

— Tudo bem, pai.

— Mas aí é que tá... não está tudo bem, não.

Arregalo os olhos.

— O quê?

— Ela precisa parar. Eu falei para ela. Isso precisa parar.

— Falou para ela?

Sem querer, prendo a respiração.

— Já chega, não é? Já chega. Você precisa me dizer se ela...

— O que ela disse?

— Você gosta do Gaige? — Os olhos dele ficam menores.

— Pai?

— Você precisa tomar cuidado com o que diz e escreve.

— Ah.

O que é que ele sabe?

— Ela quer que eu leia seu caderno. Não vou fazer isso, mas queria avisar você.

Estou chocado por meu pai estar falando assim. Na verdade, por ele estar falando alguma coisa. Ele continua:

— Muito tempo atrás, eu prometi protegê-la. Garantir que ela não iria mais sofrer. Eu deveria ter prometido o mesmo para você.

— Pai.

— Evan. — Meu pai chega mais perto de mim e sussurra: — Está difícil lidar com tudo. As coisas não deveriam ser assim. Você não deveria ter que.... — Ele se afasta. — Vou ficar no quintal. Me avisa quando quiser ir.

Respira.

Do banheiro, escuto:

— Pronto?

— Já estou indo.

Pego o modelador de cachos do armário do corredor e vou até o banheiro. Minha mãe está sentada na banheira, virada de costas para mim e de frente para o azulejo. Quando ela tira a touca de banho, encaro para a parte de trás da cabeça dela. Eu quero amá-la. Quero que ela me ame. Mas ela odeia quem sou — o que sou.

— Vai logo. Estou com frio. Para de fazer tudo como se fosse uma menininha preguiçosa.

— Quer uma toalha para colocar no ombro?

— Se eu quisesse, já teria pegado. Coloca o modelador na tomada.

— Já coloquei.

Sento-me na beira da banheira e começo a pentear a parte de trás do cabelo dela. Antigamente, eu me imaginava estrangulando-a. Tão selvagem. Mesmo hoje em dia, pensar nisso me faz estremecer um pouco. Como é que um pensamento assim vive em mim? Mas não faço isso, só fico sentado penteando seu cabelo.

— Como foi na escola hoje?

Preciso tomar cuidado agora.

— Foi bem. — Espero. Quando ela não diz nada, continuo: — O sr. Quinones, nosso professor de Artes, quer ver mais dos meus desenhos.

Minha arte é um gatilho para ela. Sei disso, mas, mesmo assim, estou aqui tocando no assunto. Talvez eu queira que minha mãe reaja. Espero.

Tudo o que ela diz é:

— Por quê?

— Ele acha que tem uma galeria em Chicago que pode se interessar em ter a mim como estagiário.

— Hmm.

— Ele acha que tenho talento. Poderia levar a um trabalho. — Continuo a pentear o cabelo.

A voz dela é calma e precisa.

— Você tem mesmo. É um talento dado pelo Senhor.

Minhas mãos tremem um pouco.

— Isso.

— Temos orgulho do talento com que Deus o abençoou. Nós dois, seu pai e eu. Nós cuidamos de você. Eu cuido de você. Você pode achar que eu não, mas só quero o melhor para você.

Você só quer o melhor para você.

Ela mexe a cabeça para a frente e para trás, lembrando-me de passar o pente por outras mechas.

Por um minuto, nenhum de nós diz nada.

— Ele acha que eu posso fazer algo da vida com a minha arte. Ter uma carreira nisso — falo, enfim.

— Tem certeza que Deus quer que você use o que Ele te deu dessa forma? De uma maneira que desonra a sua família?

Eu continuo, para ver até onde isso vai.

— Como isso desonraria minha família? É uma coisa boa. Boa mesmo.

Vejo os ombros dela ficarem tensos e subirem um pouco. Meu coração está acelerado.

— Posso comentar com o pai, pelo menos?

Ela se afasta, vira para mim e franze o cenho.

— Você não vai falar nada para o seu pai. Você o enganou para deixar você ir àquela casa hoje à noite e àquela festa na piscina amanhã.

— Eu não enganei ninguém para… — E, num borrão, minha mãe se levanta, e agora as mãos dela estão sobre a minha cabeça. Ela me pega pelos cabelos e bate minha cabeça na parede de azulejos com toda a força que tem. Ela me puxa de volta e bate de novo. — Deus, o Senhor está me testando?

Ela me solta e eu caio no chão.

Com a mão na lateral da cabeça.

Estou deitado no chão do banheiro.

Segurando a toalha, ela se inclina sobre mim até o rosto estar quase tocando o meu. Coloca a mão direita na minha bochecha esquerda e faz carinho, depois se agacha no chão e beija minha testa. Sem tirar os lábios da minha pele, ela diz, quase como uma oração, em um sussurro:

— Deus abençoou você com tantas coisas. Estou aqui como sua guardiã e de todas essas bênçãos. Eu te amo. Muito. Vou orar pela sua arte e ver o que o Senhor me aconselha. Você não vai dizer nada ao seu pai nem a mais ninguém. Usa o banheiro de baixo para se limpar. — Ela se solta de mim e olha bem nos meus olhos. — Você caiu de bicicleta.

Estou no banheiro de visitas me olhando no espelho. São em momentos como esse que ter bastante cabelo é vantajoso. Esse cabelo ridículo, mesmo com um corte baixo, consegue camuflar até os piores sinais. Passo os dedos onde minha cabeça acertou o azulejo. Está com calombos. Olho para a minha mão. Tem um pouco de sangue, mas nada com que seja difícil de lidar. Já estive em situações piores, então sei como fazer a dor passar. Abro o armário de remédios e pego a aspirina. Coloco duas na boca, abro a torneira e coloco minha cabeça na pia. Tomo um gole bem grande e enfio o rosto todo no jato de água. É bom. Como se o que acabou de acontecer estivesse sendo lavado e indo embora pelo ralo.

— Evan? Está aí embaixo?

— Estou só me limpando, pai.

— Estou na cozinha.

Ele quer que eu conte. Está esperando algo diferente. Agora, tenho medo do que algo diferente pode significar. Seco o cabelo e o rosto com uma toalha. O cabelo jogo de um lado para o outro, testando diferentes estilos para deixá-lo apresentável. Paro e me olho no espelho.

Tento parecer casual.

Sorrio.

Estou mostrando muito os dentes.

Então diminuo o sorriso.

Treino ser normal.

Corro até meu quarto o mais rápido que posso e fecho a porta, tiro minha camiseta e abro o guarda-roupa. O que vestir para dizer *está tudo bem*? Enquanto reviro minhas roupas, a ficha cai pela primeira vez: eu tenho um uniforme. A maior parte do que tenho são camisas escuras de manga comprida e jeans escuros também. Não tem cor de verdade aqui — tudo é preto e azul-marinho. Pego uma camisa de botões azul e a visto. Encaro meu reflexo no espelho dentro de uma das portas do armário. Acho melhor eu trocar o curativo da testa. Eu o tiro. O machucado está bem melhor. Talvez eu não precise colocar outro Band-Aid. Pego minha mochila e paro. Abro a gaveta onde estão todos os meus livros. Tiro algumas coisas do caminho para alcançar o maior. Nele estão escondidas várias folhas — são pelo menos uns doze desenhos, de todos os tipos, que um dia estavam nos meus cadernos. Estes aqui eu arranquei e guardei. Passo os olhos por eles rapidamente. Será que dá para mostrá-los ao sr. Q?

Gosto do cheiro do carro do meu pai quando as janelas estão abertas. É uma mistura de óleo de motor e couro. Não dá tanto para sentir o cheiro de cigarro com o vento entrando.

— Obrigado por ajudar com o cabelo da sua mãe. Significa muito para ela.

Assinto, mas não digo nada.

— Sobre o que vocês dois conversaram?

Eu não tiro os olhos da rua.

— Sobre a casa.

— Precisa de dinheiro?

— Não. É só um jantar em casa mesmo. Não estamos planejando sair nem nada assim.

— É melhor levarmos alguma coisa. Você levar. Né? Sua mãe sempre assa alguma coisa, mas hoje ela estava ocupada. — *Ocupada sendo horrível.* — Vamos parar no Geffy's e pegar alguma sobremesa. — Ele vira no estacionamento do mercadinho e para o carro. — Vou com você. Preciso pegar manteiga. Pode escolher o que achar melhor.

Ele sabe.

Ele sabe que alguma coisa aconteceu no banheiro e está tentando compensar. Aposto que me entregaria o carro se eu pedisse.

— Pode pegar você. Vou esperar aqui. Com cheesecake não tem erro.

— Tem certeza?

— Aham. Se não tiver cheesecake, pode ser um bolo. Todo mundo gosta de bolo. Obrigado, pai.

Meu coração se parte, mas sei que ele está tentando do jeito insano de pai dele. Eu o vejo se afastar, andando pelo estacionamento. Esse homem alto, forte e bonito que há anos não tem uma gota de coragem.

Não quero ser como ele. Ele é indiferente na maior parte do tempo. Eu quero sentir as coisas.

Abaixo o quebra-sol e me olho no espelho. Estou treinando ser *normal*. Vejo meu sorriso no reflexo. O que vou dizer ao Henry? Meus olhos é que são o problema — são sempre eles que me entregam.

Estou perdendo a habilidade de separar as partes diferentes da minha vida. Pego meu celular na mochila e mando mensagem para Gaige:

Só para garantir, vc ainda quer ir à festa amanhã?

Espero que ele arrume um compromisso. A última coisa de que preciso agora é que essas partes da minha vida se misturem. Por que não convidar minha família para a festa na piscina também? E, já que estamos aqui, vamos chamar o pastor e o pessoal da igreja. Olho-me no espelho de novo. Sorrio. Agora um sorriso maior. Tento levá-lo aos olhos, mas minhas sobrancelhas ficam estranhas quando tento. Será que minha mãe está certa? Eu sou tão feio assim? Meu celular começa a vibrar. É o Gaige. Por algum motivo, atendo.

— Oi.

— Sobre amanhã, tô dentro demais. Alguma possibilidade de fazermos algo hoje à noite?

— Legal, mas hoje eu... tenho outro negócio.

— Poxa! Vai demorar muito? Posso buscar você depois. Se você quiser.

— Não posso. É coisa da igreja com os meus pais.

Com o passar dos anos, aprendi que, se você quer se livrar de algo, é só meter um "coisa da igreja" no meio da frase. É garantia de você automaticamente virar a pessoa mais indesejável do mundo, até mesmo para quem também frequenta a igreja.

— Uuuuuugh. Você me provoca demais. Não queria precisar entrar na internet para...

O quê? Um beijo virou... o que é isso? Olho pela janela.

— Meu pai está voltando. Nos vemos amanhã. Tá bom? — Desligo e sorrio para meu pai.

A porta se abre e ele entra no carro.

— Toma. Segura isso. — Ele me entrega uma sacola. — Peguei uma cheesecake e um bolo. Tem para todos os gostos. E a manteiga está aí também. Tira e deixa no banco de trás. Não quero esquecer.

— Obrigado.

Duas sobremesas? *Ele sabe.*

— Levanta.

— O quê?

— O quebra-sol. Tá abaixado. Você estava vendo seu cabelo?

— Está tão curto que eu...

— Está ótimo. Foi o Henry que ligou?

Demoro um pouco para falar.

— Gaige.

Como foi que ele ficou tão perceptivo do nada?

Meu pai tira o carro do estacionamento do Geffy's e entra na avenida.

— Seu cabelo está bom. O cabeleireiro fez um bom trabalho. Não precisa se preocupar.

dezoito

— *Henry?* — A sra. Kimball grita para o filho no segundo andar enquanto o sr. Kimball passa por nós para colocar as malas no carro. — O Evan chegou.

— Já desço.

A sra. Kimball se vira para mim e olha para a sacola nas minhas mãos.

— O que é isso?

— Sobremesa.

— Não precisava ter trazido! Eu fiz brownies — diz ela, pegando a sacola.

— O jantar já era demais. Não precisava ter...

— Não foi ela, fui eu — grita o sr. Kimball da garagem. Consigo ouvi-lo fechando o porta-malas. — Misturei receitas, mas ficou bom.

Henry vem correndo do andar de cima enquanto o pai dele entra na casa de novo.

— Parece que o Evan trouxe comida — diz o sr. Kimball.

— Bolo e cheesecake. — A sra. Kimball abraça Henry e depois é a vez de o marido dela abraçar o filho. Eles passam um bom tempo nesse negócio de abraços. A mãe de Henry vem na minha direção e, antes que eu possa sair do caminho, ela me envolve em um abraço também. — Aproveitem o bolo de carne.

— Obrigado de novo. Eu amo demais.

— Eu sei. Vocês dois não passaram o verão juntos dessa vez.

A sra. Kimball está olhando para mim, olhando de verdade, e de repente parece que os calombos na minha cabeça estão crescendo.

Como se talvez as feridas tivessem começado a sangrar de novo e ela pudesse ver tudo.

— Não vamos demorar com as despedidas, né? — pergunta Henry, baixinho.

Os Kimball saem em meio a tchauzinhos. Henry fecha a porta e começa a subir as escadas. No meio do caminho, ele para, desce de novo e vai para a cozinha. Estou apoiado na bancada. Henry para no canto da ilha e suspira, depois fica em silêncio.

Olho para ele.

— O que foi?

— Estou nervoso.

— Eu também.

Meu celular começa a vibrar em cima da bancada. Antes que eu consiga chegar nele, Henry consegue ser mais rápido que eu e lê a mensagem em voz alta:

Falei sério antes — posso buscar você!

Merda.

— É só que... É esse negócio de amanhã. Você vai e... — Não sei o que dizer.

— É o Gaige?

— Eu quis ver se ele tinha planos de ir mesmo. Para garantir. Ver se ele tem o endereço.

— Parece que ele vai, sim. Ele é quem vai te buscar? — Henry se senta em um banquinho da ilha e se inclina na minha direção. Ainda estou imóvel na bancada, perto da pia.

— Ele ofereceu. Eu disse que iria de bicicleta mesmo.

— Me conta sobre ele.

— Nada de mais, de verdade. Ele é da Califórnia.

— Onde, na Califórnia?

— Não tenho certeza absoluta, mas acho que do norte. *Sacramento.* Por alguma razão, não quero que ele saiba que eu sei.

— Por que ele sente sua falta? O que está rolando, Evan?

— O quê? Ele não disse isso na mensagem. Sei lá. Nós nos conhecemos no acampamento e agora ele veio para cá dar uma olhada na universidade. Eu já te contei tudo isso. É só isso.

Ele está com ciúme?

Será que gosto que ele talvez esteja?

Henry olha a tábua de cortes em cima da ilha da cozinha e diz:

— Acho que meus pais sabem.

— Sabem o quê? — Ele me olha. — Henry, do que você está falando?

— Esse verão foi diferente, né? Não ver você me fez pensar em coisas. — Ele dá uma risada nervosa e coça a lateral da cabeça. — Eu passei pela sua casa quase todos os dias.

Esforço-me para fazer as palavras saírem com calma.

— E seus pais? Quer dizer, o que eles sabem?

— Que sou gay.

Então é isso. Estou com medo de dizer qualquer coisa, por isso não digo nada.

— Acho que eles sabem que sou gay, e o pior de tudo é que acho que eles talvez estejam mais de boa com isso do que eu. — Os olhos dele se enchem de lágrimas. Da última vez que vi Henry chorar foi quando o cachorro dele morreu. Ele enxuga o nariz com a mão e continua: — E no mosteiro... — Ele para e olha para mim. Como se esperasse que eu terminasse a frase.

Devo estar em choque, porque me sinto quase congelado. Tudo que consigo dizer é um pedido de desculpas. Quero ir até ele e abraçá-lo, mas estou preso.

Ele respira fundo e seca o nariz de novo, dessa vez com a manga da camiseta.

— Você pareceu tão distante esse ano. Sei lá. A Claire está literalmente longe, na faculdade. E agora tem esse cara novo, Gaige.

Por um milésimo de segundo, as lágrimas vêm com tudo, mas ele as controla.

E, então, é a minha vez de sentir o choro vindo. Tento me aproximar dele.

— Hen...

— Não. — Ele estende a mão e me para, recuperando o controle das emoções. — Sei que é bobo, mas a Claire... eu deveria estar feliz por ela estar na faculdade e não aqui, me enchendo o saco, mas não me sinto assim. Ela faz eu me sentir... forte.

Nunca vi Henry vulnerável assim. Ele é a única pessoa, o único cara, que é completamente *certo* de si. Tão *forte*.

Ele olha para mim.

— Senti sua falta também. O Gaige não é o único que sente isso.

Não sei como responder. A nada disso, na verdade. Estou tão tomado por emoções agora que estou apavorado de me deixar senti-las.

— Acho que estou com ciúme. Merda. Pronto, falei. É isso.

— Do Gaige?

— Quero que você seja o cara que me abraçou a noite toda no meu quarto enquanto eu não conseguia parar de chorar. E no mosteiro, quando você me afastou... aquilo doeu. — Ele respira fundo. — Também estou com medo de querer isso.

— Henry, não é simples assim.

— Você estava me evitando? Foi isso que o acampamento significou?

— E Amanda? E Ali, a garota com quem você flertou na Bugle's?

— As coisas nem sempre estiveram claras para mim.

— Exatamente.

— Ev, você não me conta nada. Eu tive que descobrir pelo Jeremy que você não vai mais ter aulas de grego e que talvez você faça um estágio na capital. Em Chicago, ainda por cima, caralho. É como se você tivesse outra vida. *Vidas*! Eu não acho que você entenda que não é, ou pelo menos não deveria ser, uma amizade unilateral. Não sei mais como ficar perto de você porque você não me *entrega* nada. E eu aqui tentando.

— O que você quer que eu te entregue?

— Você. Eu quero você.

Olho para Henry e me pergunto como é que um garoto tão inteligente pode demorar tanto para entender as coisas.

— Você quer o que quase aconteceu no mosteiro? Não é assim que o mundo funciona. O mundo funciona em preto no branco. Tudo arrumado e organizado. É assim que entendo. Isso aqui... é bagunça demais, caramba.

— A vida é uma bagunça, caramba. — Os olhos de Henry estão presos nos meus.

Desvio o olhar.

— Isso não funciona para mim.

— Sou gay e quero que você seja mais do que meu parceiro de tênis. Isso soa arrumado e organizado, preto no branco o bastante para você?

Fico calado.

Meu coração está batendo tão forte que sinto os batimentos nos meus ouvidos.

— Todas as vezes que beijei Amanda ou que transamos, nunca foi como a vez em que você e eu quase nos beijamos. Que merda, Evan, nós mal nos tocamos, e eu me senti tão... vivo.

Fico parado em silêncio, perplexo com esse garoto na minha frente que é tão sincero, confiável e receptivo. A única pessoa que nunca me julgou.

— Você precisa dizer algo. Não me deixe aqui sozinho e não ouse sair pela merda daquela porta.

— O quê?

— É isso que você faz. Você sempre vai embora. Não faz isso comigo. Agora não. Estou confessando tanta coisa, e se você inventar de...

Fico bravo. Estou com raiva por ele saber isso de mim.

— Henry, talvez não seja direito seu ter o que você quer agora.

— E o que você quer?

Eu não sei. Eu o encaro e vejo olhos brilhantes, tristes e lindos que me encaram de volta do jeito que eu sempre achei que queria. Do jeito que nunca imaginei que fosse possível, e isso me assusta pra caramba. E, merda, ele está certo. Eu quero mesmo virar as costas e ir embora.

Em vez disso, só digo:

— Estou com medo.

— Eu também. Mas, por outro lado, não estou.

Henry vem até mim. Agora está bem na minha frente. Sinto um formigamento na pele. Ele segura a barra da minha camisa e me puxa para perto. Paro de respirar. Ele vem para mais perto e passa as mãos nas minhas costas, por baixo da camisa. Fico paralisado, com medo e eletrizado. É como se água gelada estivesse circulando pelo meu corpo. Ele se inclina mais. Sinto sua respiração na minha pele. Ele sussurra:

— Ev, quero ser a pessoa em quem você confia.

Com isso, Henry tira as mãos das minhas costas e as coloca na parte de trás da minha cabeça. Minhas mãos se prendem em seu quadril. Ele se inclina e me beija completa e lentamente, mas, ao mesmo tempo, com força e sem hesitação. Eu correspondo ao beijo. Tudo neste momento parece quando você chega ao topo da parte mais alta de uma montanha-russa e abre os olhos.

Tem sempre uma mudança enorme no clima quando preciso ir embora da casa de Henry e voltar para a minha. Dessa vez, sinto ainda mais. O sentimento de pavor que começa a serpentear sob minha pele enquanto entro em silêncio em casa.

Está cedo demais para que qualquer um dos dois esteja dormindo. Ando pelo corredor sem fazer barulho e paro em frente à porta do quarto deles. Prendo a respiração e escuto. Roncos. Dos dois. Estou seguro.

Minha cabeça ainda está vivendo naquele beijo. Que bom que não tem ninguém aqui para me ver sorrindo como um idiota.

Entro no meu quarto e acendo a luz. Vejo a gaveta da escrivaninha aberta e meu estômago revira. Largo a mochila no chão e vou devagar até a cama. Em cima dela está uma pilha organizada dos meus desenhos e artes. Todos estão rasgados e cortados em pequenos pedaços. Tem um bilhete sobre a bagunça.

O rosto do Senhor volta-se contra os que praticam o mal, para apagar da terra a memória deles. (Salmos 34:16)

dezenove

Estou andando em círculos do lado de fora das janelas do mosteiro.

A raiva é uma emoção que sinto com muita frequência, mas que nunca reconheço sentir. Talvez seja porque tenho medo do que posso fazer. Medo de que serei como minha mãe. De que *sou* como ela.

Meus bolsos estão cheios com os pedaços de papel que costumavam ser meus desenhos. Os que eu queria mostrar para o sr. Quinones.

Uma luz quente ilumina o mosteiro. Ela não vai continuar por muito mais tempo. Talvez mais algumas semanas — depois, entramos na temporada cinza.

Ando.

E ando.

Estou protelando, pois não tenho um plano em mente.

O que eu faço em relação a esses desenhos rasgados? E em relação a ela? E a Henry? Gaige?

Eu me esforcei tanto para esconder tudo. Para não sentir dor. Para não reagir. Para parecer comum. Mas nada disso está funcionando mais. Isso machuca — eu sinto. Meu corpo todo dói e minha cabeça está latejando. Começo a chorar, sento-me e olho pelas janelas altas. Vejo os suspeitos de sempre da festa de estátuas. Posso jurar que alguém está mexendo nelas. Chego mais perto do vidro e analiso seus rostos. Fico sentado ali por um tempo, depois me levanto e ando até o gramado. Vou direto para a árvore mais próxima e começo a cavar na base do tronco. A terra na parte de cima é tão macia, mas fica mais densa quanto mais fundo eu chego. Pego um galho grosso que está ao meu lado no chão e o uso para me ajudar a cavar. Só paro quando bato em algo mais duro do que o solo.

Uso o galho para liberar espaço em volta da caixa de metal azul. Está mais enferrujada ainda do que da vez anterior. Cavo com as mãos até que consigo tirar a caixa da terra e colocá-la sobre meu colo. Ela tem mais ou menos o mesmo tamanho de um micro-ondas pequeno. Abro a fechadura.

Dentro dela, estão cinco cadernos parecidos com o que carrego comigo. Eles não são nada de mais, em se tratando de cadernos — capas em preto e branco, folhas com pauta e orelhas desbotadas. Cada um está enrolado com um elástico grande e azul na vertical. Cada uma das capas tem uma caixa de texto no meio. Pensei muitas vezes no que escrever dentro de cada uma. Nada nunca pareceu perfeito o bastante.

Os cadernos estão cheios do oposto. Eu registrei todos os momentos mais feios do abuso com detalhes cuidadosos, tanto nas composições diárias quanto nos desenhos. Em um primeiro momento, passando o olho pelas páginas, tudo parece lindo — a caligrafia é bonita e caprichosa. Os esboços e as ilustrações feitas com lápis de cor têm quase um estilo místico.

Jogo a caixa de volta no buraco e enfio os cinco cadernos na mochila. Esvazio os bolsos com os papéis rasgados e os guardo na mochila também. Tiro a camisa branca de manga comprida, larga sobre o meu torso, e a jogo em cima da caixa. Minha mãe a comprou na Depot porque é uma camisa que não mostra meu corpo. Ela vai me manter coberto, bom, saudável e puro. *Esse é o tipo de camisa que não vai seduzir meninos.* Cubro a camisa e a caixa de terra. Pego a camisa preta que trouxe na mochila — uma que de fato me serve — e a visto.

vinte

A casa de Ali é uma daquelas com rancho, típicas dos anos 1980. Nada chama muita atenção, além do fato de que a mãe de Ali é paisagista e criou os jardins da frente e dos fundos — eles são simplesmente incríveis. Parecem uma mistura de *Alice no País das Maravilhas* com os Jardins Botânicos de Chicago. Já vim aqui antes e andei perdido como um zumbi. Devo ter feito um milhão de perguntas para a mãe de Ali sobre como foi planejar tudo isso. Qual foi a inspiração dela. O tempo que levou. Os nomes das plantas. Eu estava surtando como um completo nerd.

— P-P-P-P-aaaaaaaanos! — Jeremy vem correndo de dentro da casa para me cumprimentar. Ele está sem camisa e com uma bermuda amarela, o cabelo jogado para trás. — Faz uma hora que estou na piscina. Vem, deixa eu te mostrar onde colocar a bicicleta.

— Você que está organizando tudo aqui?

— Você me conhece. Estar no controle de tudo é meu jeitinho.

— Ah, é?

— Você é o cara mais esperado. Gaige. Kimball. Queria que a outra Kimball estivesse aqui. A Claire.

— Ela acabaria com você. Então, todo mundo já chegou?

— Quase todo mundo.

Coloco a bicicleta na garagem e sigo Jeremy para dentro da casa. O lugar onde verei Henry pela primeira vez desde nosso beijo. Estou tão nervoso e ansioso que cada passo e cada respiração parecem cautelosos e planejados.

A pergunta que surge em minha cabeça dentro da casa é: *Onde eu guardo essa mochila?*

Jeremy me pergunta onde está minha troca de roupa, ou se minha ideia é nadar totalmente vestido, como o bom garoto grego que sou. Às vezes eu me sinto um completo estranho na minha própria cidade. Não que ser grego seja confortável também.

— Sabe, acho que não vou entrar na piscina. Parece que estou ficando resfriado.

— O quê? Não. Me dá essa mochila e cai na piscina. Você vai entrar por bem ou por mal, Panos.

Ele abre a porta do armário do corredor, pega minha mochila e a joga lá dentro. Observo-a sair do meu alcance em câmera lenta. Estico o braço para pegá-la de volta quando uma voz atrás de mim diz:

— Estava me perguntando quando é que você apareceria.

Gaige.

O fato de Jeremy estar aqui agora é uma coisa muito boa ou muito ruim. Mas ele não demora a ir em direção às portas francesas e sair.

— Venham cá, seus palhaços! Vou estar bem aquiiiiiii! — Com isso, ele pula na piscina.

Gaige está com uma bermuda larga, listrada em azul e laranja, e uma camiseta branca. A expressão em seu rosto me faz pensar que ou ele está chapado ou essa é a cara "sexy" dele.

Olho para fora. Vejo Henry. Aceno para ele enquanto Gaige me olha. Meus sentidos estão a todo vapor. É como se cada objeto e cada pessoa estivessem acenando para mim, chamando minha atenção.

— Acho que não dá para nos enxergarem lá de fora. — Esse olhar. — Eles estavam perguntando de você. Pensaram que eu sabia onde você estava.

— Ah.

— Você vai entrar?

— Na piscina?

É evidente que ele já entrou. A bermuda dele está ensopada, e o cabelo também. Ele é normal sem se esforçar para isso. Duvido que treine no espelho como eu.

— Sabe, correndo o risco de soar clichê, acho que deveríamos conversar — diz ele, e depois sorri. É o sorriso que me conquistou no acampamento. O que me fez querer beijá-lo.

— É. Tive essa impressão com base nas suas mensagens. As que diziam "vamos conversar".

— Não sou lá muito sutil.

— Não sei se aqui é o melhor lugar.

— Eu volto amanhã. Vai ter que ser aqui mesmo.

Consigo ver Henry lá fora. Ele está com uma bebida em uma mão e um cachorro-quente na outra. Conversando com Ali. Eles são bonitos juntos, como se devessem ser um casal. Os dois são altos. Meio loiros. Ela está usando um biquíni verde-azulado, e ele está com uma sunga esmeralda-escura com uma listra branca descendo na lateral e... merda! Ele está bonito demais. Essa é uma boa visão. Por que eu iria querer interrompê-la?

— Evan?

— Hm?

— Você vai continuar olhando para aqueles dois ou podemos conversar?

— Evan! — Tommy Goliski aparece do nada.

Ah, não.

— Tommy, esse é....

— Já fomos apresentados. Gaige é um cara legal. É como se você estivesse mudando, bem diante dos meus olhos, Evan.

— O quê?

— Tem alguém aqui. — Ele cutuca o meu peito. Com força. — Se conseguir esconder o lado afeminado aí dentro. — Ele me cutuca de novo. — Não seja este cara. Seja... — Ele aponta para Gaige. — ... *este* cara. — Ao dizer isso, ele sai de vista com a mesma rapidez com que apareceu. Ah, se ele soubesse...

Gaige revira os olhos.

— Que babaca.

— Desculpa, o Tommy acha que ele...

— Tem alguma coisa rolando com o Henry? — Gaige não perde tempo.

— Ele é meu melhor amigo, e é melhor eu ir dizer oi.

Gaige balança a cabeça.

— Evan, isso não é difícil. Tô de boa com você e o Henry, se tiver algo mesmo. Foi divertido no acampamento. Eu só achei que nós poderíamos nos divertir mais um pouco. Sem compromisso. Não estou procurando um namorado, preciso me preocupar com a escola.

— Gaige, desculpa. Não dá para conversarmos aqui. E se depois da…

Ele se inclina e sussurra:

— Não. Eu só quero transar. Como você não entende isso? *Caralho, meu*. Manda mensagem depois. Para de achar que isso é algo mais sério.

Ele se afasta e volta para a área da piscina. Que merda foi essa que aconteceu aqui?

Idiota. Sou um idiota. Eu me preocupei tanto sobre ter que inventar alguma coisa, e pensando no que o beijo com Gaige significou, e no fim das contas não significou nada para ele. Minha cabeça está girando. Acho que é assim, saber exatamente quem você é. Ter tanta certeza de si, sem angústia nenhuma. De alguma forma, eu me sinto triste, burro, decepcionado e aliviado — tudo ao mesmo tempo.

Saio e ando até onde Henry e Ali estão. Henry me vê. Eu aceno. Ele acena também e volta a conversar com Ali.

— Achei que você não vinha — diz Tess, que acabou de aparecer. — Quer comer alguma coisa? Ouvi dizer que os hambúrgueres estão muito bons. Eu parei de comer carne, mas…

— Hm, estou de boa. Valeu.

Observo Henry e Ali. Eles parecerem estar se divertindo. Não estou nadando, mas minha cabeça parece estar.

Tess se inclina para perto do meu ouvido esquerdo.

— Quero te perguntar uma coisa.

Assinto.

— Ei, galera, precisamos começar a organizar o jogo de vôlei de piscina, né? — Jeremy surge do nada, sem noção como sempre. Ele quer mesmo jogar vôlei. Ele dá o braço para Tess, e juntos vão andando até Kris, a quem ele prende o outro braço. As duas são arrastadas como participantes de um jogo do qual não tinham ideia de que faziam parte. Enquanto se afastam, ouço:

— Panos, arrasta a bunda para cá e joga com a gente!

Tess e Kris finalmente se soltam.

— Jeremy, você é um idiota, e eu não quero jogar vôlei. Pelo menos não com você! — Tess volta na minha direção.

Jeremy dá de ombros e diz, para ninguém em particular:

— Vamos começar o vôlei. — Ele se vira rapidamente e grita na direção de Kris: — Acho bom você participar, Jorgenson. Afinal de contas, você é a especialista.

Tess diz, sem perder tempo:

— Tá, agora que *isso* acabou, deixa eu só...

— Ela tem um crush no Henry — fala Kris, depois olha para Tess e dá de ombros. — Desculpa, eu precisava. Achei que você nunca ia conseguir.

Dou uma risada, aliviado que não é em mim. Tess olha para mim e depois para Kris. Estou completamente impressionado.

— O que está acontecendo?

Tess está séria.

— Certo, o negócio é o seguinte: o Henry é meu crush desde que me mudei para essa escola entediante. Você está sempre perto dele e o conhece melhor do que ninguém. Agora que a Amanda saiu de cena...

— Bem, tem a Ali agora.

— Ela é só uma distraçãozinha. Posso resolver isso.

— Olha, preciso ir lá e... participar — digo.

Tess parece animada com a ideia.

— Ah, ótimo. Vai lá e separa o Henry da Ali. Ela encurralou o coitado desde que ele chegou.

E eu vou.

Faz isso e pronto. Seja normal.

— Henry. Ali. Obrigado por me convidar. Está ótimo. Sua casa é incrível.

Eles me encaram. Ela claramente não está feliz por eu ter vindo.

— Oi, Kevin.

— É Evan.

— Isso. — Ela ri. — Era você que amava o paisagismo da minha mãe. Ela está ali perto da fonte. Ela *tinha* que ficar para a festa. — Ali revira os olhos antes de continuar. — Minha última festa saiu um pouco de controle, então agora temos supervisão. Fofo, né? Enfim, ela iria adorar conversar mais com você sobre isso.

Legal. É evidente que ela está tentando me tirar daqui. Henry fica com a garota e eu com o paisagismo.

— É melhor você pegar algo para comer antes que as coisas boas acabem. Eu mesmo preciso de outra rodada. Já volto. — Henry sorri para Ali. Ele me olha e gesticula com a cabeça para eu segui-lo até a cozinha.

— Achei que você não viria — diz Henry.

— Eu cogitei… — Tento ficar de boa, mas acaba saindo triste.

— Sério? — Ele parece surpreso.

— Podemos entrar por um minuto?

De cara, acho que Henry vai dizer não, mas ele enfim concorda.

Passamos por Tess e Kris e nos encontramos no meio do banheiro mais anos 1980 possível. Tem uma banheira no canto, com dois holofotes em cima. O chuveiro é de latão, assim como a lâmpada em formato de barra com um estilo hollywoodiano que fica acima do espelho e das pias. Nem sei o que vou dizer, mas todo mundo lá fora e todo esse "vai, para, fala, não fala" está bagunçando minhas ideias.

De repente, ele vem em minha direção — rápido. Coloca as mãos na parte de trás da minha cabeça e me dá um beijo desajeitado. Eu o empurro. Sinto o cheiro de álcool em sua boca.

— Henry.

Afasto-me.

Ele volta para perto de mim e me olha, mais uma vez com as mãos atrás da minha cabeça.

— O que foi?

— Não quero que nos encontrem aqui. — Muito menos assim. Não aqui, na casa da Ali. — Você bebeu?

Ele tira as mãos de mim e coloca dois dedos nos lábios.

— Shhh. — E depois ri.

— Bebeu, né? Cadê o álcool? A mãe da Ali…

— Shhh… — Ele se inclina e tenta me beijar de novo. Estremeço quando ele volta as mãos para a minha cabeça, dessa vez passando os dedos pelo meu cabelo. *Merda. Ele vai sentir os calombos.* Afasto-me de vez.

De repente, ele se concentra.

— Está tudo bem? O que aconteceu?

— Nada. Foi de quando eu caí. Aquele dia.

— Ev.

Endireito os ombros na tentativa de criar algum tipo de coragem. Qualquer coisa.

— Eu não sabia se viria hoje, e quando decidi vir, não sabia o que fazer. Ou dizer.

— Tudo bem.

— E você está bêbado.

— Não estou bêbado. Só bebi um pouco. Preciso me soltar.

— Essa não é a melhor hora para falarmos sobre isso.

— *Vai se ferrar!* Nunca é, né?

Arregalo os olhos e, por um milésimo de segundo, sinto medo. Não de alguém nos ouvir aqui, mas de Henry. O rosto dele relaxa na mesma hora, e ele diz:

— Desculpa. Desculpa. Eu não quis dizer isso.

Ele não tem ideia de que eu vivo com um medo constante de que qualquer confronto leve à violência.

— Estraguei tudo, né, Ev? — Ele tenta se aproximar.

— Você estava certo, Henry. Tem tanta coisa que eu não conto para você.

Olhamos um para o outro.

— Tenho algo para mostrar. Vai explicar muita coisa e provavelmente gerar ainda mais dúvidas, mas é a única coisa em que consigo pensar.

— Henry? — Ouvimos a voz de Ali do outro lado da porta. *Merda.*

—Já vou sair. — Henry me olha com uma cara de *o que fazemos agora?* Gesticulo para ele sair. — Só um segundo.

— O quê? — diz Ali.

Ele sai e fecha a porta. Fico parado ouvindo.

— Procurei você por toda parte. Me espera, rapidinho. Não sai daqui.

A porta se abre na minha frente.

— Oi, Ali.

O queixo dela cai.

— Evan?

Henry entra de novo.

— Estávamos procurando um Band-Aid. — Agora ele parece perfeitamente sóbrio.

— O quê?

Levo a mão à minha cabeça depressa. O machucado já quase sarou.

— Achei que estava melhor, mas…

— A ferida abriu de novo — complementa Henry.

— Eu não queria entrar na piscina e ficar sangrando, então…

— Por que vocês só não me pediram? — Ela olha para nós dois.

— Não sei.

— Eu sei, foi burrice. Acho que tenho um na minha mochila.

Saio correndo do banheiro em direção ao hall de entrada. Henry vem atrás de mim. Ali ainda está no banheiro. *Por favor, que minha mochila ainda esteja lá.*

Eu a encontro no armário e pego um curativo do bolso da frente. Porque é claro que eu tenho. Sempre tenho um, só para o caso de precisar. Rasgo o papel e o colo na testa.

— Eu vou indo.

— Não precisa. Quando Ali sair, nós podemos…

— Só vai deixar tudo mais estranho ainda. Além disso, eu pedi folga do empório hoje para isso, mas acho que se eu correr para lá, ainda consigo trabalhar por algumas horas. Preciso do dinheiro. — Abro o zíper da mochila e enfio a mão lá dentro. — Conversamos depois. Toma. Pega isso. Por bem ou por mal, isso aqui vai explicar muito.

Entrego os cinco cadernos para Henry. O sexto, o que ainda estou usando, continua na minha mochila. Será que dou aquele também? Ele me olha.

E, então, abro a mochila e puxo o sexto caderno também. Se tudo vai colidir mesmo, não vou esconder mais nada.

— Toma.

— Henry? — Ali está vindo.

Henry abaixa na frente do armário, enfia os cadernos na mochila de viagem dele e pega uma toalha.

Ele se levanta e balança a toalha na frente dela.

— Esqueci. — Ele fecha a porta do armário e sorri para Ali. — Pronta para nadar?

— Você vai embora? — Ela me olha com suspeita.

— Preciso trabalhar, mas a festa foi incrível. Obrigado.

vinte e um

Os preparativos para irmos à igreja são sempre complicados. Precisamos nos levantar mais cedo do que o normal para estarmos o mais arrumados e perfeitos possível. Meu pai e eu precisamos usar terno e gravata, e minha mãe usa vestido ou uma combinação de saia, blusa e blazer. Ficamos parecendo uma família grega envolvida na política que está prestes a fazer uma coletiva de imprensa.

Minha mãe entra no meu quarto. Ainda não conversamos sobre o que ela fez com as minhas artes. Aparentemente, ela já disse tudo o que precisava dizer. Sinto-me enjoado e irritado.

— Deixa eu ver como você está. Não escolheu uma gravata ainda?

— Esta aqui. — Levanto uma gravata azul-marinho com a estampa de pequenas flores turquesa contornadas em branco.

— Não. Troca. — Ela mexe na minha gaveta e tira uma gravata de político, listrada em azul-marinho, azul da cor da bandeira da Grécia e branco. — Esta aqui é mais apropriada.

Ela vem até mim, levanta a gola da minha camisa e começa a dar um nó na gravata de coletiva de imprensa ao redor do meu pescoço.

— Seu pai e eu ficamos felizes de saber que você trabalhou ontem.

Trabalhar é a única coisa que pode me livrar de ir para a igreja e de participar de outras atividades vistas como dignas do meu tempo. Ser preguiçoso é tão ruim quanto não servir a Deus.

— Mas você não passou tempo o bastante com o Gaige, não é?

Minha mente não computa o que ela diz. O que está acontecendo?

Ela dá um passo para trás e admira o trabalho que fez.

— Está bonito. Roupas boas escondem bastante a feiura. — Ela dá um tapinha na minha cabeça e passa um único dedo pela ponte do meu nariz, parando bem na ponta. — Você viu seu amigo Gaige? — Depois coloca as mãos nas minhas, começa a cantarolar e me puxa para uma dança lenta. Ela sorri. Eu a acompanho, mas estou totalmente confuso. Nós dançamos pelo meu quarto e ela continua cantarolando. Minha cabeça lateja. — Daria para você se passar por bonito, se tentar.

— Olha só vocês dois. Sorrindo e dançando bonitos desse jeito. — Meu pai aparece. Minha mãe solta minha mão e dá uma voltinha para mostrar a roupa e o cabelo recém-arrumado. — Ficou ótimo, Vee.

Mal consigo ouvir o que ele diz, porque estou focado demais em tentar descobrir o que ela sabe.

Meu pai fala de novo:

— Você está muito bonito, rapaz.

— O terno ajuda. Eli, nos dê um momento. — Minha mãe sorri e ele sai.

Ela pega as minhas mãos de novo e dança devagar até que sua bochecha esteja encostada na minha.

— Sentiu saudades do seu namorado? O que você seduziu? — Minhas mãos gelam. O tom na voz dela não muda. — Mostrei seu diário para o pastor e ele me contou o que tinha nele. — Ela se afasta e me encara com os olhos frios.

— Quando foi que você…? Como?

Sinto um aperto na garganta.

— Não é só você que sabe esconder as coisas. Às vezes você esquece aquilo em casa. Eu preciso saber o que você tem feito pelas minhas costas.

— Não é o que você… Não aconteceu nada.

— A culpa é minha. Eu achei que o acampamento da igreja seria um lugar onde você estaria com pessoas direitas. Boas. Mas o mal pode estar em qualquer canto. Ele está sempre em você, então não importa para onde eu te mande.

Ela se senta na beirada da cama e ajusta calmamente o cabelo com a mão esquerda.

— Mãe, não foi nada.

Ela não olha para mim quando fala, com a voz firme:

— Não sei o que fazer. Quer dizer, é claro que Gaige não é um garoto de Deus e você nunca mais vai vê-lo de novo, mas eu não sei.

— Não sabe o quê?

Ela levanta a cabeça.

— O que fazer com você. — Minha mãe suspira, levanta-se e para na minha frente. Com o salto, ficamos quase na mesma altura. Ela coloca uma mão em cada ombro meu. — O pastor Kiriaditis disse que provavelmente é só uma fase. Ele quer conversar com você depois do culto. — Ela dá tapinhas no meu ombro para tirar uma poeira imaginária. — Como se fosse sumir, fácil assim.

— Foi um erro. Vou falar com ele. Podemos orar — sugiro, em desespero.

O que mais o pastor deve ter falado para ela? Será que ele leu tudo? Só pode ter sido o último caderno, porque os outros estavam enterrados. *Que merda, Evan. Tenta lembrar o que mais tinha lá.*

Minha mãe coloca as mãos no meu rosto.

— Vamos para a igreja. Você está muito bonito. — Ao dizer isso, ela se vira e sai. Eu fico parado ali, morto de medo.

Meu pai entra no quarto.

— Dormiu bem?

— Sim — respondo, ainda em choque.

— O que aconteceu? Você está branco como uma parede. Está doente?

— Só minha barriga que está estranha.

— Deve ter sido algo que você comeu na festa na piscina. Vamos esperar no carro.

Pego o celular no bolso. Nada. Nem uma mísera mensagem. Nada do Gaige. E, pior ainda, nada do Henry.

Sentado na igreja, penso em todas as outras pessoas da minha idade que vêm aqui. Eu só as vejo durante o culto. Pergunto-me se alguém é gay. Pelo menos uma pessoa deve ser.

Uma fase. O pastor Kiriaditis chamou de uma fase. *Gay*. Será que um dia vou poder ouvir essa palavra sem todo o estigma?

Sem a vergonha?

Minha mãe finca as unhas na minha perna esquerda. Ela se inclina em minha direção, sorrindo e dando uma olhada ao redor para garantir que não tem ninguém vendo.

— Pare de ficar sonhando acordado. — Ela vê alguém olhando, então dá um sorriso ainda maior e acena. — Não me faça passar vergonha.

Ela pega o folheto de hinos e gesticula para que eu faça o mesmo. Nós todos nos levantamos e começamos a cantar. Reviro os olhos sem que ninguém perceba. Ela canta ainda mais alto.

Sendo bem sincero, minha mãe não tem ouvido musical. Eu também não tenho, mas *sei* disso. Por outro lado, ela acha que sua voz de canto é linda. Ouvi-la cantar é uma coisa, mas vê-la cantar é realmente uma cena. Assim como a cantora favorita dela, Céline Dion, ela canta se entregando à música, com os olhos fechados e mexendo muito a cabeça. Estico-me um pouco para olhar para o meu pai. Ele me vê, sorri e leva o dedo indicador para os lábios.

Quando o culto acaba, todo mundo começa a falar. Minha mãe se torna a pessoa mais social aqui.

— Vou falar com o pastor Kiriaditis — digo.

— Que bom. — Ela balança a cabeça.

— Encontro vocês aqui quando acabar.

Bato na porta do escritório do pastor.

— Pode entrar. Sente-se — diz ele da mesa de madeira.

Para uma igreja que sabe ser bem dramática, surpreende-me como a decoração é esparsa. É uma das coisas de que sinto falta na Igreja Ortodoxa Grega — a ostentação, a circunstância, os interiores luxuosos e todo o espetáculo.

Nós dois nos escaramos. Apesar de eu estar irritado e só querer ficar quieto no meu mau humor, é claro que preciso interromper o silêncio.

— Está tudo bem, pastor?

— Não sei bem por onde começar, Evan.

— Ouvi dizer que o senhor leu meu caderno.

De repente, nesta sala, não me importo mais com o que ele pensa. Que ele saiba da verdade, então. *Toda* a verdade.

— Ela te contou?

— Hoje cedo. — Minha voz está firme.

— Sua mãe pediu para eu dar uma olhada. Não achei certo, mas ela disse que estava preocupada com você, com medo de que você estivesse com problemas e que pudesse tentar se machucar, então...

— Nunca passou pela minha cabeça me machucar, pastor. Esse foi o jeito dela de convencer o senhor a ler.

— Agora eu entendi. — Ele está desconfortável.

— Você contou para ela o que aconteceu com o Gaige?

O pastor Kiriaditis assente.

— Eu disse a ela que você precisa de orações, como a maior parte dos garotos da sua idade, e que você deve estar confuso sobre sua sexualidade.

— E o que mais? — Ele fica em silêncio. — Pastor?

— Foi só isso. Eu disse que todo o resto era sobre a escola. Seu futuro. Coisas assim.

— Ela perguntou sobre mais alguma coisa?

— Ela viu os desenhos que você fez dela. Aquele em que ela está em cima de você, intimidando-o.

O pastor Kiriaditis parece encabulado — não porque não sabe o que dizer, mas porque não sabe o que fazer.

— Ela perguntou se tinha mais alguma coisa sobre ela. Sobre a relação entre vocês dois. Eu disse que não tinha nada específico. — Ele olha bem nos meus olhos quando fala: — Eu disse que eram coisas comuns, que a maioria dos jovens sente em relação aos pais.

O pastor Kiriaditis mentiu para ela. Não tem nada de *comum* naqueles cadernos. Talvez ele seja mais astuto do que eu pensava.

— Ela confessou alguma coisa?

— Tem um termo de confiança entre um pastor e seus...

— Você leu o caderno que ela roubou do meu quarto. Cadê essa confiança comigo?

Ele suspira.

— Ela disse que pode ser dura com você às vezes, mas é só porque ela quer que você seja um bom filho. Um homem de Deus. — O pastor Kiriaditis para por alguns segundos e depois acrescenta, com a voz baixa: — Não um homossexual.

Sinto a raiva subindo.

— Evan, falei para sua mãe... e é o que eu acredito que a Bíblia diz... que homossexualidade é uma doença.

— As orações não mudaram nada.

— Você precisa continuar a orar e a procurar respostas e força no Senhor.

Esfrego minhas mãos nas coxas, tentando secá-las. Entre me sentir nervoso, depois bravo, depois confuso, meu corpo decidiu responder com muito suor.

— Ela não contou mais nada? Ela disse como é a nossa relação? Entre nós dois?

— Quando há pecado envolvido, às vezes medidas drásticas se fazem necessárias, e ações radicais são apropriadas nessas situações. — O pastor Kiriaditis não transparece emoção alguma em suas palavras.

Sinto-me ficando mais e mais irritado a cada coisa que ele diz.

— Pastor. Com todo o respeito, eu não acho que o senhor entenda.

Meu celular vibra no bolso da jaqueta.

— Talvez seja melhor termos uma conversa com toda a família e a palavra de Deus. — Ele abaixa o olhar para a mesa. Eu o encaro. Meu celular continua vibrando. *Merda.*

Ele olha para as mãos e diz, com sinceridade:

— Evan, Deus pode te ajudar.

— Então, cadê Ele esse tempo todo?

O pastor Kiriaditis levanta a cabeça e olha para mim.

— Ele sempre esteve aqui. Somos nós quem viramos as costas para Ele.

— Eu fiz quase tudo certo. Quase sempre. — Minha voz começa a falhar. Meu celular vibra de novo. Começo a chorar, mas me recomponho. — Cadê Deus quando ela bate em mim? — E então recomeço a chorar. — Você leu isso, né? Eu sei que leu.

Algumas lágrimas aparecem em seus olhos enquanto o pastor diz:

— Ela quer que você seja a sua melhor versão para o Senhor. Ela acha que você persuadiu outro garoto no acampamento.

— Eu não persuadi, seduzi nem fiz nada com ninguém. Foi um beijo. Só um beijo. — Agora estou chorando de verdade, e minha voz falha. — E você contou para ela. Não precisava ter feito isso. Você não... — Paro antes que as lágrimas tomem conta de mim e eu perca a voz de vez.

— É pecado. Ela tem o direito de se preocupar e de...

— Você leu o que ela acha que é o melhor para mim. Aquilo era só um dos cadernos. Tem muito mais. Cheios. Cheios do que ela fez.

Ele me olha por um segundo com a expressão de quem pode, de fato, estar entendendo. Um homem que pode falar sobre isso com palavras além das que aprendeu na igreja. Mas, então, o momento passa, e ele responde:

— Podemos orar por isso juntos. Essa pode ser a cura.

— Ela faz isso desde que eu tinha cinco anos.

A voz dele soa instável.

— Evan, podemos pensar na melhor forma de resolver isso. Acho que todos nós queremos a mesma coisa. O melhor para você. O melhor que Deus pode oferecer. Podemos falar sobre isso.

— Tudo bem. — Tento me recompor, apesar de o nível de fúria agora estar acelerando minha respiração. — Sei como fazer isso. Faço isso o tempo todo. Na verdade, *isso* é o que eu faço. Eu faço tudo ficar bem. Faço tudo ficar normal quando está longe de ser isso. — Respiro mais fundo e mais devagar.

— Orações podem ter muita força.

— Vou fazer dezoito anos daqui a menos de dois meses. Eu aguento.

O pastor suspira.

— Essa não é a abordagem correta.

E agora estou irritado de novo.

— Não. — Gesticulo com as mãos para a sala dele. — *Isto* não é a abordagem correta. Você e esta igreja não são a abordagem correta. Mesmo quando você está de cara com a verdade, quando ela está bem na sua frente, preto no branco, você finge que a verdade é outra. E eu não vou mais fazer isso.

Saio da sala.

vinte e dois

Quando voltamos para casa, corro para o banheiro do andar de baixo e tranco a porta. Não fico sozinho desde a igreja. No carro, ela ficava me olhando do banco da frente de tempos em tempos. Enfim, tiro meu celular do bolso e encontro um monte de mensagens de Henry:

Quando posso ver vc?
Hoje à noite?
Tentei ligar. Sei q vc tá na igreja. Liga qnd puder.
Pelo menos responde né.
Quero machucar ela como ela machuca vc. Sinto mt. Me liga pfvr.

Tem uma mensagem do Gaige:

Voltando pra casa. Se eu voltar pra fazer faculdade aqui talvez a gente possa se ver.

E uma mensagem do Jeremy, acompanhada de um vídeo:

Panos, seu amigo voltou pra pista! Vc foi embora bem qnd aconteceu
Tá ficando boooooooom! A gnt se fala amanhã.

Que merda é essa que o Jeremy está falando? Clico no vídeo. Não carrega. O sinal aqui embaixo é péssimo. Saio do banheiro de visitas e, em silêncio, abro a porta ao lado, que leva à garagem. Tento de novo. O vídeo começa. É Henry, e a câmera está bem próxima do rosto dele. O que ele está fazendo? A imagem se afasta e meu coração para. Sinto um arrepio por todo o corpo. É um vídeo de Henry se pegando com a Ali. Tipo, com vontade. Ouço Jeremy rindo e depois a mão de Henry tapa a câmera e ele diz *"Para de gravar, idiota!"*.

Sento-me no chão da garagem com o estômago embrulhado. Confiei tanto ao Henry. Senti-me tão seguro confiando nele. Talvez esse seja o problema. Eu joguei muito nele ao mesmo tempo. Mais do que ele era capaz de aguentar. Sinto-me enjoado e burro. Levanto-me, inclino o corpo e vomito.

— Evan! — Eu a ouço lá de cima.

Volto para dentro e grito:

— Só um minuto. Estou no banheiro.

Corro até o banheiro e pego uma toalha para limpar a sujeira da garagem. Passo a água fria da torneira sobre a toalha e a jogo na máquina de lavar do outro lado do banheiro de visitas. Eu a ligo.

— Evan! Corre.

— Estou indo.

Jogo água da torneira da pia no meu rosto, coloco um gole na boca, bochecho, cuspo e depois vou para o andar de cima.

Minha mãe parece agitada. Ela anda de um lado para o outro, mexendo as mãos e gritando ordens para mim. Eu me movo como um robô, tentando expulsar a imagem de Henry e Ali da minha mente.

Ouvimos uma batida na porta.

— Deve ser seu pai, e as mãos dele devem estar cheias. Vai ajudar — diz minha mãe.

Vou até a porta e a abro.

Primeiro, acho que eu o invoquei aqui. *Henry.*

— Sei que você não gosta de quando as pessoas vêm à sua casa, mas eu...

Arregalo os olhos.

— Você não pode estar aqui, porra.

— É seu pai? — Ouço a voz da minha mãe.

— É só o Henry. Ele precisa me entregar um negócio antes da aula amanhã. Esqueci a lição na casa dele.

Lanço um olhar de "você só pode estar brincando comigo" para ele e puxo a porta atrás de mim, até quase fechá-la.

— Você não poderia ter aparecido em uma hora pior — sussurro.

— Eu sei. — A voz dele soa baixa.

— Idiota! O pessoal da igreja chega em menos de vinte minutos. É domingo. Todo domingo acontece isso. Você sabe.

E, é claro, de repente meu pai aparece, tirando dois sacos de gelo do porta-malas do carro e nos chamando. Quando ele se aproxima, digo:

— Henry veio deixar um negócio que eu preciso para a aula amanhã. A mãe tá precisando da sua ajuda. Já vou entrar.

— Tá bom. Como você está, Henry?

Henry sorri para ele.

— Pai. A mãe precisa mesmo de ajuda. O pessoal vai chegar logo.

— Já entendi. Calma. Já vou lá. — Ele entra em casa pela garagem.

— Ev, você não respondeu às minhas mensagens e eu tentei ligar *tantas* vezes — diz Henry.

— Não. Agora não.

Ele para e me olha, como se só estivesse me vendo agora:

— Você fica tão bonito de terno.

Ele sorri. Aquele sorriso. Aquele maldito sorriso.

— O quê? Vai se foder.

— Não posso te elogiar? O que está acontecendo?

— Você por acaso me elogiou antes de começar a se pegar com a Ali? Logo depois de eu ter ido embora?

Ele fecha os olhos.

— Ev, não foi isso que...

— O Jeremy me mandou um vídeo. Parece ter sido incrível. Emocionante, até. Eu sou um idiota.

— Ev, não. — Henry tenta se aproximar de mim.

Dou um passo para trás.

— O que você está fazendo? Quem é você?

— Eu só surtei. Tá bom? — Henry tenta me tocar e eu estremeço. Ele abaixa a mão.

— Tem um motivo para eu não contar as coisas para as pessoas. Eu não posso confiar em ninguém.

— Não. Você pode!

— Tem tantos motivos pelos quais você precisa ir embora agora. E se você leu tudo... eu confiei em você para te contar a verdade... o cara que eu achei que você fosse... — Minha voz falha. — Não importa. Devolve meus cadernos na escola amanhã, por favor, e você deve a mim não contar nada do que sabe agora para ninguém. Pelo menos isso você me deve.

— Por favor, eu entendo. Ev, me deixa explicar!

— Não, a culpa é minha. Eu errei. — Fico firme e acrescento: — Não. Me manda. Mensagem. Nem me liga! — Fecho a porta na cara dele e vou correndo para o meu quarto. Tiro meu terno e a gravata, visto uma calça jeans e coloco meus tênis All Star.

— Evan?

— Já vou sair, pai. Tô me trocando.

— Pus a mesa, mas dá uma olhada lá para ver se precisa de mais alguma coisa.

Abro a porta.

— Vou fazer isso agora.

Com meu pai me seguindo, vou até a sala de jantar.

— Foi bom ver o Henry.

— Aham.

— Está tudo bem?

— Cadê a mãe?

Analiso a configuração da mesa.

— Está se trocando.

— Acho que precisamos de mais pratos de sobremesa. Vou buscar.

— Você deveria ter dito para o Henry ficar. A família dele chamou você para jantar naquela noite. Deveríamos ter retribuído o favor com...

— Está de brincadeira, Eli? — Minha mãe aparece, estendendo o pulso esquerdo. Meu pai fecha a pulseira dela enquanto eu carrego os pratos de sobremesa.

— Não, teria sido bom.

— Essa é uma reunião de bons cristãos. Do tipo direito. Não precisamos daquele elemento na nossa casa. Já basta esse aí vê-lo na escola e os dois jogarem tênis juntos. — Ela olha para a mesa e depois para mim. — Essa calça está muito apertada.

— Ela é a única que não está para lavar.

Começo a dispor os pratos na mesa.

Uma batida na porta. Minha mãe franze o cenho para o meu pai.

— Eli, vai atender. — E para mim: — Então coloca a camisa para fora. Ninguém precisa ver isso tudo.

Ela vem até mim para tirar minha camisa de dentro da calça e, por instinto, eu me afasto, derrubando os pratos no chão. Eles se quebram bem rápido, mas é como se eu visse tudo em câmera lenta. Viro-me para olhar para ela. O rosto dela está calmo, e ela sorri para mim. Consigo ouvir meu pai na entrada, dando as boas-vindas aos convidados. Ela se afasta de mim e vai em direção à porta.

— Muito obrigada por virem. Vocês estão maravilhosos.

A noite é a nossa versão de um jantar com teatro, só que ninguém comete erros. Todo mundo se lembra de suas falas e acerta as marcações. Quando a refeição termina e cada visita é escoltada com gentileza até a porta, eu ajudo minha mãe a arrumar as coisas. Ela me olha enquanto tiro os pratos da mesa e diz:

— Querido. Você está tão bonito hoje. — Ela passa a mão pelo lado esquerdo do meu rosto. — Obrigada por ter se comportado tão bem.

Não sei o que fiz de diferente, mas respondo um "de nada" enquanto continuo a limpar a mesa. Meu pai está lá fora, fumando um cigarro.

— Você é tão parecido comigo. Nós amamos beleza e entendemos o poder dela. É por isso que você desenha e deixa seu quarto bonito. — Minha mãe guarda os restos de comida individualmente e junta os potes. Eles parecem uma cidadezinha, todos juntos assim. — Quero que você saiba que eu sou grata por isso. Eu vejo isso. Você é especial.

Ela volta o prato em que estava mexendo para cima da mesa, vem até mim e me abraça. Ainda deve estar processando meu beijo com Gaige. Talvez esta seja uma técnica nova, e está me assustando.

— Mãe, estou me sentindo meio mal. Tudo bem se eu for me deitar?

— Vai. Quer que eu faça chá de camomila?

— Não. Só preciso dormir.

— Tudo bem. Boa noite, querido, e obrigada de novo por hoje.

Esse tipo de comportamento me dá medo. Fecho a porta, pego algumas folhas de papel e um lápis, e vou para a cama.

três
meses
depois

vinte e três

Às vezes tudo se move com tanta lentidão que um dia parece durar um ano. Os últimos meses foram o oposto disso.

Assim que a colocamos à venda, nossa casa foi comprada num instante. Agora estamos morando em um apartamento do outro lado do lago — os Apartamentos com Terraço de Lakebridge no Condomínio de Lakebridge. Não tem nada de terraço nem de condomínio. São casas iguais, seriadas em grupos de três, e com cinco diferentes plantas de andares e exteriores disponíveis para escolha. Todas elas têm nomes tipo Woodbury, Castle Glen, Montague, Burling Crest e Fawn Meadow. É uma comunidade inventada que parece ser britânica, mas tem um 7-Eleven e uma Pizza Box como os lugares principais do shopping pequeno.

O Halloween já passou, e agora estamos nos preparando para o Dia de Ação de Graças. Meu aniversário foi aquela comemoração em família constrangedora. Segundo meus pais, agora que sou um "homem", e por causa das nossas finanças indo pelo ralo, preciso trabalhar no empório aos fins de semana, além de terça, quinta e sexta-feira depois da aula. De vez em quando, também posso pegar turnos extras na segunda e na quarta-feira. Não me importo. Gosto de trabalhar. Consegui guardar mil dólares e tinha planos de usar esse dinheiro para comprar um Toyota Tercel azul-claro 1994, com duas portas e câmbio manual de quatro marchas. O carro está com uma aparência boa, só tem alguns riscos. O banco do passageiro tem um corte bem longo que foi "consertado" com uma fita. Ele ainda está à venda no Carros e Caminhonetes Usadas do Dick na Wolf Road, a avenida principal que passa pela nossa região.

Mas daí minha mãe encontrou o dinheiro. Ela fez eu dar tudo para ela — disse que era para as contas. Pensei em falar para o meu pai, mas uma parte de mim se sentiu bem. Não por guardar isso dele, mas por contribuir, de alguma forma.

De acordo com a minha mãe, eu não preciso de um carro, porque não tenho aonde ir.

Peguei meus cadernos de volta, e agora todos (menos um) estão enterrados de volta perto do mosteiro.

Tenho evitado Henry, apesar de ainda não ter conseguido apagar a memória, a sensação daquele primeiro beijo — e olha que eu tento muito.

Também estive desenhando mais do que nunca.

Vou à igreja aos domingos.

Mas, desde aquele dia, é como se a verdade tivesse assustado o pastor. Ele e minha mãe já não conversam mais com tanta frequência. Talvez se sinta culpado. Deveria mesmo. Acho que ele não sabe mais como falar conosco, então nos evita.

Gaige só mandou mensagem umas três vezes e eu não respondi, então ele parou.

Tudo voltou a ser como era.

E, finalmente, tenho dezoito anos.

vinte e quatro

Uma das minhas coisas favoritas em trabalhar no empório é fazer sanduíches. Tenho meu jeito particular de criá-los, mas geralmente os clientes têm ideias bastante específicas sobre o que querem. Não tenho problema com isso, porque a melhor parte de tudo é ver as pessoas darem uma mordida em algo que, de tão gostoso, as faz revirar os olhos. E saber que eu preparei — fiz algo que alguém realmente ama — é uma sensação muito boa. Isso me faz pensar que talvez eu não seja uma pessoa tão ruim assim.

Hoje é domingo e vou passar o dia todo aqui. Gosto disso. Geralmente, é um dia de maratona de igreja para meus pais e eu, mas tem uma coisa que eles entendem mais do que igreja, e é trabalho. O empório fecha cedo aos domingos e, depois de limpar tudo, vou para casa e fico sozinho.

A loja é do sr. Lowell. Ele era cliente do 7-Eleven do nosso loteamento quando eu trabalhava lá e aparecia quase todos os dias. Uma vez ele me perguntou se eu gostava de trabalhar lá e falei que era ok, mas que eu queria um trabalho em que pudesse ter um turno mais longo, um salário maior e mais coisas para fazer. Ele me ofereceu um emprego.

— Evan, dá uma olhada no inventário para ver se tem o suficiente de presunto e de todos os queijos para a próxima semana. Está na época de comemorações. Vamos receber pedidos de tábuas de frios para as festas.

— Estou indo agora.

Vou até o estoque. Antes de entrar, ouço:

— Com licença, Evan Panos está aqui?

Não me viro. Reconheço a voz e na hora me sinto quente e enjoado. Apresso-me para entrar no estoque. Está gelado, mas não me importo. Gosto daqui. Eu inventei um jogo para fazer o inventário, no qual finjo que fui capturado por uma agência espiã rival, porque na brincadeira também sou espião, e tenho um plano para escapar do lugar onde me prenderam. Tenho só mais alguns minutos (geralmente três) para encontrar um jeito de sair e roubar os segredos da agência... que estão escondidos nas carnes e nos queijos.

A porta se abre.

É o sr. Lowell.

— Henry veio procurar você. Como estamos com o inventário?

— Parece que precisamos de mais presuntos e provavelmente de mais dois blocos de cheddar, pelo menos. O restante está de boa, mas quero conferir de novo. Fala para ele que estou ocupado e que ele pode ir embora, não precisa me esperar. Ligo para ele depois — minto.

Volto a fazer o inventário das peças de peru assado, provolone e salame. Ouço a porta se fechar. Fico ali pelo máximo de tempo que aguento.

— É, parece que temos o bastante, exceto pelo presunto e pelo cheddar mesmo — anuncio ao sair.

Dou uma olhada pela loja e não há sinal de Henry. Fechamos em cinco minutos, então acho que me livrei.

Quando saio, lembro-me de como amo o outono. Nessa época do ano, tento caminhar sempre que posso para apreciar a luz, o céu e as folhas. Além disso, o clima fica gelado e ensolarado na medida certa. Não preciso lidar com um casaco pesado nem com as outras coisas necessárias para o frio. Sinto o cheiro de madeira queimando. Acho que vou parar no 7-Eleven e comprar uma coxa de frango.

Assim que viro na Wolf Road em direção ao loteamento, ouço um carro desacelerando até estacionar atrás de mim.

Olho e depois desvio o olhar.

— Evan.

Paro, tentando acalmar a emoção que sobe pelo meu corpo. Fico decepcionado comigo mesmo por ele ainda ter este efeito sobre mim. Viro-me lentamente.

— Henry.

— Não quis te assustar. — Ele sai do carro e vem até mim.

— O que você está fazendo aqui?

— Seguindo você.

— Vai se foder.

Os olhos de Henry não encontram os meus enquanto ele diz:

— Eu sou um cuzão.

— Continue.

Ele pode ser difícil de resistir, então mantenho a distância.

— Sinto sua falta.

— Sério? — Ainda estou puto com ele, então não me importo se meu tom soar sarcástico.

— É sério.

Ele faz menção de se aproximar.

— Não. Pode parar aí. Você não pode chegar mais perto.

Ele assente.

— Claire está brava comigo. Ela acha que eu estraguei as coisas e está certa. Meus pais também.

— Você falou de nós para eles?

— Ev, parece que eu estou perdendo algo, alguém.

— Você está mesmo. Talvez já tenha até perdido.

— Paaaaaaaaannnoooooooooos!

Maldito Jeremy. Ou ele tem o melhor timing do mundo ou o pior. Neste exato momento, não sei dizer qual dos dois é. Ouço o som dos pneus da bicicleta se aproximando pelo asfalto irregular.

— Kimbaaaaaall!

Jeremy passa por mim com tanta velocidade que quase sou jogado no chão pela força de sua rapidez. Quando ele freia, a bicicleta derrapa pelo que parece uma eternidade, até que ele para e se vira para olhar para mim e depois para Henry. Jeremy já está a uns cinquenta metros de nós. Eu ainda tento entender se estou completamente incomodado ou aliviado pela interrupção.

— Que inferno, Jeremy! Você quase nos atropelou — grito.

Ele começa a pedalar de volta em minha direção em uma velocidade normal e acena para nós dois. Mesmo a essa distância, consigo ver o sorriso grande e idiota dele. Balanço a cabeça e faço uma daquelas expressões que me fazem parecer um pai decepcionado, não um amigo. Às vezes, sinto mesmo como se fosse um homem mais velho preso neste corpo de adolescente.

Jeremy chega perto de nós.

— Panos! — Ele olha por cima do meu ombro. — Sr. Kimball. — Ele finge uma reverência. — Você está saindo do trabalho, Panos, ou vocês dois estão em uma caminhada vespertina romântica?

Ah, se ele entendesse a ironia do que está dizendo.

— E você tá fazendo o quê, além de tentar matar as pessoas? Ele desce da bicicleta.

— Só saí para dar uma volta porque estava entediado. Você tem trabalhado muito ultimamente. — Ele olha para Henry de novo. Henry até tenta sorrir, mas não consegue disfarçar a tristeza em seus olhos. — Sério, o que você está fazendo aqui, Kimball? Veio se rebaixar para visitar a classe trabalhadora?

— Nada. Só acabei encontrando o Evan no caminho para…

— Merda. — Jeremy faz uma careta.

— O que foi?

— Que droga, Panos, você está com cheiro de presunto. — Ele suspira com força.

Respiro fundo.

— Eu não sinto.

— Meus parabéns, Panos, você acabou de virar ainda mais um animal antissocial. O cheiro não vai ajudar em nada.

— Do que você está falando?

— O Kimball aqui fica perguntando sobre você. Você o está evitando na escola, mas eu disse que ele não deveria se sentir tão especial assim, porque você está evitando todo mundo. — Ele faz careta de novo. — Cara! Você esfrega o presunto em você, por acaso? Que cheiro de bosta. Bosta de presunto.

Henry parece impaciente. Agora ele está esfregando a nuca e encarando o chão. Quase começo a me sentir mal por ele. Mas só quase.

— Provavelmente é por causa dos queijos também. Eu também os esfrego no corpo. — Vou para mais perto de Jeremy. — Aqui, olha. Quer sentir melhor?

Ele dá uns passos para trás tão rápido que quase cai.

— Qual é o seu problema, caralho? — Jeremy balança a cabeça, olha para Henry e depois de volta para mim antes de mudar de assunto do jeito tipicamente abrupto dele. — Sabe, acho que o Kimball aqui… que seja. — Jeremy dá as costas para Henry. — Não é segredo nenhum que nós dois nunca fomos próximos, mas também não é como se nos odiássemos.

Henry não diz nada.

Jeremy fala para mim de novo:

— O que rolou, vocês tiveram uma discussão amorosa? Você chateou seu namorado? — Ele força um tom de voz agudo de menina.

— Você não é engraçado. Você é um imbecil.

— Quer saber? — Henry vem até nós, em minha direção, e para a alguns centímetros do meu rosto. — Quero que sejamos amigos de novo. Como antes. — Ele me olha como se estivéssemos sozinhos. O que ele quer dizer com "como antes"? Antes de ele ficar com Ali? Antes de eu me abrir para ele? Só colegas? — Estou atrasado. Ev, eu quero conversar. — Ele lança um olhar para Jeremy e o encara como se estivesse tentando fazê-lo desaparecer. Quando não dá certo, Henry suspira. — Mais tarde, Ev?

— Mais tarde.

Jeremy fica em silêncio, de boca aberta.

Henry se vira, entra no carro e vai embora.

Tento quebrar o silêncio.

— Jeremy, eu não falei sério.

Ele volta a si.

— Que bom. Conversar depois é bom. Vocês dois doidos vão se resolver. Ah, e o negócio com a Tess. Morreu. Para. Mim. — Jeremy faz um X com os braços de maneira bastante enfática. — Morreu, Panos!

Eu nem sempre gosto do tanto que Jeremy pode ser egocêntrico, mas em momentos como este… cai como uma luva.

— Como assim, morreu?

Nós dois começamos a andar.

— Bem, acho que não dá para falar que *morreu* algo que nem começou, mas pelo visto ela gosta de outra pessoa. Que seja. Mesma merda de sempre. — Ele lança as palavras no ar como se não significassem nada. — Então, o que vai ser? Você vai ser proletário de agora em diante?

— Eu preciso do dinheiro.

Vejo o 7-Eleven. Estamos quase lá.

— Você sabe que eu estava brincando sobre o Kimball ser seu namorado, né?

E voltamos ao assunto.

— Aham.

— Porque tem um boato rolando na escola de que ele é gay. Eu particularmente não acredito, porque o cara tem jeito com as meninas, e sei que ele estava comendo a Amanda, e a Ali foi... — Ele diminui o tom e para de andar com a bicicleta. — Pentelho, o único motivo por eu tocar no assunto é porque o boato é de que ele é gay e está apaixonado por você.

Caralho. É como se eu perdesse o fôlego.

— Onde foi que você...

— O Tommy. Ah, e a Ali disse que pegou vocês no banheiro dos pais dela. Ela achou que você estava dando em cima do...

— Isso é loucura. — Tento parecer casual.

— Foi o que eu disse! Se você fosse gay, eu saberia. Nós somos amigos há anos e, cara, se você gostasse mesmo de garotos, teria dado em cima deste... — ele gesticula para o próprio corpo com a mão direita — ... sanduíche de presunto gostosão aqui.

— Você acha que se eu fosse gay eu teria interesse em você?

— É uma conta simples. *O fato hipotético de você ser gay* mais *o fato de que eu sou esse cara incrível* é igual a: *é claro, meu amigo.*

— Caras gays não sentem atração por cada homem que veem.

— Você não conseguiria resistir. Mas não se preocupe, eu já desmenti os boatos.

Jeremy não tem noção nenhuma.

Balanço a cabeça e digo:

— Vou dar um pulo no 7-Eleven e comprar uma coxa de frango. Quer uma?

— Tá cagando dinheiro agora?

— Quer ou não?

— Não, valeu. Preciso ir porque vou sair para jantar com os meus pais e ainda preciso tomar banho. — Ele sobe na bicicleta e faz uma pausa. — Espera, você e o Henry estavam mesmo sozinhos no banheiro?

— Estávamos procurando um Band-Aid para a minha testa.

— Ah, claro. Faz sentido. Você é um desastre ambulante. — Ele começa a se afastar. — Até amanhã.

vinte e cinco

Meu quarto no apartamento não me passa a mesma sensação da casa. Não posso pintar, colocar papel de parede nem fazer nada que seja muito permanente aqui. Por sorte, todas as minhas estantes couberam e posso colar minhas artes na parede — as que minha mãe aprovar —, o que dá um tom mais aconchegante e seguro ao espaço estéril.

Ou quase isso, pelo menos.

A coxa de frango não foi o suficiente, então vou até a cozinha para ver o que tem lá e abro meu compartimento favorito: o armário de massas. A maioria das casas tem massa, mas nós temos um armário inteiro só disso. São três prateleiras cheias, de cima a baixo. Tem tanta coisa que, se você tirar um único pacote ou uma caixa, o resto vai cair. Tem de todos os tipos, desde o clássico macarrão com queijo da Kraft ao mais comum de alguma marca genérica e macarrão de cores estranhas que minha mãe ganhou na Depot porque eles iam jogar fora.

Coloco água para ferver em uma panela no fogão e percebo que tem um pedaço de bolo amarelo com cobertura de chocolate no balcão. Um único pedaço, em cima de um prato de papel pequeno e redondo. O prato e o bolo estão cobertos em plástico-filme de maneira grosseira. Eu quero tanto comer, mas não foi minha mãe quem fez. Alguma outra pessoa trouxe. Dá para ver que provavelmente foi feito com mistura do mercado. Isso nunca seria uma opção aqui em casa. Uma vez eu trouxe uma caixinha para cá, por contrabando. Tinha experimentado na casa de um vizinho e surtei. Eu sabia que arrumaria problemas se pedisse, então comprei alguns dias depois no Geffy's Market no caminho de volta da escola. Esperei até todo mundo ter ido dormir para fazer o bolo. Sem me dar conta de que a cobertura não estava inclusa na caixa, eu só fiz o bolo mesmo. Lavei e sequei toda a evidência e comi todo o bolo sem cobertura escondido no quarto.

Se eu comer esse aqui na minha frente, poderia criar uma situação, e nenhum bolo vale isso. Dou as costas para ele e vou olhar a geladeira. Deve ter algo que eu possa beliscar enquanto espero a água ferver. Tem uma frigideira na segunda prateleira da geladeira. Abro e encontro lentilha. Sempre tem lentilha aqui em casa. Dou uma colherada para acalmar a fome. Ugh. Lentilha idiota.

— Chegamos! — Meu pai acende a luz da entrada.

— Estou na cozinha esperando a água ferver.

— Pega o casaco. Seu pai vai nos levar para o N-Joy Suey! Temos que comemorar! — Minha mãe soa alegrinha, e a voz dela está mais aguda do que o normal.

Eu imediatamente fico em alerta.

Entramos no N-Joy e logo nos sentamos perto da janela. O restaurante costuma ficar cheio domingo à noite, mas ainda está cedo. Tiro o casaco e o coloco ao meu lado no estofado. Meu pai tira o dele também e o entrega a mim por cima da mesa.

— Coloca aí do lado também.

Minha mãe não tira o dela. Ela está sempre com frio. O casaco dela é bege, tem um bom caimento e foi confeccionado com um colar de pelo falso grande, branco e cheio. É uma das peças de roupa favoritas e mais caras dela. Ela tem muito orgulho de tê-lo e de como fica quando o veste. Custou quase duzentos dólares na promoção da Linderfield's — não a do centro, a do shopping. Ela esfrega as mãos e as assopra.

— Não está tão frio ainda, mãe.

— Você não sabe o que é frio. Você é jovem. Seu sangue ferve. Na sua idade, eu passava o inverno todo com um vestido fino, às vezes ficava descalça, e mesmo assim não sentia frio.

— Não nevava na Grécia — responde meu pai, tão baixo que nós mal o ouvimos. Ele toma um gole da água assim que o garçom a traz e esconde o rosto no cardápio.

— Eu era cheia de vida! — Minha mãe fecha a mão em um punho e franze os lábios enquanto estica o braço para cima. Também escondo o rosto no cardápio. — As pessoas eram fortes e trabalhadoras. Ao contrário de hoje em dia. Todo mundo só fica olhando com cara de peixe morto para o celular e para máquinas, o tempo inteiro. Vejo vocês, jovens, andando por aí como se fossem robôs sem cérebro olhando para baixo. Que futuro é esse que...

— Qual é a novidade? — interrompo, curioso de verdade, porque é raro ter notícias boas, e quero que ela pare de falar.

— Conta você para ele, Elias. — Ela passa a mão na nuca dele.

É muito raro eles serem carinhosos ou brincarem um com o outro. Meu pai tenta mais do que minha mãe, e não é como se eu gostasse quando vejo.

— Os irmãos e as irmãs da igreja querem me ajudar a abrir um restaurante!

Os dois estão sorrindo, felizes como... bem, não sei quando foi a última vez que os vi assim.

O garçom volta à mesa.

— Já querem pedir?

Nós ainda nem olhamos o cardápio, mas não precisa mesmo. Sempre pedimos as mesmas coisas.

Minha mãe começa o pedido:

— Vou querer o chop suey de camarão e dois rolinhos de ovo com vegetais. E só uma água com limão, por favor. Obrigada. — Ela entrega o cardápio para o garçom e sorri para ele com gentileza.

Ele sorri de volta. Meu pai começa a pedir e eu olho pela janela.

Puta. Merda.

Henry e a família estão descendo do carro. Henry. Os pais. Até a Claire está junto. Todos eles.

Aonde eles vão? Talvez para a pizzaria? Talvez seja até uma ida ao 7-Eleven em família para uma rodada de raspadinhas neste domingo à noite. Por favor, que seja algo assim.

Mas não. Eles estão entrando no N-Joy.

— Ei, mundo da lua. O rapaz está esperando você pedir. — Minha mãe me fuzila com os olhos semicerrados.

— Ah, hm. Desculpa, vou querer o frango ao molho de laranja — digo, tentando não encarar a família Kimball *inteira* entrando no restaurante. E se sentando à mesa. Isso foi calculado?

— Pedi o Felicidade em Dobro para nós também — diz meu pai.

Seria impossível pedir felicidade o suficiente, eu quase respondo. Meu estômago está tão revirado que a ideia de comer parece quase impossível. E, então, Henry nos vê e sorri. Forço-me a sorrir e acenar de volta porque é tarde demais para fingir que não o vi. E, mesmo se eu conseguisse, não ajudaria em nada, ele ainda viria até aqui e seria simplesmente o Henry.

Minha mãe se vira e vê a família Kimball. Ela sorri e acena, depois se vira para nós com uma cara mal-humorada e revira os olhos. De repente, todos estão acenando. Os Kimball. Nós. Esse é um daqueles momentos em que você acha que não tem como as coisas piorarem, mas pioram. Henry se separa da família e vem até nossa mesa. Ele começa a tirar o casaco enquanto se aproxima, e é claro que está usando bermuda. Está com uma camisa polo azul-clara que faz os olhos dele parecerem ainda mais claros.

— Oi, senhor e senhora Panos. É ótimo ver vocês aqui.

Ele dá um sorriso tão grande, mais para mim e para meu pai, que é como se estivesse tentando nos intimidar ou algo do tipo. Devagar, empurro meu casaco e o do meu pai para mais fundo no assento ao meu lado. Até tento afofá-los mais para parecer que o espaço ao meu lado está mais cheio.

Henry se vira para mim.

— Oi, Ev. — Ele diminui o sorriso para algo mais carinhoso. — Olha só, já é mais tarde.

Tento manter a compostura. Como se eu não o tivesse visto só algumas horas atrás. Como se meu rosto não estivesse completamente vermelho agora.

— Oi.

— Bem, foi ótimo encontrar vocês todos aqui. — Ele olha para a família.

A mãe e o pai dele estão lendo os cardápios. Claire está com os olhos fixos na nossa mesa e no irmão.

— É melhor eu voltar para a minha mesa. Todo mundo está com fome. Evan, vamos tomar sorvete depois. Pode ser? Você pode voltar com a gente, se estiver tudo bem por vocês, senhor e senhora Panos. Eu o levo de volta para casa cedo. Temos aula amanhã e...

— Henry, eu não acho que... — interrompe minha mãe.

É a vez de meu pai a interromper.

— Só não muito tarde, Henry.

Henry me lança um último olhar e volta para a mesa. Quero gritar.

E a minha opinião? Vocês podem não tomar decisões por mim? Você viu como ele... exigiu que eu fosse tomar sorvete com ele? Nem perguntou se eu queria!

Eu deveria ter dito algo. Eu *ainda* deveria dizer alguma coisa.

— Elias! Bem numa noite de domingo você vai deixar Evan sair com aquele Vagenzinho? — Até os sussurros dela são altos.

— Ele trabalhou o fim de semana todo. Deixa ele se divertir. — Meu pai claramente está com um ótimo humor. — Henry é um menino bom e eles são uma família boa. A irmã dele faz faculdade em uma universidade chique, né, Evan?

— Qual igreja eles frequentam mesmo?

— A irmã dele estuda na Universidade de Brown. É uma faculdade muito boa, e eles são presbiterianos. Frequentam a Primeira Igreja Presbiteriana de Kalakee, eu acho — respondo como uma máquina.

— Não é uma igreja de verdade. Aquele povo acredita em gays e outros pecados. É só para as pessoas se sentirem bem. Essas igrejas que só confortam as pessoas não são de verdade. — Minha mãe acredita que você precisa se sentir oprimido o tempo todo para ser um filho de Deus. — Pelo menos a menina parece ter a cabeça no lugar. Quem é que usa bermuda no inverno?

Ela me olha como se fosse minha culpa.

Eu nem tenho a oportunidade de responder ou de lembrá-la de que ela acabou de me dizer que "eu não sei o que é frio". Tem tanta coisa errada aqui.

— Você deveria sair com a menina. Ela é bonita. Muito bonita, apesar de não ser grega e ser presbiteriana. Precisa comer um pouco mais. — Ela torna a me olhar. — Você gosta assim? Magrinha?

— Mãe. — Tento impedir a avalanche. — E como foi esse negócio de abrir um restaurante?

Nosso garçom e um outro aparecem com muitos pratos. Eles começam a servi-los à nossa frente, e eu olho para a mesa dos Kimball. Henry está olhando nesta direção. Será que ele passou o tempo todo olhando para cá? Em que ele está pensando? Será que está chateado? Será que ele acha que ler meus cadernos faz dele algum tipo de salvador ou herói?

Você acha que pode me salvar, Henry Luther Kimball? Pense de novo. Nem Deus conseguiu me salvar, e eu pedi. Muito!

Olho de volta para a nossa mesa, que agora está cheia. Cada centímetro está tomado por pratos vazios ou por pratos com comida quente e gordurosa esfumaçando.

— Seu pai e eu vamos abrir um restaurante. A Tula e o marido dela, e o Andy e a esposa dele, Melina, vão investir no seu pai e ajudá-lo a abrir um lugar pequeno. Ele tem uma ótima reputação. — Minha mãe olha para meu pai com carinho e passa a mão na nuca dele enquanto coloca uma colherada grande do chop suey de camarão no prato dela. — Olha, você quer? — Ela gesticula na minha direção.

Pego um prato e coloco um pouco.

Este é o melhor estado da minha mãe. Digo a mim mesmo para aproveitar, mas não consigo.

Meu pai já encheu o prato com um pouco de tudo. Entre uma mordida e outra, ele diz:

— Acho que podemos começar depois das festas de fim de ano. Agora não é o momento de começar a procurar, mas vai dar certo. Podemos controlar o nosso futuro. Há anos quero fazer isso. — Ele continua comendo.

Como eles conseguem comer?

— Você sabe que seu pai trabalha muito. Agora vai ser para nós, não para gerar lucro a pessoas ingratas. Podemos trabalhar lá como uma família e construir algo juntos. Você pode ficar com o restaurante quando morrermos.

Não digo nada. Já tivemos essa mesma discussão centenas de vezes. Não quero trabalhar no ramo de restaurantes nem herdar um estabelecimento assim. Não quero nada de nenhum dos dois.

Terminamos nossa refeição em silêncio.

vinte e seis

Despeço-me dos meus pais e eles me lembram de não chegar tarde em casa.
Ninguém menciona um horário.

Vou com os Kimball até o carro deles.

— Acho que vocês três cabem atrás. — O sr. Kimball destranca
o carro e Claire me abraça.

É um Subaru Outback novinho, com uma pintura prata por
fora e bancos de couro por dentro. Eles são uma família adepta de
Subarus, exceto por Claire. Ela dirige uma BMW antiga de 2002 que
herdou da avó. Já que sou o menor dos três que vão no banco de
trás, fico no meio.

— Faz tanto tempo que não te vemos, Evan. — A sra. Kimball
se vira no banco do passageiro para nos olhar. A mão direita dela
fica repousada no braço do marido durante o trajeto.

— Estive ocupado. Estou trabalhando cinco dias por semana
agora, e às vezes até sete, se eu conseguir os turnos — falo, olhando
para baixo.

— Nossa. E isso é permitido? — pergunta o sr. Kimball.

Levanto a cabeça e o vejo me olhando pelo retrovisor.

— É muito bom ver você, Evan. — Claire me cutuca com o
braço ao dizer isso.

— Obrigado. É bom te ver também. Veio de férias?

— Aham. Já escolheu onde quer fazer faculdade? — Claire
soa preocupada.

— No Instituto de Arte.

— Você passou?

— Sim.

É mentira. Nem me inscrevi. Não tenho dinheiro para isso.

— Incrível.

A sra. Kimball pergunta, do seu jeito sempre otimista:

— Você vai estudar as belas-artes, pintura?

— Acho que sim. Não tenho certeza ainda.

— Ele é muito bom — acrescenta Henry. — Não acredito que vocês nunca viram os desenhos dele esses anos todos.

— Não é nada de mais.

— Aonde vocês vão? Não tem nada aberto hoje. Querem parar no mercado e comprar algumas coisas? — pergunta o sr. Kimball. Agora é para Henry que ele olha pelo retrovisor.

— Deixa eles saírem — fala a sra. Kimball. — Vai ser bom eles tomarem um pouco de ar fresco.

— Que tal o IHOP? Fica aberto vinte e quatro horas por dia, não fica?

Henry está sentado à minha esquerda. Ele desliza a mão e a coloca bem abaixo da minha coxa esquerda.

É isso que amigos fazem?

Sem tirar a mão, ele diz:

— Vamos pensar em alguma coisa.

O timing é perfeito, porque, na mesma hora, passamos pelo mosteiro. Por instinto, olho para Henry e me arrependo de imediato. A mão dele ainda está sob minha coxa. Ele se vira para mim e sorri. Estou irritado porque o sorriso dele me dá a sensação de que vou ficar bem. Não sei se posso confiar nisso.

Vai se ferrar, Henry. Você não pode me salvar.

A sra. Kimball se vira de novo e fala:

— Sabe, talvez seja uma boa ideia pegar sobremesa no mercado.

Ela olha para baixo e vê onde a mão do filho está. Henry continua olhando pela janela, como se fosse nada de mais.

— Pode ser, então. — Ele nem sequer parece perceber que a mãe dele está nos olhando.

Ela sorri, educada, e se vira. Não sei dizer que tipo de sorriso é.

— Vocês dois podem sair para dar uma volta ou algo assim depois.

— Por mim tudo bem. — Henry olha para mim. — Poderíamos fazer um rodízio de sundae.

Que merda é essa que ele está falando? Esse é o cara que só pega um único sabor de sorvete. Sem castanha, sem cereja, sem calda. Rodízio de sundae? Parece que todo mundo está tendo uma conversa sem mim, e fico bravo comigo mesmo por permitir que isso vá longe assim. Tento mexer as pernas e o corpo, mas, quanto mais tento, mais Henry coloca a mão embaixo da minha perna. É tão desconfortável. E talvez um pouco excitante, o que me deixa ainda *mais* desconfortável.

— Acho que vou para a casa do Nate — diz Claire.

— Ele está em casa? Achei que ele "nunca sairia da NYU". — A mãe dela faz aspas no ar, mas continua olhando para a frente.

— Ele voltou. Quer dizer, é bom que tenha voltado.

Depois de todos os almoços e jantares a que fui na casa dos Kimball, é de se pensar que eu já estivesse totalmente confortável com as pequenas discussões entre eles, mas para mim ainda é difícil entender como ninguém grita nem xinga um ao outro. Lá em casa, não passamos um dia sem alguém sair machucado com alguma coisa, seja física ou verbalmente.

Claire e a mãe conversam até que o sr. Kimball faz uma curva brusca para entrar no estacionamento do Fresh Fred's, e todos nos seguramos.

— Saco. Desculpa. Eu me perdi aqui por um minuto. — Ele manobra o carro e quase bate em algumas pessoas com carrinhos, atravessando o estacionamento.

A sra. Kimball pega um cartão de crédito, vira-se no banco e o entrega para mim. Eu só o encaro.

— Toma. Você e Henry ficam responsáveis pelas compras.

Henry pega o cartão da mãe.

— Valeu, mãe.

Ele caminha em direção ao mercado e se vira para conferir se estou seguindo.

— Por favor, não some de mim assim de novo — diz Henry quando entramos, com a expressão completamente diferente. Ele parece frágil, assustado. — Você não pode continuar fazendo isso. Eu sei que fiz merda, mas, por favor, me dá mais valor.

Balanço a cabeça.

— Tudo bem, mas confiar em alguém é difícil para mim agora.

Quando entramos na casa dos Kimball, cada um vai para um canto. Henry e eu vamos para a cozinha.

— Sua mãe viu onde você estava com a mão — sussurro.

Henry coloca as sacolas na bancada e olha para mim.

— Pega as tigelas.

— Sério, vamos só fingir que isso é algum tipo de…

— Não me importo com quem viu o quê. Da última vez que te vi, de verdade, foi semanas atrás, e não quero passar por isso de novo.

— Eles estão logo ali em cima. Você me vê na escola. Fala mais baixo.

Estou tremendo e suando. Não consigo me ver agora, mas tenho certeza de que minha aparência não está boa. Meu cabelo provavelmente está começando a ficar com frizz, e não duvido que meu rosto esteja vermelho.

Enquanto isso, Henry está calmo.

— Você me evita na escola. *Eu sou gay.* Minha irmã sabe. Meus pais sabem. Você sabe.

Eu só o encaro por um segundo.

— Amanda Hester no ano passado. — Abaixo ainda mais o meu tom de voz. — Você me disse que transou com ela. E não vamos esquecer de Ali ou do fato de que eu estou puto pra caralho com você.

A quem estou tentando convencer aqui? O que ele está dizendo? O que foi aquilo na casa de Ali? Como é que ele pode simplesmente… dizer isso?

— Pega as tigelas, Ev. O sorvete vai derreter.

Sei onde guardam tudo nesta cozinha. Já fiz frango grego com batatas ao limão aqui. Tem uma ilha e bancos de um lado, e o resto das coisas estão dispostas em um U invertido ao redor da ilha. O espaço leva a uma sala grande e confortável. Mas, de repente, não tenho a mínima ideia de onde ficam as tigelas.

— Ev, tá tudo bem?

— Como você pode dizer isso?

— O quê?

— "Sou gay". Como se tivesse tanta certeza assim. As últimas coisas que aconteceram provam o contrário.

Henry pega quatro tigelas de um armário e as coloca na bancada da ilha.

— Porque sou, ué. Não senti nada pelas meninas com quem fiquei que chegue aos pés do que sinto por você. Eu sou gay.

— Vamos esquentar a calda de chocolate? — pergunto, ainda irritado.

— Mas é claro.

Henry coloca todos os potes de sorvete na bancada. Para alguém que não se importa com calda, ele sabe muito bem como preparar sundaes.

— Vocês estão por conta própria, meninos. — Claire entra na cozinha, linda como sempre. O tipo de garota que minha mãe amaria que eu namorasse. Ela abraça Henry por trás e o aperta o mais forte que consegue.

Henry escapa.

— Eca! Guarda para o Nate.

Olho para ela. Para Henry. Para o jeito que ele balança a cabeça para tirar a franja dos olhos. Para a maneira como ele está sorrindo para a irmã, com tanto amor.

Claire me olha.

— Fico feliz mesmo por você estar aqui. — Ela vem até mim e me dá um beijo na bochecha. — Até depois.

E sai.

Henry enche uma frigideira com água e a coloca no fogão.

— Isso tudo é bizarro para mim. — Abro uma gaveta e tiro a colher de sorvete. Henry despeja a calda de chocolate na frigideira.

— Me dá uma tigela dessas? Vou colocar as castanhas nela.

— Toma. — Dou para ele o que seria a tigela de Claire. — Você não está nervoso? Como tem tanta certeza dessa vez? Nunca falamos sobre isso. Você não se divertia com Amanda? Com Ali?

Talvez elas só não fossem as garotas certas para você. Não dá para simplesmente saber assim, do nada.

Henry olha nos meus olhos.

— O que aconteceu com Ali… não é desculpa, mas eu estava confuso, surtando, um pouco bêbado e queria que alguém precisasse de mim. Queria que alguém me quisesse. Eu queria que fosse você, mas… Pronto. Tá satisfeito?

Balanço a cabeça.

— Então é minha culpa? Não se atreva. Você estava bêbado e traiu completamente a minha confiança.

— Não é assim. Eu queria… queria que você tivesse certeza sobre mim. Não foi real com Ali. Eu fui tão burro. Bebi demais.

Tiro as tampas dos potes de sorvete. A parte de cima está começando a derreter e a ficar mole — a consistência perfeita para pegar. Por algum motivo, talvez nervosismo, começo a abanar o sorvete com a tampa.

— Nós não transamos — diz ele enquanto tento manter minha expressão neutra. — Ali e eu só ficamos. As coisas avançaram um pouco, mas não teve sexo.

— *Nós também ficamos. E não transamos.* Isso tudo dá na mesma para você?

— Ev, o que aconteceu entre nós foi mais real do que qualquer beijo, qualquer coisa que eu já tenha feito. — Henry percebe que estou abanando o sorvete. — O que você está fazendo? — E começa a rir.

Na hora, percebo o que estou fazendo e paro. Coloco as mãos na bancada da ilha e olho para Henry do outro lado. Ele está perto do fogão, conferindo a calda quente.

— Tudo bem, eu senti alguma coisa — sussurro. — Isso entendo, mas como você pode saber de alguma coisa? Não confio em você.

Henry começa a dar a volta na ilha. Até mim. Nossa, como ele demora. Meu coração de repente parece não ser forte o bastante para aguentar isso, e meu corpo todo já ultrapassou o nível do suor. Ele me beija. Devagar. Eu não correspondo. Ele continua enquanto tenta colocar a mão na minha. Resisto um pouco, mas depois abro as mãos lentamente. Nossos dedos se entrelaçam e começo a corresponder o beijo. Um pouco. Ele afasta o rosto, mas não solta nossas mãos, olha para mim e diz:

— Vou fazer tudo o que eu puder para ganhar sua confiança de novo.

Respiro fundo.

— É melhor darmos uma olhada na calda. — E se os pais dele tivessem entrado na cozinha? Isso nem tinha passado pela minha cabeça durante o beijo. Olho para ele e digo: — Quero acreditar em você.

— Você pode. — Henry volta para o fogão. — Acho que a calda está pronta.

Atrás de mim, ouço uma voz:

— Esse é o serviço mais lento que já vi.

Sou puxado de volta para a realidade.

— Nossa, não quis assustar você. — É o sr. Kimball.

Porra, essa foi por pouco.

Henry entrega os sundaes para os pais.

— Prontinho, gente, dois clássicos. Um com castanhas e um sem.

— Querem ficar com a gente? Podemos alugar um filme, se quiserem — diz o sr. Kimball.

— Valeu, mas acho que vamos só ficar de boa antes de eu precisar levar o Evan para casa.

Vamos até o quarto de Henry. Ele fecha a porta, coloca a tigela na escrivaninha e, antes que eu possa falar, ele me beija de novo. Dou alguns passos para trás e falo:

— Ei, seus pais.

— Tudo bem.

— Henry? — Quero beijá-lo. Meu Deus, como eu quero. O jeito que ele está me olhando agora. Esse é o tipo de coisa que você vê em filmes e pensa que é careta pra caralho, mas, quando acontece com você... não há palavras elegantes o bastante para capturar essa sensação. — Henry. Você leu meus cadernos, né?

Ele assente e me puxa para mais perto.

— Eu sinto muito. Tudo que aconteceu na festa com a Ali e eu sem poder explicar, depois ler aquilo tudo, ver seus desenhos...

— Nunca compartilhei nada disso com ninguém. A vida inteira eu só tentei manter tudo isso separado. Escondido. Isso aqui, *a gente*, que bagunça isso. Eu preciso poder confiar em você. Agora mais do que nunca.

— Eu prometo. — Henry está olhando bem nos meus olhos. — Nada vale te machucar.

Eu sei que são só alguns segundos, mas este momento... este momento em silêncio é meu mundo.

— Ev, eu já vi marcas no seu pescoço. Nos braços. Nas pernas. Algumas vezes no seu rosto também. Eu não queria acreditar.

— Eu não queria que você nem ninguém acreditasse. Só deixaria as coisas ainda mais complicadas para mim.

— Grande parte do que estava nos cadernos foi difícil de ler, ver que aquilo estava mesmo escrito em uma folha e saber que você escreveu. Mas o mais difícil foi ler sobre você querer morrer. — Henry coloca as mãos no meu quadril. — Você ainda se sente assim?

Não digo nada. Estou envergonhado. Tenho medo de que Henry me veja como fraco ou como alguém que não vai lutar por si mesmo, porque, então, como eu poderia lutar por outra pessoa?

— Eu preciso de você. Quero ter você por perto.

Ainda estou em silêncio.

— Você ainda pensa em morrer?

— Não penso mais. Agora eu sonho em escapar disso tudo. — *Mas não de você*, quero dizer, mas não digo.

— O Gaige...

— Foi meu primeiro beijo.

— Tinha tantos desenhos meus nos seus cadernos. Eu não vi o Gaige... — Ele me lança um olhar em vez de uma pergunta.

— Não seja um babaca egocêntrico. Eu conheço você há mais tempo.

Ele me beija de novo, depois vai para o meu pescoço e coloca a mão nas minhas costas. Sinto os dedos dele passarem pela minha coluna. A outra mão sobe pela minha perna. Eu me jogo mais ainda para perto dele, apesar de parecer fisicamente impossível me aproximar ainda mais.

— Puta merda... — Minha voz soa como se eu tivesse sido drogado, mas não paro. Ele continua beijando meu pescoço e começa a voltar para a minha boca. — Não podemos — digo rapidamente. — Eu nunca transei.

Ugh. Não tinha coisa menos sexy para dizer. Afasto-me dele e tento recuperar o fôlego.

— Desculpa.

— Não. Olha para mim. — As mãos de Henry agora estão nos meus ombros. — Você não precisa me dizer nem fazer mais nada agora. Eu só não quero perder você. De novo, não.

A pessoa que deveria me amar mais — o amor mais incondicional — nunca me quis aqui. Não importa quanto eu me esforçasse para ser perfeito. E, agora, esse garoto — que conhece todas as minhas imperfeições e já viu todos os meus machucados expostos — quer que eu fique.

vinte e sete

Estou muito inútil hoje.

Vir para a escola no dia seguinte à minha noite com Henry realmente é só um exercício de achar novas formas de fingir prestar atenção. Confesso que não estou me saindo muito bem.

— Senhor Ludecker, estou ouvindo você daqui.

— Desculpa, senhor Q.

Jeremy se vira para me encarar de novo e mexe a boca, querendo dizer algo. Dou de ombros. Ele mexe os lábios de novo. Ainda não entendo. Jeremy escreve no canto da folha de desenho dele: *Você precisa fazer isso por mim!* Balanço a cabeça em negativa. Ele revira os olhos.

— Evan, posso falar com você por um minuto?

— Foi mal, cara. — Jeremy parece arrependido de verdade.

Vou até a mesa do sr. Quinones.

— Você já tem algo para me mostrar? — pergunta ele.

Eu estava torcendo para ele ter se esquecido.

— Sei que pedi um prazo maior...

— Você ainda tem interesse no estágio? — Não sei como responder. — Seus trabalhos em sala são bons. Eu esperava que...

Olho para o chão antes de falar.

— Não é uma boa ideia. O estágio não é para mim.

Nada. Só um olhar vago que faz o rosto do sr. Q parecer que alguém o desligou.

— Talvez depois de eu me formar. Se o programa ainda estiver disponível e se arte ainda for algo que eu... — digo, na intenção de melhorar as coisas.

— Você não tem interesse?

Dá para notar que ele não está acreditando em mim.

— Evan. — O botão foi ligado de novo. — Você não precisa disso. Nada disso aqui. Todas essas coisas, arte e… enfim, a decisão é sua. O estágio não é um comprometimento até o fim da vida. Acho que é uma ótima maneira de você descobrir o que *não* quer da vida.

Ele está certo. Toda escolha, toda decisão parece tão importante para mim. Talvez seja bom começar algo, fazer uma escolha, como se estivesse tudo bem não ser perfeito. Assinto e respondo:

— Eu vou pensar.

— Que bom.

Fico na fila para pegar o almoço e vejo Henry e Jeremy já se sentando. Henry sorri, e Jeremy acena para que eu me junte a eles. Assinto e dou um oi com a mão também, tentando parecer normal, só para o caso de alguém estar olhando e, só de olhar para mim, perceber que mudei. Que Henry e eu estamos diferentes.

A hora do almoço nem sempre é uma pausa bem-vinda para mim. O refeitório é um lugar social, e é aqui que histórias são compartilhadas e boatos nascem. Ficar na minha tem sido uma estratégia consideravelmente boa, mas, nos últimos meses, recebi um pouco mais de atenção do que minha zona de conforto aceita. Depois dos acontecimentos bem, bem recentes, estou com muito medo não apenas de os meus mundos colidirem, mas de todo o meu universo virar uma bagunça inacreditável.

Quando coloco a bandeja na mesa, Jeremy não perde tempo e já engata uma conversa. Ele se inclina em direção a Henry, que está sentado diante dele, e diz:

— Se prepara, Kimball. O Panos vai começar a andar com o pessoal artista da capital e talvez finalmente perca o cabaço. — Jeremy olha de volta para mim. — Só toma cuidado, se não quem vai te pegar são os senhores Q do mundo.

Tommy Goliski vem até nossa mesa no mesmo momento e pergunta:

— O que é isso? — Como sempre, ele está acompanhado pelos capangas, e dessa vez por Ali também.

Ela sorri para Henry.

— Oi, Henry.

— Oi, Ali.

— E aí, Evan? Como anda sua vida sexual? — Tommy coloca o braço em volta da cintura de Ali. Esforço-me para manter a postura. — Fiquei me perguntando aqui: o senhor Q prefere ser ativo?

Henry reage e diz, com a mandíbula apertada:

— Vamos embora.

— A conversa não chegou em você. — Tommy se inclina para responder a Henry. — Estou falando com o seu namorado, que aparentemente curte homens mais velhos.

Os amigos de Tommy dão risadinhas.

Tento aliviar o clima.

— Ei, Tommy. O Jeremy é um idiota. Nisso nós concordamos. — Olho para Jeremy. — Né?

Ele assente.

— Não, eu estou curioso de verdade. Tem mesmo um escândalo de aluno e professor rolando?

— E provavelmente no banheiro dos meus pais. — Ali acha que está bancando a engraçadinha.

A mandíbula de Henry continua apertada quando ele diz:

— Ali. Para.

Tommy empurra o ombro de Henry.

— Você não manda nela. Só porque você não é homem de verdade, isso não te dá o direito de falar assim com uma garota.

Henry olha para cima e depois para mim, do outro lado da mesa. Sem dar muito na cara, para que os outros não vejam, balanço a cabeça de leve.

— Evan, responde ao que eu te perguntei — exige Tommy.

Ainda estou olhando para Henry.

— Não.

— Não, você não vai responder ou não, você ainda é virjão?

— A segunda alternativa.

— Que porra é essa que você está falando? "A segunda alternativa". Falando assim, é óbvio que você não transa.

— O que está acontecendo aqui? — A sra. Lynwood surge do nada. Agora está todo mundo olhando para nós. — É melhor todo mundo ir se sentar e aproveitar a pizza.

Tommy e seu grupo de zumbis saem como baratas tontas. Eu suspiro de alívio.

— Essa foi por pouco. — Jeremy enfia quase uma fatia inteira de pizza na boca.

— Então, o que era aquilo que Jeremy estava falando? — Henry parece estar se acalmando aos poucos.

— Sobre o estágio. Cara, se atualiza nos fatos. O senhor Q está organizando tudo e provavelmente já... — Jeremy cospe pedaços da pizza enquanto fala.

Henry limpa o rosto com um guardanapo.

— Ei, tá cuspindo em mim.

— Foi mal.

Encaro Jeremy.

— Para com essa merda sobre o senhor Q. Tá bom? Não é assim. Por que você tem que sempre ser um cuzão do caralho? E depois você não sabe por que a Tess nunca se interessou por você. Sério mesmo? Você não tem ideia? — Eu me levanto. — Preciso ir para a aula.

— Levo você até lá. — Henry se levanta também e nós deixamos Jeremy sozinho na mesa.

Com a agressão verbal de Tommy e a babaquice de Jeremy, estou explodindo de raiva. Não olho para trás para ver como ele está e, sinceramente, não me importo.

vinte e oito

Os dias que antecedem o feriado de Ação de Graças são uns dos mais cheios no empório, e semana que vem vai ser ainda pior. Eu trabalho todos os dias, o que é uma coisa boa por alguns motivos:

1. Preciso do dinheiro.

2. Desde que eu esteja trabalhando, não pegam tanto no meu pé em casa.

3. Não tenho tempo algum para vida social.

Nos poucos momentos livres que tenho, vou para o mosteiro.

Estar cercado pelas estátuas me dá a ilusão de não estar sozinho, sem precisar lidar com conversas de verdade. Além disso, não há surpresas. E o clima ainda está bom o bastante para dar uma volta de bicicleta. Passar pelo bairro de Henry no caminho também é um ponto positivo. Tentei evitar maiores contatos desde o incidente no refeitório. Ele entende. Agora, nenhum de nós dois pode arriscar causar muito drama. Mas minha mente me prega peças e sempre acho que o vejo e o ouço aonde quer que eu vá. Com certeza ainda sinto o cheiro dele, e isso faz que eu sinta mais ainda a falta de Henry. Pego meu caderno e começo a desenhá-lo. Meu esboço é de quando estávamos no quarto dele. Quando nos beijamos. O jeito como os olhos dele me encaravam, como se precisassem me ver para continuar a brilhar.

Passo pela rua de Henry no caminho de volta para casa. É a quarta vez que passo aqui. Espero que ele apareça, mas, ao mesmo tempo, espero que não.

Quando ele aparece, eu paro e tento concentrar a visão para garantir que é ele mesmo. Viro a bicicleta e pedalo de volta em direção à casa dele. Nós nos encontramos na calçada. Estou sem fôlego. Ele está sorrindo e mostrando as covinhas.

— O que você está fazendo?

— Seguindo você.

— Você sabe que pode entrar, né? A Claire está em casa hoje. Meus pais...

— Preciso voltar para casa antes que fique muito tarde.

— Quer sair para dar uma volta de carro amanhã?

— Tenho uma festa em família na casa do meu tio. Sabe como é. Todo ano.

Henry coloca as mãos bem fundo nos bolsos da frente e murmura:

— Acho que vou dar uma fugidinha por uns dias. Para um daqueles lugares. Na nossa lista.

— O quê?

Estou tentando fazer contato visual. É de... mim que ele precisa escapar?

— Só preciso de um tempo.

— Entendi. — Não me convenceu.

Nós dois ficamos em silêncio.

— Você está fazendo aquele negócio de ser evasivo de novo. — Não respondo. — E eu entendo. Estou começando a te decifrar. Você se afasta. Depois puxa de volta. — Ele bagunça meu cabelo já esvoaçado. — Só levei *anos*. Claire vai comigo, eu não queria ir sozinho. Quero entender algumas coisas.

— Certo. Hm...

— O quê?

— Quero tanto ir com você. Tanto — confesso de uma vez.

— Ev, eu queria que você fosse. Não perguntei porque sei da situação na sua casa.

— Odeio ser deixado de lado. — Rio para mim mesmo com desconforto. — Você sabe que não estou nos evitando porque quero.

— Eu sei. Como eu disse, estou te decifrando agora. — Ele sorri.

— Para onde você vai?

— Ver os esquilos albinos em Olney, Illinois. É a umas três horas daqui.

Dou uma risada.

— Bem, parece ser perfeito. Acho que eu que coloquei esse lugar na lista.

Ele assente.

— Vou tirar fotos.

— E seus pais estão de boa?

— Eles disseram que sim. O fato de Claire ir comigo também ajudou.

— É claro. Ela é a favorita deles. — Sorrio.

— Cuzão. — Ele dá uma batidinha com o ombro no meu de leve.

— Fico feliz que você vá.

— Você tem o mosteiro, seus desenhos. Eu preciso de algo. — A voz dele diminui. — Talvez agora mais do que nunca.

Olho nos olhos dele e digo:

— Como é? Sua família saber sobre você?

— Alguns dias é como se não fosse nada de mais. Todo mundo age do mesmo jeito. Mal-humorados, barulhentos, felizes, bobos. Sabe como é. Outros dias, é toda uma questão.

— De um jeito ruim?

Com a voz baixa e os olhos me evitando, ele responde:

— Não. É só… Eu só queria que fosse como antes. Não quero ser o *filho gay*. A pessoa com quem todo mundo tem que se esforçar para se relacionar. Sabe?

Quero tanto abraçá-lo agora e fazê-lo se sentir bem, mas, em vez disso, digo:

— Não. Quer dizer, acho que sei, mas você sabe…

— É. E como estão as coisas? Como ela tem estado? — Consigo ouvir o nervosismo na voz dele.

— Tudo bem. Não teve mais nenhum incidente grandioso. Estou ficando na minha, seguindo as regras, sendo um…

— Um bom soldadinho? — Os olhos dele estão obscuros. — Você sabe que eu quero ir lá, né? Ir até lá e falar com ela. Mandá-la nunca mais tocar em você. Na verdade, eu nem acho que chegaria a falar tanto assim.

Uma parte de mim se sente aquecida, de um jeito bom, com o que Henry está dizendo. Ninguém nunca me defendeu assim.

— Você não pode se meter nisso. Henry? Olha para mim.

Ele encara o céu, o chão. Enfim, ele me olha. Seus olhos estão úmidos.

— Penso em você naquele apartamento e fico tão puto.

— Você não vai se meter.

— Já estou me metendo. Eu quero que isso pare.

— Eu sei me cuidar.

Henry suspira. Por fim, ele se inclina e toca a minha testa com a dele. Estamos ao ar livre, na calçada, em frente à casa dele. E eu não recuo.

vinte e nove

É o domingo antes do Dia de Ação de Graças. Entro de bicicleta no estacionamento do restaurante do meu tio e procuro um lugar para acorrentá-la. O local está lotado. Talvez isso seja a maior reviravolta até agora. Reconheço alguns dos carros, mas a maioria não. Olho para dentro do restaurante. Quase consigo distinguir as pessoas. Parece que todo mundo que faz parte da minha vida, exceto as pessoas da escola, está aqui. Quanto mais rápido eu conseguir entrar, mais cedo consigo riscar este dia da lista.

Entro e, de imediato, minha mãe me vê. Ela está usando uma saia azul-escura e um suéter de lã com um colar de prata por cima. O colar é modesto e de bom gosto, e é exatamente assim que minha mãe quer que as pessoas a vejam. O cabelo dela está solto e bonito, seco com escova. Ela passou o batom cor nude, que já é a marca dela, e um pouquinho de blush. Ela sorri enquanto se aproxima de mim com os braços abertos. Isso faz parte do show ou é de verdade? Nunca sei diferenciar. Ela me abraça e beija minha bochecha.

— Querido, você está tão lindo — diz ela, em voz alta. Tipo, bem alto mesmo. Depois, chega mais perto, ainda sorrindo, e sussurra: — Você parece um prostituto com essa calça.

Minha mãe volta a ser a anfitriã perfeita, escoltando-me pelo restaurante com o braço dado ao meu. Vamos até um casal que está de costas para nós. O homem tem cabelo escuro e cheio, e a mulher está usando um colete de couro por cima de um suéter branco. Para combinar com o colete, ela está com botas de couro até o joelho e o cabelo preso em um coque.

— Helen e Dean, este é meu filho lindo sobre quem eu estava falando — cantarola minha mãe e, com um gesto de mão elaborado, ela me apresenta, como um *tã-rã!*

O casal se vira para nós com sorrisos no rosto.

— Seu filho é ainda mais bonito do que você tinha falado, um homem grego de verdade. Não é mesmo, Dean? — pergunta Helen. Ela se vira para o marido e acrescenta: — Como é que você não tem namorada?

— Aaaaah, podemos dar um jeito nisso! — Minha mãe está rindo. — Helen e Dean são novos na cidade e na igreja, mas são velhos amigos do seu tio. Nós os vimos pela primeira vez na igreja hoje. Que família maravilhosa a deles! Gregos que adoram o Senhor e que têm três filhos lindos que *também* servem a Deus.

Deixa eu adivinhar. Um desses filhos é uma menina da minha idade, e a coitadinha, sem saber, foi escolhida para ser minha esposa.

— Dean é um médico de sucesso em Chicago, e Helen é esteticista. Ela tinha um salão próprio na capital e quer abrir um aqui. Aqui em Kalakee! Isso não é maravilhoso? A bênção do Senhor! — Minha mãe está toda alegrinha. É um evento quando ela está assim. Ela passa os olhos pelo ambiente. — Helen, cadê sua filha linda?

Bingo.

— Vou procurá-la, Voula. Não sai daqui, rapazinho. — Helen faz carinho no meu cabelo como se eu fosse filho dela.

— Dean, conta para o Evan sobre como você e sua esposa vieram da Grécia para os Estados Unidos sem nada. Nada além da fé e esforço, e olha só onde vocês estão agora! Vocês são tão abençoados! — Minha mãe se vira para mim, como se, de repente, eu tivesse ficado surdo. Ela repete, devagar e bem alto, enquanto usa a língua grega de sinais: — *Eles não tinham nada. Nada. O Senhor e o esforço os abençoaram.*

E, bem na hora, lá vêm Helen e a filha.

— Esta é Maria.

Ela apresenta a garota da mesma forma como minha mãe me apresentou alguns minutos atrás. Nessa idade, nossos pais deveriam nos colocar em uma tábua giratória para nos rodarem em socializações entre gregos. Isso iria economizar muito tempo com as apresentações.

— Maria, este é o Evan — diz Helen.

Minha mãe dispara a falar:

— Ah, Maria, sua menina linda. Eu amei seu cabelo. Ela não é maravilhosa, Evan?

Maria sorri.

— Muito prazer, Maria. — Estendo a mão como um cavalheiro grego perfeito.

— Muito prazer, Evan.

Não é que a Maria não seja atraente. É só que esta situação toda é ridícula. Ela está vestindo o que parece ser uma fantasia de Halloween para uma menininha que quer ser a princesa do reino das cores pastel. Está tão apertado em cima que partes da pele exposta dela estão roxas onde entram em contato com o tecido. A parte de baixo é bastante chamativa — camadas e camadas de branco, rosa, verde e azul. Não dá para perceber se foi ela quem escolheu ou se é coisa de Helen.

É incrível o que minha mãe consegue perdoar se você for de ascendência grega e "o tipo certo de cristão". Se esta fosse exatamente a mesma situação com alguém da minha escola que fosse, digamos, luterano, eu teria que ouvir um discurso ofensivo interminável depois da interação.

— Em que ano você está na escola? — Tento puxar conversa.

— Começo o ensino médio no ano que vem.

Maria parece muito empolgada com tudo isso, enquanto eu estou morto de vergonha. Ela é uma criança. Tipo, literalmente uma criança.

— Que incrível! Você deve estar bem animada. Fico feliz por você.

— Evan se forma na próxima primavera. — Agora minha mãe está sorrindo para mim com algo que parece orgulho.

Helen parece impressionada e orgulhosa também, o que é estranho demais. É evidente que, por ela, tudo bem apresentar a filha, que talvez ainda nem tenha catorze anos, para um cara que está prestes a ir para a faculdade. Continuo a sorrir e digo:

— Acabei de chegar e queria pegar um pouco de comida. Foi um prazer conhecer todos vocês! Bem-vindos à cidade.

Sorrio e começo a me afastar. Minha mãe me segue.

— O que você está fazendo? — pergunta ela em um grito disfarçado de sussurro.

— Desculpa. Preciso comer alguma coisa.

Ando pela multidão procurando as mesas de comida. Sorrio para cada pessoa por quem passo. Minha mãe não sai do meu lado em momento algum.

Ela sussurra em meu ouvido:

— Você sempre se acha especial demais. — Ela vê alguém que conhece, acena e sorri. — Já falo com você, querida. Preciso pegar comida para o menino. — E então se vira para mim de novo. — Talvez ela seja um pouco nova demais, mas você pode esperar. Quem mais iria querer você? Você precisa arrumar alguém que ainda é fácil de impressionar e ache que você é melhor do que de fato é. — Ela acena para o meu tio. — Que festa *linda*. — E de volta para mim: — Daqui a cinco anos, vocês poderiam estar casados. Seria o momento perfeito para você e ela. Não seja imbecil. Além do mais, vê se não fica se sentindo só porque a Helen elogiou você. As pessoas te elogiam porque se sentem mal pelo tanto que você é feio.

Finalmente, vejo a comida. Uma mesa longa repleta de tudo que alguém poderia querer e imaginar. Fale o que quiser sobre a bagunça que é este evento, pelo menos eles sabem alimentar as pessoas. Pego um prato e começo em uma das pontas da mesa.

— Mãe, por favor, só me deixa comer alguma coisa. Foi um dia pesado no trabalho. Fiquei muito ocupado, e estou cansado demais.

— Cansado do quê? Você não sabe o que é cansaço. — Ela pega um prato também. — Você vai comer alguma coisa e voltar lá para socializar com aquela família e a filha deles. Entendeu?

Ela está mordendo o lábio inferior. Com força. Ela fazia isso o tempo todo quando eu era mais novo e nós estávamos em um lugar público. Se eu estivesse fazendo, dizendo ou usando algo não aprovado, ela fazia isso e eu sabia que significava que, quando chegássemos em casa, ia apanhar até ficar acuado em algum canto.

— Aí estão vocês. — Meu pai aparece. Ele também pega um prato e se inclina para me dar um beijo no rosto.

— A mãe acabou de me apresentar para a Helen, o Dean e a filha deles, Maria. — Coloco seis salgados de massa filo, recheados com queijo feta, no prato.

— Ah.

— Não se mete nisso, Eli! Estou pensando no nosso futuro. Alguém aqui precisa fazer isso.

Ela pega o prato, com só um pedaço de *spanakopita*, e sai andando. Sorrindo, é claro.

Meu pai suspira, depois diz:

— Como foi o trabalho hoje?

— Dia cheio. Foi doido. Não teve um minuto sequer em que não tinha pelo menos dez pessoas na loja. Esse povo deve estar sendo mandado para cá de ônibus de outras cidades. — Coloco mais um pouco de comida no prato.

— É a época. Não se esqueça de dar uma volta e cumprimentar todo mundo. Depois você pode ir para casa, tá?

Meu pai coloca um pouco de melão no prato e sai. Minha mãe aparece, pega meu braço e me leva em uma direção específica. Ela se move tão rápido que derrubo meu prato de comida. Ela não parece perceber. Continuamos andando.

— Que bom que você já terminou de comer. — *Eu nem comecei*. Minha mãe nos faz passar pelo meio da multidão e terminamos na mesa no fundo do restaurante, de frente para o estacionamento. Sentados no estofado estão Helen, Dean, Maria e outras duas crianças. — Olha só quem chegou! Ele mal podia esperar para voltar. Esses são os outros filhos maravilhosos dele, Mani e Toula. Eles têm seis e nove anos, não é isso?

— Isso. Boa memória, Voula! Evan, o que você vai estudar na faculdade? — pergunta Helen.

Aqui está a minha chance de matar qualquer ponta de esperança que essas duas mães gregas possam ter de unir nossas famílias. É meu jeito passivo-agressivo de me defender.

— Vou estudar belas-artes.

— Ele ainda não se decidiu, na verdade. — Minha mãe morde o lábio inferior. — Ele quer ser um homem de negócios.

Ela se senta no banco com eles e gesticula para que eu a acompanhe.

— Na verdade, não quero, não. Quero estudar belas-artes. E adoraria me juntar a vocês, mas está ficando muito tarde e eu tenho aula amanhã. Preciso fazer a lição de casa. — Eu sei que, com isso, ela não pode argumentar.

Helen está sorrindo para mim.

— Que rapaz dedicado.

Minha mãe acha um jeito de encontrar seu sorriso.

— Ele é mesmo. E sabe do que mais? Hoje ele trabalhou o dia todo, sabia? — Ela se vira e me encara com os olhos moderados. — Volta com Deus, querido.

trinta

É a semana de Ação de Graças, e entrar na escola na segunda-feira que antecede o feriado parece uma perda de tempo. Nunca fazemos nada nesta semana. Todo mundo só está pensando na folga e no tanto que vai comer. Mas talvez seja o ar gelado ou a lembrança do outro dia com o Henry — o que quer que seja, hoje estou me sentindo energizado.

Conforme me aproximo da entrada, vejo todo mundo reunido.

— E aí, Panos! — Jeremy sai de um dos grupinhos e vem em minha direção. — Cadê o Kimball? Cara, você sabia do Henry? Parece que ele é mesmo um gayzão — diz ele, alto o bastante para todo mundo ouvir.

De repente, sinto-me meio enjoado, nervoso e com medo por Henry. E por mim.

Tommy Goliski fala da porta:

— Ele não só *é* um cuzão como também *quer dar* o dele!

Muitos dão risada, porque são um bando de idiotas que acham graça de tudo.

Olho para Jeremy, e ele está rindo a ponto de roncar. É nojento.

— Jeremy? O que você…

— Panos, ele é seu amigo. Vocês passam muuuuuito tempo juntos. O que tá rolando? Hein? Você deve saber o que está acontecendo. Não tem como não saber. — Ele me lança um olhar sugestivo e depois *dá uma piscadinha*. Chegou num outro nível de babaquice agora. Um que vai ser difícil de perdoar.

— Vai ver eles são amigos de troca-troca. — Tommy sorri para mim, e não é um sorriso amigável. — É por isso que Henry não veio para a aula hoje? Tá com dor na bunda?

Mais risadas.

— Vocês são patéticos. Você não sabe nada sobre o Henry. — Mantenho a voz calma, mas minhas palmas estão suando. E acho que minha nuca também. E os sovacos. Ando em direção à entrada, sem tirar o foco de um pé na frente do outro, quando Tommy pega minha mochila e me gira.

— Sabe, achei que poderia te ajudar, mas eu não consigo consertar uma bicha.

Ele continua me girando com força.

Alguém na multidão grita:

— Meninos gays gostam de apanhar. Taca ele no chão!

Não sei dizer quem é porque estou rodando como uma atração no parque de diversões do Kalakee Harvest Carnival.

De repente, estou no chão, e Tommy e Scott Sullivan começam a me chutar enquanto Lonny Cho tenta abaixar minha calça. Eu vejo Jeremy parado ali.

Por que ele não tenta ajudar, caralho?

— Eles devem se comer o tempo todo — grita outra pessoa, e depois começam a imitar uma conversa entre mim e Henry.

— *Quer jogar tênis no fim de semana?*

— *Só se você levar as bolas.*

— *Sempre levo, garotão.*

Há uma explosão de risadas e, pelo que percebo, tem mais gente se aproximando. Isso é humilhante. Minha calça está nos joelhos e, por sorte, a cueca ainda está no lugar, e Tommy e Scott começam a tentar me virar de bruços. Eu me esforcei tanto para me proteger, não ser exposto, não chamar atenção, e agora parece que meu mundo todo está desabando em cima de mim.

— Ele deve estar acostumado com essa posição!

Foi o Jeremy quem disse isso? Não sei mais. Meu rosto está pressionado contra o chão e, do nada, tenho um flashback. Ouço a cantoria da minha mãe e dos amigos da igreja tentando expurgar os demônios de mim.

Eu não sou do mal.

Não sou uma pessoa ruim.

Eles é quem são.

Quanto mais Tommy e Scott me empurram para o chão, mais irritado eu fico.

Vejo minha mãe me segurando embaixo d'água no mar. Não consigo respirar. As mãos dela se mantêm firmes no meu rosto enquanto eu me sacudo. De repente, como imagens em um folioscópio, vejo:

FLASH: O aperto da minha mãe no meu cabelo, arrastando-me da sala de estar para o quarto dela.

FLASH: O pé dela nas minhas costas, empurrando-me no chão da cozinha.

Pego Tommy e Scott, e, com uma força que eu não sabia que tinha, eu os empurro de cima de mim para o chão. Puxo minha calça para cima, fico de pé e solto tudo — toda a raiva, toda a mágoa, toda a fúria que cresce em mim cada vez que minha mãe me coloca as mãos. E deixo tudo sair.

Depois apago.

Abro os olhos e estou olhando para um teto quadriculado. É um azulejo branco com pequenos furos. Passo o olho pelo ambiente e percebo que estou no sofá da sala do diretor. Tento me mexer, mas meu peito dói.

Por que meu peito está doendo?

Ah, é. Levei vários chutes nele.

De repente, sinto o queixo, o nariz, a cabeça, as mãos e as pernas latejando. Fecho os olhos e tento me forçar a apagar de novo e acordar em um lugar diferente, com coisas diferentes ao meu redor e em uma circunstância diferente. Talvez até em outra vida. A porta se abre e eu reabro os olhos, devagar.

— Senhor Panos, você acordou. — O diretor Balderini puxa uma cadeira e se senta ao meu lado. — Como está se sentindo?

— Hm. — Tento me sentar, mas me sinto tonto de imediato.

— Evan, por favor continue deitado. A enfermeira te limpou e fez curativos. Ela não acha que você tenha quebrado nada.

— Certo. — Fico deitado, olhando para o teto e me perguntando: *Como é que eu explico isso?*

— Quer me contar o que aconteceu?

— Fui atacado.

— Os outros disseram que você também os atacou.

Quanto mais eu abro a boca para falar, mais percebo o quanto dói mexê-la.

— Quantas histórias estão rolando por aí?

— Bem, o Scott e o Tommy têm a versão deles, e mais algumas outras divergentes de pessoas que estavam assistindo.

— Eu estava tentando me proteger.

— Se proteger do quê? Por que eles te atacaram?

— Não sei — minto.

— Vamos investigar isso. Parece que alguém filmou o ocorrido.

— Ótimo — murmuro com a voz baixa.

— Como é?

— Não me sinto bem. Dói mexer os lábios.

— Por sorte, como eu disse antes, você não quebrou nada, até onde vimos. Seus pais estão lá fora, prontos para levá-lo ao médico para fazer raio-X e depois ir para casa. Vamos averiguar a situação. Não toleramos nenhum tipo de violência nesta escola. Por ora, só quero que você fique bem. Há algo que você queira me contar?

— Me desculpe, senhor.

— Só para você saber, pode haver uma suspensão de longo prazo para você e seus amigos.

— Suspensão? — Eu me levanto lentamente e agora estou sentado no sofá.

— Falamos sobre isso depois.

Desvio o olhar do diretor. Não digo nada. Aprendi que, depois de apanhar, preciso ficar o mais quieto e menor possível.

— Evan?

Ainda não olho para ele quando digo:

— Não fui eu quem começou. Eu fui atacado.

Agora eu o encaro. Ele está me analisando.

— Quem? Quem começou? Me fala.

Não digo nada.

— Vamos investigar e descobrir o que aconteceu aqui. O mínimo que pode acontecer é haver uma suspensão. Para todos. É semana de feriado, e agora você e o restante dos envolvidos vão ser suspensos da escola até a segunda-feira após o Dia de Ação de Graças. Vou rever tudo o que aconteceu, e nós todos vamos nos reunir semana que vem. — A voz dele é firme, mas calma.

Balanço a cabeça devagar e respondo:

— Não é justo.

— Agora seria uma boa hora para você contar seu lado.

— É difícil.

— Evan, você é um bom aluno. Nunca arruma problema. Quase nunca falta. Não deixe esse único erro te definir. Conte-me o que aconteceu.

— Não sei. Eu apaguei.

O diretor fica em silêncio por um tempo antes de continuar:

— Talvez o vídeo traga algumas respostas. Está certo? Talvez você ainda precise falar com a polícia. Brigar em ambiente escolar é uma infração séria. Vou atualizando você e sua família.

— Tudo bem.

O sr. Balderini se levanta e coloca a cadeira de volta no lugar, depois estende uma mão para mim.

— Aqui, deixa eu te ajudar.

Pego a mão dele e me levanto. Percebo, pela primeira vez, que os nós dos meus dedos estão em carne viva, e minhas mãos estão arranhadas. Fico parado ao lado do sofá.

— Obrigado.

— Evan, se tiver mais alguma coisa, qualquer coisa de que você se lembre, por favor, me ligue.

Meus pais estão do lado de fora da sala do diretor. Basta um segundo olhando para mim para eles arregalarem os olhos. Ainda não vi minha aparência, mas tenho a impressão de que isso teria sido melhor cerca de um mês atrás, a tempo do Halloween. Sei que minha mãe vai ficar muito nervosa por eu não estar bonito o bastante para o Dia de Ação de Graças.

— Evan, vamos para casa. Você tem uma consulta com um médico amanhã. — Meu pai estende a mão.

— Consigo andar. Não rápido, mas consigo andar.

Tento sorrir um pouco para mostrar que estou bem. Minha mãe está aterrorizada.

Chegamos no carro e, quando as portas se fecham, ela explode em lágrimas.

— O que aconteceu, meu menino lindo?

Estou perplexo.

— Evan, você está bem? O que aconteceu? — Meu pai está me olhando pelo retrovisor.

— Cadê minha mochila?

— No porta-malas — diz meu pai.

— Quem te deu?

— O diretor. Está aqui.

Coloco a mão sobre o bolso e meu celular ainda está ali.

— Aposto que o Vagenzinho tem alguma coisa a ver com isso. Você não vai mais ver aquele menino, entendeu?

— Vee, não pode ser. É o melhor...

— Não seja idiota.

Fico em silêncio.

— Eles acabaram com o Dia de Ação de Graças. Esses meninos. Acabaram. Como vamos te levar para algum lugar assim? Como você vai voltar para o trabalho? Não dá para você trabalhar com o rosto assim!

O negócio sobre nunca ser amado de verdade por seus pais é que mesmo a merda de um gesto ou um pingo de compaixão é como um cobertor quentinho.

O resto do caminho até em casa é só silêncio.

No meu quarto, abro o zíper da mochila. Suspiro de alívio e logo percebo que dói respirar e expirar, a menos que seja de pouco em pouco.

O caderno ainda está na mochila.

Ouço meus pais discutindo na sala de estar. Geralmente, quando eles brigam, chego o mais perto possível da porta e ouço para ver se ela está brava com ele. É estranho, mas me sinto reconfortado por ouvi-los brigar por algo que não seja eu. Dessa vez, sei que é sobre mim. Não escuto. Vou até meu armário, abro uma das portas e me olho no espelho. Não está tão ruim quanto eu pensava. Já estive pior. Tem um curativo no meu nariz e um pouco de sangue está saindo das minhas narinas. Meus olhos estão roxos. Meu queixo está um pouco machucado e inchado, meus lábios estão um pouco feridos, e eu devo ter sofrido um corte acima do olho esquerdo, porque tem um curativo ali também.

Meu celular vibra. Confiro a tela. É Henry. Não atendo. Tiro o caderno da mochila e começo a desenhar. Desenho meu rosto — não como ele está agora, mas sem nenhum corte, machucado ou cicatriz. Limpo, forte e calmo.

Não consigo mais ouvir meus pais. Espero. Escuto. Parece que eles pararam de brigar. Merda, isso significa que logo terei companhia. Enfio o celular de volta no bolso bem rápido. Eles abrem minha porta com tudo e entram no quarto.

— A Helen e o Dean Boutouris nos convidaram para irmos à casa deles. — Minha mãe fala como se fosse um convite para ir à Casa Branca e como se já não soubéssemos. Ela costuma ter motivos para repetir boas notícias.

A questão é que o Dia de Ação de Graças na nossa família é um dos feriados em que tudo é organizado às pressas, apesar de todo mundo amar a parte da comida. Não tem planejamento, não tem ceia tradicional, só uma abordagem de "vamos esperar para ver o que acontece". E, se acabamos não sendo convidados para lugar nenhum, dirigimos pelas ruas de Illinois procurando um restaurante que esteja aberto em pleno feriado.

Essa é a mesma família que não deixa uma quarta-feira passar sem um planejamento de cardápio completo para o dia, como um festival de comida, independentemente de quanto cada um tenha que trabalhar. Vão às compras, cozinham e comem — desde que não seja o Dia de Ação de Graças.

Eu desejo uma refeição tradicional para esse feriado por mais tempo do que posso me lembrar. Só não queria que fosse com a minha família.

— Estou muito cansado e me sentindo muito...

— Você prefere ficar em casa? — Minha mãe faz carinho no meu cabelo e coloca a palma da mão na minha bochecha esquerda. Ela se vira para olhar meu pai. — Talvez seja melhor ele descansar. — Ele assente e suspira ao me olhar. Ela volta a atenção para mim. — Vou fazer seu prato favorito, *pastitsio*, tá certo?

Meu bolso vibra de novo.

Tento colocar minha mão em cima dele de maneira casual e falo mais alto para abafar o som:

— Mãe, não precisa. Sei que você está ocupada e...

— Não, bobo. Eu quero. Olha só para você. Você deveria descansar e comer. — Ela vai até minha cama e vira as cobertas, depois afofa o travesseiro. — Pronto. Vem deitar. Você precisa descansar. Vou fazer a comida e deixar tudo pronto para você para a ceia. Você só vai precisar esquentar depois.

Meu pai limpa a garganta.

— É melhor você descansar. Sua mãe e eu vamos ao mercado comprar as coisas para o resto da semana. Descansa. Por favor.

Minha mãe diz:

— Você tem consulta no escritório do Dean amanhã, ao meio--dia e quinze.

— O quê?

— Dean é um médico e amigo da família agora. Ligamos para Helen quando isso aconteceu e...

Meu pai a interrompe:

— *Você* ligou para Helen, não a gente.

— Marquei uma consulta. Ele vai dar uma olhada em você amanhã para ver se está tudo bem. Vou ficar cozinhando e seu pai vai estar no trabalho, então você vai precisar ir de ônibus. Sinto muito. — Ela aponta para a cama de novo. Tiro os sapatos e me deito. Completamente vestido. — Ah, e não contamos o que aconteceu. Dissemos que você sofreu um acidente de carro.

— Desculpa, como é?

— Diga que você estava no carro de outra pessoa e que quem bateu em vocês fugiu. Não queremos que eles pensem que essa coisa horrível aconteceu com você. — Minha mãe se inclina e ajusta as cobertas em cima de mim. — Queremos protegê-lo.

Ela sorri e beija minha bochecha direita.

Os dois saem.

Esse tipo de comportamento sempre bagunça a minha cabeça. Faz-me acreditar que isso pode ser real. Que cuidado, preocupação e amor são reais. Quero isso. Vejo bem diante dos meus olhos. É o normal que eu quero, mas não é real. *A pergunta é: será que um dia pode ser?* Faz-me desejar que minha mãe sempre fosse cruel e implacável, porque ao menos isso seria uma garantia.

Espero até ouvir o carro se afastar.

Quando sei que eles estão a uma distância segura, olho meu celular.

Tem um monte de mensagens de Henry:

Me liga!
Tá td bem?
Pfvr me liga.
Claire e eu estamos voltando. Pfvr liga.
Indo o + rápido possível. Chego na cidade logo!

E uma do Jeremy:

Ei, Panos. Td bem?

Foda-se o Jeremy. Ignoro a mensagem dele.

Em vez disso, respondo às mensagens de Henry:

Tô em casa. Tô bem. Não se preocupa. E dirijam com cuidado.

Ele responde na mesma hora:

Tô a mais ou menos uma hora daí. Vou pra sua casa.

Ah, não.
Não.
Isso não é uma boa ideia.

Não! Vc não pode. Por favor. Tá uma loucura aqui.

Espero que isso o faça mudar de ideia.
Mas não faz.

Vou aí! Eu preciso!

Você vai ter que falar para ele.

Eu não posso te ver. Vai dar problema d+ com meus pais.

Por favor, por favor, que isso o faça mudar de ideia. Eu não consigo lidar com isso agora, mas preciso. Preciso que a vida só seja calma de novo, volte a ter tudo em compartimentos organizados.

Mas e se eu não quiser? E se eu não for mais assim?

Sinto um pânico estranho.

Alguns minutos se passam e nada de Henry responder. É um bom sinal, mas acho que o deixei chateado. Talvez eu possa me explicar melhor se ligar.

Quando estou prestes a fazer isso, outra mensagem chega.

Vou parar longe do apartamento. Eles não vão ver meu carro.
Vc me deixa entrar sem eles verem.
Te aviso quando eu chegar.

trinta e um

Apesar de eu não ter conseguido dormir, meu celular vibrando me tira de um estado atordoado e eu tateio a cama atrás dele.

Cheguei.
Ei
Evan?

Começo a digitar, ainda um pouco tonto:

Ok.

Levanto-me e cambaleio até a porta do quarto. Espero até me recompor e vou até a entrada de casa. Espio pelo olho mágico e o vejo parado ali. Mesmo com a distorção da lente, ele ainda tem a aparência do cara que eu quero beijar mais do que qualquer coisa. Abro a porta. Ele me vê e começa a chorar.

— Estou tão mal assim?

Henry se inclina e apoia a testa na minha, depois se afasta e sussurra:

— Eles estão aí?

Balanço a cabeça.

— Não sei onde posso tocar você. Não quero fazer nada doer.

— Seria impossível você fazer mais estrago. Nunca pensei que diria isso, mas precisamos ir para o meu quarto. — Começo a levá-lo até lá. — Meus pais estão no mercado. Não sei quando eles vão voltar, mas eu não posso ver você. Isso é…

— Me desculpa mesmo. Evan, eu sinto muito.

Entramos no meu quarto e eu fecho a porta.

— Não foi você quem fez isso. — Sento-me na cama e olho para ele.

— Foi, sim. Eu contei sobre mim para os meus pais e, de alguma forma, o fato deve ter chegado à escola. Isso aconteceu com você porque você é meu amigo. Eu não deveria ter dito nada. Eu fui...

— Não foi você quem fez isso.

Henry para e dá uma olhada em meu quarto.

— Sinto como se eu conhecesse este lugar, mas nunca estive aqui. Tudo é tão...

— Me ajuda. A ter tudo no lugar, organizadinho.

Ele vem até mim, ajoelha-se na minha frente e coloca as mãos nos meus joelhos com delicadeza.

— Quero causar dor a cada um deles. Quem foi?

— Não importa. Sério. Só quero que as coisas se acalmem. Será que elas podem voltar ao normal, por favor?

Agora. Aqui no meu quarto com este garoto, eu me sinto ferido e corajoso ao mesmo tempo. Só de olhar nos olhos dele já me sinto mais forte e vulnerável.

Henry se levanta um pouco e me beija. As mãos dele vão para a parte de trás da minha cabeça, e as minhas repousam em seus ombros. Ele beija meus olhos, depois vai para o machucado acima do meu olho esquerdo e dá um beijo nele também. Depois para o curativo no meu nariz e, então, para o meu queixo inchado e machucado. A última coisa que ele beija são minhas mãos.

Meus pais ainda estão fazendo compras. Estou me arriscando muito, mas eu quero. Desligo o celular. Henry se deita ao meu lado e rapidamente nós acabamos dormindo.

De repente, acordo e coloco a mão na cabeceira. Ligo meu celular e vejo que são 3h19 da manhã. Tenho muitas mensagens, mas as ignoro. Henry está encolhido atrás de mim. A cabeça dele está apoiada no meio das minhas costas, e a mão esquerda dele envolve minha cintura. Tento me afastar devagar para sair da cama. Tudo parece doer mais. Cambaleio até a porta e encosto minha orelha esquerda nela. Faço a checagem de sempre para garantir que a barra está limpa.

— Ev?

Volto para a cama o mais rápido e silenciosamente que posso. Abaixo-me e sussurro:

— Shhh. Precisamos tirar você daqui antes que meu pai acorde. Ele costuma acordar às quatro.

Henry faz uma careta e sussurra:

— Por que não podia ser assim o tempo todo? Mas sem a sua dor e o fato de estarmos na casa dos seus pais. Fora isso, queria que fosse assim sempre.

Agora, neste exato momento, ele está do mesmo jeito de quando íamos acampar com os pais dele em Wisconsin. Acordávamos de manhã, bem cedinho, antes de o sol nascer. O cabelo dele atrás ficava espigado para cima, como uma coroa, mas bastava uma passada de dedos para voltar ao normal.

Os olhos semicerrados de Henry parecem estar ainda mais caídos nas pontas, e os lábios dele estão tão rosados. Olho para ele e penso a mesma coisa: *Por que não podia ser assim o tempo todo?*

— Vou sair para ver se tem alguém de pé. Pega suas coisas e fica pronto para quando eu voltar.

Vou até a porta, destranco-a e saio para o corredor. Dou alguns passos e uma olhada na sala de estar. Barra limpa. Tem um banheiro entre meu quarto e o dos meus pais. Coloco o ouvido perto da porta. Ouço roncos. Meu pai com certeza está dormindo. Sobre a minha mãe, não tem como saber. Volto à porta do meu quarto e dou um sinal para Henry sair.

O caminho até a porta da frente parece a jornada mais longa do mundo. Quando chegamos, eu abro a tranca bem quietinho e me viro para Henry. Dou um meio-sorriso para ele e olho de volta para o corredor. Ele vira a minha cabeça para a dele e me beija por um pouco mais de tempo do que me parece confortável para esta situação. Forço a porta para baixo, para diminuir o barulho dela abrindo, mas, ainda assim, soa um rangido. Ele sai correndo e tranco a porta. Suspiro de alívio. Eu estava prendendo a respiração esse tempo todo?

Voltando para meu quarto, ouço a porta dos meus pais se abrir. Minha mãe coloca a cabeça para fora e me vê.

— Acordou finalmente? — Ela começa a sair para o corredor enquanto amarra o roupão na cintura e passa por mim. Quando chega na cozinha, eu a ouço perguntar: — Quer café?

— Pode ser.

Vou até o lugar onde comemos, que dá de frente para a cozinha pequena.

De costas para mim, na pia, ela enche o pote de café. Coloca a água na cafeteira e a liga, depois vem e se senta de frente para mim, na mesa.

— Ouvi a porta. Você foi lá fora?

Penso rapidamente.

— É gostoso sentir o ar gelado no rosto. Por causa do inchaço e tal.

Minha mãe se levanta, vai ao freezer, pega um pacote de ervilhas e o entrega para mim.

— Toma, coloca isso no rosto. — Ela volta a se sentar. — Seu pai não quis te acordar ontem à noite. Chegamos depois das dez, fomos ao shopping também. Você comeu alguma coisa?

Balanço a cabeça.

— Eu estava muito cansado. Só dormi.

Ouço o café começando a escorrer.

— Como você está se sentindo?

— Ok.

Ficamos sentados olhando um para o outro. Não consigo impedir o menininho de seis anos dentro de mim de pensar: *Talvez essa seja uma nova versão dela, de nós. Talvez, de agora em diante, ela vai mudar, ser mais como as outras mães. Talvez tudo fique bem.*

— Sua vida não é difícil. — Ela olha bem nos meus olhos. — Você tem um teto sobre a cabeça. Seu pai e sua mãe. Tem comida. E aquele cara ali... — Ela aponta para o quarto deles. — ... sacrifica tudo por nós.

— Eu sei. Ele faz isso mesmo.

— Mas você é ingrato.

Sinto meu estômago embrulhando. Penso: *Não, não. Não faz isso. Não seja essa pessoa. Não seja você.*

A voz dela está calma. Minha mãe não está gritando nem fazendo gestos exagerados com as mãos, e isso deixa tudo ainda pior. Ela se levanta para pegar três canecas, o açúcar do armário acima da pia e o leite da geladeira. Coloca tudo sobre a mesa e se senta de novo.

— O que você vai fazer por ele?

Estou tão perdido em pensamentos que levo um tempo para entender.

— Quem?

Não diga mais nada, porque, se disser, vai ser pior. Não diga nada.

— Seu pai — fala ela. — Não temos dinheiro para pagar sua faculdade. E você não quer ajudá-lo no restaurante? Você trabalharia para um estranho, mas não para o seu próprio pai? Não foi para isso que nós viemos para este país. Você não tem orgulho da sua família?

Ela abaixa o olhar e balança a cabeça. Ainda com a cabeça abaixada, olhando para a mesa, começa a tirar o pó — inexistente — com a manga esquerda do roupão.

— Daí você vai e arruma isso. — Ela olha para cima, ainda passando a manga sobre a mesa, e passa os olhos por minhas feridas. — Eu ficava desse jeito também.

A última frase dela soa baixa e distante. Quero pedir que repita, mas ela se levanta e pega a cafeteira. Está cheia de líquido marrom-claro. O café dela é sempre bem fraco, e depois ela coloca tanto creme que não dá nem para ver mais que é café. É uma das coisas que sei sobre minha mãe.

Ela pega um prato pequeno de sobremesa do armário acima da pia, à esquerda. Com uma mão, coloca o prato sobre a mesa e a cafeteira por cima, milimetricamente. Ela se senta de novo.

— Meus irmãos costumavam me bater até meus olhos ficarem inchados, a ponto de eu não conseguir abri-los, e meus lábios ficavam tão cortados que eu não conseguia comer.

Ela coloca tanto leite na caneca que parece a encher, depois um pouquinho de café. Fico paralisado. Meu pai diz que eu não sei pelo que ela passou. Que a vida dela não foi fácil. Eu só nunca soube os detalhes. Nunca pensei em perguntar. Sou um filho ruim?

— Porque eles não queriam que eu envergonhasse a família. Eles me criaram. Não os nossos pais, foram eles. Eu pensava grande, assim como você. Tinha planos grandes para o meu futuro. Queria ser cantora. — Ela sorri um pouco ao se lembrar disso. — Mas isso era considerado trabalho de mulher frouxa. — A voz dela fica sem emoção. — Era uma vila pequena, de gente com mente pequena. Eu dava umas escapadas quando eles estavam no trabalho para fazer aula com uma mulher na cidade próxima. — Ela coloca duas colheres de chá de açúcar no café. — Eles descobriram. Me bateram para eu aprender sobre honra. Sobre o lugar de uma mulher.

Nós nos encaramos. Ninguém diz nada. As palavras ficam ali, entre nós, e eu quero dizer algo, mas não sei o quê. Estou tentando ver minha mãe como uma menina, como alguém que fugiria para tentar viver os sonhos.

Enfim, ela diz:

— Você nos envergonhou. Não vê isso? Todos olham para nós, todo mundo na igreja, aqui na vizinhança. Nós moramos em um lugar pequeno. Todo mundo fala. Você não acha que eles sabem o que você é? Não acha que eu sei o que você é?

Sinto o corpo todo gelado, por dentro e por fora.

— Você dificulta tanto nossa vida. Apanhar me ensinou algumas lições. Você. Você não aprende nada. — Ela toma outro gole do café, depois diz para mim, seu único filho: — Eles deveriam ter te matado.

Em algum lugar muito longe, ouço a porta do quarto se abrir e meu pai limpar a garganta. Todas as manhãs, a limpada de garganta é intensa. Talvez seja todos os anos de cigarro ou o que acontece quando se é velho. Ele está indo para o banheiro, onde uns bons cinco minutos de pigarro e tosse ainda vão acontecer.

Minha mãe se inclina, olha para mim e abaixa o tom para um sussurro:

— Morra. Se esse for mesmo você.

E agora o sangue virou gelo. Meus membros viraram gelo. Estou congelado.

Ela apoia as costas na cadeira e me observa. Analisa meu rosto com todas as evidências de violência. Ela semicerra os olhos. Os cantos da boca se viram para cima de um jeito quase imperceptível.

Meu pai entra na sala de estar.

— Bom dia.

Ela se vira para ele e sorri.

— Bom dia, meu amor.

trinta e dois

Estou sentado na sala de espera do Consultório Médico de Kalakee. Parece que sou a única pessoa aqui com menos de oitenta anos. Há um homem e uma mulher sentados à minha frente, e ele está encostado nela.

Há uma mulher sentada sozinha à minha esquerda, com um gesso no pé direito, logo abaixo do joelho. À minha esquerda, dois homens, provavelmente um pouco mais novos do que o casal, dormem. Ou estão mortos. Não dá para saber.

Eu me sinto morto por dentro.

— Evan Panos?

Levanto a mão. Todo mundo, exceto pelos homens dormindo/mortos, olha para mim.

— Vai por aquela porta e depois passa aqui, querido. — A enfermeira sorri e aponta para uma porta próximo à janela da recepção. Ela me leva a uma sala pequena e pede que eu me sente na mesa de exame. — Então, ouvi dizer que você esteve em um acidente de carro? — Ela inspeciona meu rosto.

— Sim.

— Você estava dirigindo? — A enfermeira coloca as mãos em cada lado do meu pescoço, apertando os dedos por ele.

— Não. Hm, eu estava...

— Está com dificuldade em se concentrar?

O tempo todo.

— Não. Estou me sentindo bem.

— Onde está doendo? — Ela coloca as mãos no meu peito de uma maneira gentil, mas firme.

— Dói um pouco aí, e nas minhas mãos.

A enfermeira segura minhas mãos e as examina.

— Como foi que suas mãos ficaram machucadas assim?

Olho para elas. Como poderiam ter se machucado tanto em um "acidente de carro"? Tento inventar uma resposta rapidamente, mas minha mente não colabora.

— Você estava usando cinto de segurança? Foi lançado pelo para-brisa ou pela porta?

— Sim. Pelo para-brisa.

— Então você não estava de cinto?

— Não, eu estava. Sempre. Mas a força do impacto, e minhas mãos só... — Minha voz se perde.

A enfermeira pega a prancheta e começa a escrever.

— Bem, talvez você tenha batido as mãos no painel ou algo assim. Não parece que você quebrou algum osso, mas vamos tirar um raio-X de tudo.

— Sim. — Assinto. — No painel.

— Tire a camiseta, por favor. — Fico imóvel. — Evan?

— Não acho que...

— Tudo bem. Faço isso o tempo todo. É meu trabalho. A camiseta, por favor. — Ela aponta para a camiseta. Começo a tirá--la. — O que é isso tudo? — Ela chega mais perto e começa a olhar para o meu peito, para as laterais do meu corpo e depois dá a volta e examina minhas costas. Ao voltar, ela me olha nos olhos. — O doutor vai atender você em um ou dois minutos.

E sai.

Fico sentado no pedaço de papel fino que cobre a mesa de exame e penso no que diabos vou dizer ao dr. Boutouris. Minha vida nesta cidade, quando paro e penso nela como um observador, não é uma vida pela qual vale a pena lutar. É? Não quero esta vida, então por que continuo lutando por ela?

Não sei por quanto tempo fico sentado aqui antes de a porta se abrir e o dr. Boutouris entrar.

Ele para na minha frente. O doutor parece mais alto do que da última vez que o vi no restaurante do meu tio, mas também eu não estava sentado naquele dia.

— Olá, Evan. Sinto muito pelo seu acidente de carro e por você não se juntar a nós no Dia de Ação de Graças.

Evito fazer contato visual. Todo o meu corpo ficou rígido. *Por favor, não pergunte sobre as cicatrizes.*

Ele começa a colocar as mãos em cada canto do meu peito para sentir minhas costelas.

— A enfermeira já olhou aí — digo, mais alto do que pretendia.

Isso o pega de surpresa, e ele se afasta. Depois, ele se aproxima de novo e começa a examinar todos os hematomas, cortes e feridas. Ele é bastante cuidadoso, como se eu pudesse quebrar. Não sabe que eu já estou quebrado.

— Você acabou sofrendo algum outro tipo de acidente?

Apenas o encaro.

— Evan?

— Estou aqui pelo raio-X. Foi isso que minha...

— Filho, seu corpo está coberto de machucados. Isso tudo não é do acidente de carro. Não pode ser.

— Eu caio de bicicleta às vezes... além disso, não tenho uma coordenação motora muito boa, no geral.

O doutor não diz nada, e eu me pergunto se ele acredita em mim. Eu me pergunto se ele vê outros jovens como eu.

— Nem sinto mais quando caio. — Tento rir para disfarçar.

Ele franze o cenho para mim.

— Seus pais sabem sobre todas essas...

— Se eles sabem que eu sou estabanado? Ah, sim. Sempre fui assim. — Mais risada nervosa. — Aliás, desculpa por eu não poder aparecer no feriado.

Ele ainda está com o cenho franzido.

— Vou chamar a enfermeira de volta e ela vai te levar para a sala do raio-X.

Uma hora depois, estou do lado de fora do consultório. Mando mensagem para Henry:

Pronto.

Ele responde quase imediatamente.

Já chego.

— Entra. — Ele abre a porta de dentro do carro.

Eu entro no carro. Respiro fundo pela primeira vez desde que entrei no consultório.

— Para onde vamos?

— Preciso voltar para casa.

Ele sai do estacionamento e olha para mim.

— Então. O que foi que...

— Tiraram raio-X. Ele perguntou sobre os outros hematomas.

— Você disse alguma coisa? — Eu só olho para ele. — Entendi.

— Não sei se ele acreditou em mim.

— Você já... você já pensou em conversar com alguém? Tipo ele ou o diretor? Não sei, com alguém além de mim?

Não é como que se eu nunca tivesse cogitado a possibilidade.

— As coisas já estão difíceis o bastante em casa.

Dirigimos por alguns quarteirões em silêncio. Eu o sinto pensando, querendo consertar as coisas. Mas ele não pode consertar isso nem a mim.

— Obrigado por me buscar — digo.

— Ev, você por acaso leu algum e-mail ou mensagem que não fosse minha?

— Por quê? O Jeremy não para de mandar mensagem, mas eu não quero ler. Não quero ter que lidar com ele agora. Talvez nunca.

— Acho melhor você dar uma olhada.

Algo na voz dele me faz puxar o celular do bolso e abrir as mensagens de Jeremy.

A voz de Henry soa um pouco trêmula:

— Tem algum vídeo aí?

— Hm. Tem, sim. Acabei de ver um.

Aperto play. Henry continua em silêncio. Quanto mais assisto, mais quente meu rosto fica. Agora, já devo estar parecido com uma romã.

Ai.

Merda.

Henry encosta o carro.

— Você está bem?

Abaixo o celular e olho para a frente. Meus lábios e minha língua estão dormentes. Estou com tanta vergonha. Minhas mãos estão quietas no colo, mas não as sinto. Sei que estão ali, mas não sinto nada nelas.

— Ev?

Continuo olhando pelo para-brisa. O céu está tão aberto. É atípico da estação. Nesta época do ano, o céu costuma ficar cinza com muitas nuvens daquelas grandes e fofas.

— Não me lembro de nada disso. — O que faz toda a experiência ser ainda mais vergonhosa. Meu olhar não mudou, e a sensação das minhas mãos também não voltou.

— Você não precis...

— Já deve estar na internet a essa altura. Meus pais uma hora ou outra vão ouvir falar disso. Ou ver. — Acho que estou começando a sentir minha mão esquerda. — Sabe, estive tão preocupado que todos os meus mundos iriam colidir. Tinha medo de que tudo o que eu me esforçava tanto para guardar em um lugar apropriado um dia escapasse de alguma forma.

Paro de olhar pela janela e olho para Henry.

— É engraçado, mas nunca pensei que isso fosse algo com que eu tivesse que me preocupar. Que *eu* era quem merecia preocupação. Esse tempo todo, achei que era a minha mãe, ou o Gaige, ou o pastor, ou qualquer outra pessoa. Mas, no fim das contas, sou eu.

trinta e três

Escrevo:

Onde vc tá agora?

Jeremy responde:

Saindo agora
Pode vir para o apartamento?
Tô indo

Claramente estou cheio de algum tipo de confiança anormal para convidar Jeremy — qualquer pessoa, na verdade — para vir aonde moramos. Mesmo quando meus pais saem, não costumo ter coragem de fazer isso.

— Caralho, Panos.

— Entra.

— Sério? "Entra"? O que aconteceu com "nunca pise na minha casa"? — Ele passa por mim e agora está no nosso andar. No andar da minha mãe. — Nunca entrei nesses apartamentos antes. Nada mal.

— Quer algo para comer?

Mesmo quando estou irritado, não consigo evitar.

— Tô de boa.

— Senta — digo.

Jeremy se senta no meio do sofá — do sofá da minha mãe — e parece completamente deslocado, como se fosse mais um pedaço de mim que não pertence a este lugar.

Não me sento. Fico de pé.

— Deve ter um jeito melhor de dizer isso, mas não consigo pensar em um agora. Qual é a porra do seu problema?

— Panos...

— Não. Você se dá tão bem... Eu deixo passar tanta cagada sua. Aquela merda com o senhor Q, a Tess, tudo. Eu continuo acreditando toda vez que tem uma pessoa melhor aí dentro. — Ele fica de cabeça baixa. — E mesmo assim você continua arrumando outras formas de provar que estou errado. — Começo a andar em círculos. — Eu nem sabia o que tinha feito aquele dia. Eu não lembro.

— Você deve ter apagado ou algo do tipo. — Ele esfrega o queixo, ainda olhando para baixo. — Eu não sabia o que fazer, cara. Eu estava com medo. Me senti responsável e...

— O quê? Espera...

— A senhora Kimball falou com a minha mãe sobre o Henry. Ela falou que ele contou que era gay. Sabe, a minha mãe e a dele já são amigas há...

— E você contou para a escola toda?

— Não, cara. Meu, eu não contei para ninguém. — Ele olha para mim de relance e volta a abaixar a cabeça.

— Jeremy, não vem com essa merda para cima de mim agora. Eu não tenho nada a perder, então não...

— Foi a minha mãe. — Ele olha para mim de novo. — Ela não contou para a escola. Acho que ela ligou para umas amigas e...

— Quanta elegância.

— Desculpa, cara. Eu fiquei com medo.

— É. Você falou isso.

— Então você viu o vídeo.

Assinto.

— O que...

— Não sei.

— Seus pais sabem de alguma coisa?

— Ainda não. Acho que não. Quer dizer, eles sabem sobre a briga, mas não sobre essa parte.

— Que bom que eles não são muito de entrar na internet, né? Ser das antigas ajuda às vezes. — Ele está tentando aliviar o clima.

Lanço um olhar para Jeremy. Provavelmente um que aprendi com a minha mãe, porque ele fica rígido e endireita a postura.

— É só questão de tempo antes de um "amigo" tentar *ajudar* e contar para eles que existe um vídeo do que aconteceu em que eu anuncio ser gay e digo, para todo mundo ouvir, que estou apaixonado pelo Henry Kimball!

— Quero consertar as coisas. E, escuta, não me importo com o que você e o Kimball fazem. Sério, cara. Só quero que você...

— O quê? O que mais você quer que eu faça, Jeremy? Hein? O que tem de errado comigo?

— Panos...

— Não. Por que eu deixo as pessoas me tratarem assim? — Volto a andar em círculos e agora estou balançando a cabeça enquanto falo. — Eu permito. Eu arrumo desculpas para isso. Tudo bem ela me bater porque *a vida dela foi difícil*. — Paro e me viro para encarar Jeremy. Eu me abaixo para ficar cara a cara com ele. — Mesmo quando eu vejo a desgraça, ainda deixo *mais* merda acontecer.

Dá para ver que Jeremy está totalmente perdido. Volto a andar.

— Eu deixo as pessoas me tratarem mal e, quando elas não fazem isso, fujo. Evito. Eu digo não para coisas que poderiam ser boas pra caralho pra mim.

— Evan. O que foi que você falou? Quem bate em você?

Paro e olho para Jeremy. Eu estava certo em acreditar que tinha uma pessoa melhor ali dentro. Agora consigo ver esse cara. Jeremy só não o conheceu ainda.

trinta e quatro

É o Dia de Ação de Graças. E faz três dias desde o incidente na escola. Por enquanto, meus pais ainda não disseram nada.

— Quer ir comprar rosquinhas? — pergunta meu pai ao entrar no meu quarto.

— Está tarde.

— Nunca é tarde demais para rosquinhas. — Ele olha para o relógio. — Mal passou das nove.

— Eles estão abertos hoje?

— Sim. Sempre.

— Tá bom. — Pego minha jaqueta e o boné de beisebol, e o sigo pelo corredor.

— Vee, estamos indo — grita ele da porta quando a abre.

Minha mãe aparece do quarto com um monte de roupas empoleirado no braço.

— Não cheguem tarde. Quero que os dois me ajudem a decidir o que usar hoje à tarde.

— Até depois. — Nós saímos e ele fecha a porta.

Linda deve estar de folga hoje. Tem uma pessoa nova trabalhando no balcão.

— O que posso preparar para vocês?

Ela é mais velha que Linda. Eu acho. Amigável, mas de um jeito mais reservado. Tem cabelo vermelho tingido, com bastante brilho, e está usando um batom que combina com a cor. As unhas dela estão pintadas em um tom de turquesa.

— Dois cafés, uma rosquinha trançada e duas com cobertura de chocolate — meu pai pede sem hesitar.

— Não sei se é bom eu comer duas — digo.

Por algum motivo, quero puni-lo, fazê-lo se sentir mal.

— Leva a outra para comer em casa depois. Como você está se sentindo?

— Ótimo. Incrível.

Ele engole em seco e olha para baixo. Depois, levanta o olhar com uma expressão boba e esperançosa.

— Está sarando. Dá para ver.

— É.

— Sua mãe está colocando toda a expectativa nessa ideia do restaurante. Ela está investida emocionalmente de verdade.

— E você?

A garçonete aparece.

— Duas rosquinhas com cobertura de chocolate. Cafés e duas rosquinhas trançadas. — Ela coloca tudo à nossa frente.

— Eu só pedi uma trançada.

— Leva a outra para casa. — Ela sorri e sai.

Meu pai sorri e toma um gole do café.

— Eu quero abrir o restaurante, quero mesmo, e o fato de que tem pessoas nos ajudando… bem, é ótimo.

— Está nervoso?

Ele assente enquanto mastiga.

— Uma das cozinheiras no trabalho tem uma filha que estuda na sua escola.

— Ah.

— Ela estava lá no dia da briga.

Ele dá outra mordida e mais um gole no café.

— Ah.

Coloco as mãos em cada lado do meu copo e o encaro, desejando que ele fosse um portal em que eu pudesse me jogar. Um portal que me levasse para outro mundo, longe deste.

A garçonete volta.

— Vocês querem mais alguma coisa? Mais café?

— Sim, por favor. — Meu pai levanta o copo na altura da cafeteira dela.

— E você, querido?

— Não, obrigado.

Ela hesita e começa a me analisar.

Não faça isso. Não pergunte o que aconteceu comigo.

— Se não se incomoda com a pergunta... o que aconteceu com você, querido? — Ela examina meu rosto.

— Ele se defendeu.

Meu pai sorri para ela. É um sorriso triste. Sinto um aperto na garganta.

Ela sorri de volta, percebe alguns clientes novos no canto do balcão, acena e vai até eles.

— Você vai comer a segunda trançada?

— Você quer?

— Não. Só estou perguntando.

— Desculpa pelo jantar hoje à noite. Talvez seja melhor você descansar, né?

— Então você sabe o que aconteceu?

Vejo o rosto da minha mãe. Ouço a voz dela quando ela me disse que queria que eu estivesse morto.

Meu pai assente e fala:

— Ela só quer que as coisas sejam perfeitas, e agora ela acha que...

— Eu estou com defeito.

Ele me encara. Espero ele falar algo, dizer que não estou com defeito, que quem está com defeito é ela. Mas ele se inclina para trás e tira algo do bolso da frente da calça. Coloca o conteúdo em cima do balcão.

— Ainda está no pátio, mas já está pago. Consegui fazer abaixarem o preço para setecentos e cinquenta dólares, acredita? — Ele toma mais um gole do café.

Encaro as chaves. O chaveiro é uma tira de plástico amarelo com *Carros e Caminhonetes Usadas do Dick* estampado no meio de um dos lados, em letras pretas. Do outro lado, o endereço e o número de telefone do Dick.

— Obviamente ele já fechou hoje, mas vai abrir amanhã. É um dia cheio para ele, o dia depois do feriado.

— Pai... — Não sei o que estou prestes a dizer, mas sinto que preciso dizer algo.

Ele está olhando para a frente.

— Você vai precisar.

— O que a mãe...

— Ela não sabe ainda. Deixa que eu cuido disso. Pode ir lá buscar quando você quiser.

Quando entramos no apartamento, meu pai grita que trouxemos rosquinhas e coloca a caixa sobre a mesa da cozinha.

Ouço a voz da minha mãe vindo do banheiro:

— Já saio. Estou secando o cabelo. — Ela sai, ainda com uma toalha enrolada no corpo, mas com o cabelo e a maquiagem perfeitos. — Venham aqui, vocês dois.

Ela vai até a sala de estar, onde colocou três saias e três blusas, cada uma em um cabide, em cima da nossa poltrona de veludo cor de vinho.

— Com que roupa eu vou? — Minha mãe pega a primeira opção; uma saia de lã quadriculada em branco e preto com uma fenda modesta de um lado e uma camisa preta em gola V de mangas longas. Ela segura em frente ao corpo. — Esta aqui?

As contradições às vezes me deixam louco. Ela constantemente me diminui por não ser "o tipo certo de homem" e mesmo assim me faz arrumar seu cabelo e escolher suas roupas desde que eu tinha cinco anos.

Meu pai analisa a opção e se senta no sofá antes de falar:

— Está bom. Eu gostei. Clássico.

— Ou esta aqui?

A próxima combinação é uma saia bege — bem larga, quase como um saco —, um suéter de tricô branco e um lenço estampado.

Faço uma careta e respondo:

A PERIGOSA ARTE DE SER INVISÍVEL

— É meio apagado.

— Não julgue tão rápido. — Ela segura de novo.

— Evan está certo. Essa combinação não ficou boa. Muito *blé*.

Minha mãe joga as peças de lado, pega a última alternativa e a segura.

— Esta é a última opção!

É uma saia azul-marinho assimétrica com costura branca nos bolsos e ao redor da cintura. A camisa tem estampas geométricas brancas, turquesas e verdes, uma gola alta e um risco horizontal de uns cinco centímetros de largura que passa por toda a parte de baixo. Esta é a combinação mais interessante e que valoriza mais o tom de pele e cabelo dela.

— É essa! — digo, vou para a cozinha pegar uma rosquinha com cobertura de chocolate e volto para a sala de estar. — Vou para a cama, estou cansado. Divirtam-se.

Minha mãe sorri para mim.

— Descansa. Não se esqueça de comer quando levantar. Tem um *pastitsio* no freezer. — E ela se vira para ir passar a camisa.

trinta e cinco

No sonho, estou parado no meio da sala das estátuas no mosteiro, só que a única estátua ali comigo é a que indica o caminho. Ela está mais próximo da janela do que nunca. As mãos estão estendidas e as pontas dos dedos tocam o vidro. Olho ao redor e me pergunto como e para onde o resto das estátuas se moveu. Aproximo-me de onde a estátua que sobrou está e olho na direção para a qual ela olha. E lá está o restante. Elas estão lá fora, todas reunidas pelo gramado.

O exército está disperso. As outras estão logo depois do muro que cerca a propriedade. Eu ando bem ao lado da que está aqui dentro. Ela ainda está olhando pela janela, mas agora parece estar ainda mais próximo dela. As mãos dela parecem poder quebrar o vidro. O ambiente está quente e abafado. Sinto cheiro de fumaça.

Viro-me e vejo um incêndio. Sinto meu corpo esquentando, mas minhas pernas estão congeladas no lugar.

O som de vidro quebrando me tira do estupor e me viro para ver a estátua ao meu lado. Suas mãos estão para fora da janela. O exército está alinhado no muro, e eu mal consigo ver as outras.

Boom!

Boom!

Acordo com batidas, assustado. Por um minuto, não sei onde estou. Olho para a porta do quarto. Está aberta. Meus pais devem tê-la aberto antes de saírem. As batidas ficam mais altas. Estão vindo da porta da frente. Parece que dormi por uma semana. Preciso apoiar as mãos na parede do corredor para me estabilizar. *Que porra é essa?*

Fico de pé o mais ereto que consigo e sinto o lado esquerdo do meu corpo dolorido. Devo ter levado mais socos desse lado.

— Estou indo!

Encosto na porta e confiro o olho mágico. Abro a porta devagar. Ele está parado na minha frente com duas sacolas grandes de mercado, o sorriso mostrando só parcialmente as covinhas. Seus olhos estão tristes e brilhantes ao mesmo tempo. Por dentro, pulo de alegria por vê-lo, mas tento me conter, meio sem jeito.

— Você precisa me deixar entrar. É uma tradição do feriado que, se alguém aparece na sua casa com um peru no Dia de Ação de Graças, você deixa ou...

Henry ergue as sacolas.

— Ou o quê? — pergunto com um meio-sorriso.

— Ou se entra mesmo assim. — Ele passa por mim e vai em direção à cozinha.

Olho lá fora, para todos os lados, só para o caso de os meus pais ainda estarem por aí, antes de fechar e trancar a porta.

— Você não pode estar aqui.

Estou tentando me convencer de que quero que Henry vá embora, mesmo sabendo que não é verdade. Quero ele aqui. Comigo.

Ele começa a tirar potes da sacola.

— E você não pode *não* ter uma refeição tradicional de feriado. Além do mais, minha mãe acabaria com a minha raça se eu não viesse te deixar essas coisas. Ela passou as últimas vinte e quatro horas cozinhando e organizando tudo isso. — Henry tira o último pote, que parece ser algum tipo de molho. A sra. Kimball mandou molho.

— É por isso que você está aqui? Porque ela ficaria...

Henry se vira e coloca a mão direita firmemente na minha nuca. Ele está a centímetros do meu rosto. Seus olhos estão marejados, e percebo que ele está prendendo a respiração.

— Não foi por isso que eu vim.

Ele me beija e me puxa para ainda mais perto. Sinto o corpo dele contra o meu.

Eu o envolvo com os braços. Estamos na cozinha, e a ideia de que isso está acontecendo na casa dos meus pais neste exato momento deveria me deixar nervoso.

Mas não deixa.

— Eu também te amo. — As palavras saem da boca dele em um sussurro.

Abaixo a cabeça e a apoio no peito dele. Henry beija meu cabelo.

Levanto a cabeça de novo para olhá-lo. Respiro de pouco em pouco, mas bem rápido, tentando impedir que as lágrimas apareçam.

— Tá tudo bem. — Ele está olhando bem nos meus olhos, com as mãos na parte de trás da minha cabeça. — Pode chorar. Não vou deixar ninguém machucar você de novo.

E é então que a barragem se rompe. Lágrimas escorrem pelo meu rosto, e as mãos de Henry vão da parte de trás da minha cabeça para as minhas bochechas. É como se ele estivesse tentando pegá-las.

Então é assim se sentir seguro, ter alguém que se importa, independentemente do que ou de quem você é?

— Não vou machucar você.

Pego a mão de Henry e o levo para o quarto.

trinta e seis

Nós dois estamos pelados embaixo das cobertas. Henry está deitado de lado, olhando para mim e sorrindo.

— Este sorriso é um problema — digo.

Ele dá um sorriso maior ainda.

— Sério. Vou precisar de algum tipo de escudo ou proteção.

— Por anos achei que você fosse imune a ele. Por que só agora isso virou um problema?

— Foi o que eu fiz você pensar.

Henry começa a me fazer cócegas, o que logo ele percebe que não é uma boa ideia.

— Ai!

— Desculpa. Esqueci.

— Ainda não consigo fazer alguns movimentos.

— Por sorte minha, os que você consegue são muito prazerosos.

— Vai se foder.

— Então quer dizer que nos últimos dias você entrou no modo "evitar"?

— Eu estava com vergonha.

— Ninguém nunca brigou por mim ou gritou que me ama. Aquilo foi…

— Vergonhoso. Humilhante. Eu contei para a escola toda que sou gay *e* que estou apaixonado por você. Foi meu grande momento, e não me lembro de nada.

— Pelo menos tem o vídeo.

— Para o mundo todo ver.

— Preciso dizer, você dando um jeito naqueles caras foi excitante para mim. Isso é errado?

— Só não espere que isso seja o padrão daqui pra frente. Como você pode ver, eu não saí ileso.

— Vem cá — pede Henry. Apoio-me no peito dele. — Não quero você fazendo nada desse tipo de novo. Me desculpe. Eu não estava tentando aliviar a situação.

— É loucura. Tudo isso.

Isso. Henry. Eu. Henry e eu. Aqui. No meu quarto.

— Seus pais falaram alguma coisa?

— Acho que meu pai sabe. Ele me comprou um carro.

— O quê?

— Aquele Tercel 1994. Disse que vou precisar dele.

— Sua mãe…

— Ela não sabe sobre o carro nem sobre a escola. Ainda. Vai por mim, eu saberia se ela soubesse.

Henry respira fundo e arregala os olhos.

— É melhor comermos, e depois você precisa ir. Que horas são? — digo. Estico-me para pegar o celular na mesinha ao lado da cama. — Acabou de dar seis horas.

— Eles não voltam antes de pelo menos umas dez, né?

— Acho que não, mas não quero arriscar.

Levanto-me e começo a me vestir de novo.

— Você precisa mesmo fazer isso? — pergunta Henry.

— O quê?

— Eu gosto de olhar para você.

Desde que me conheço por gente, minha mãe tem dito o contrário. Na verdade, ela procura defeitos físicos específicos para apontar em mim. Quando eu era menor, ela passava o dedo indicador direito da ponte do meu nariz até a ponta. Queria conferir se eu não tinha herdado o *gancho* do meu pai, como ela chamava. Eu não precisava de outra desvantagem no meu rosto, *que já era feio o bastante*.

Subo minha cueca boxer. Henry se levanta e vem até mim. Ele coloca as mãos na minha cintura e fica o mais próximo possível.

— Suas pernas são lindas. Não quero parar de olhar para você.

— Só minhas pernas? — provoco.

— Tudo, Evan Panos. Tudo em você é lindo. Vou ao banheiro. Te encontro na cozinha. — Ele me beija, veste a cueca e sai.

Abro as portas do armário e me olho no espelho grande. Nunca olhei direito para o meu corpo, tipo, olhar *de verdade*. Porque uma parte tão grande da minha identidade foi baseada nas visões das outras pessoas sobre minha aparência física. Eu nunca quis olhar.

Sempre que saio do banho, enrolo uma toalha no corpo o mais rápido possível e evito ver meu reflexo no espelho. Quando acabo vendo meu reflexo na janela de loja, sempre fico impressionado com a pessoa que encontro. Evito aparecer em fotos e nunca tiro selfies.

Mas agora, parado aqui em frente ao espelho, eu me forço a olhar por um tempo. A tentar enxergar o que Henry vê. Olho para o meu peito, meus braços, minha cintura, e depois subo a cueca para expor mais das minhas pernas. É como descobrir algo novo.

Talvez eu não seja tão feio assim, afinal de contas. Talvez ninguém seja feio de verdade e talvez ninguém tenha o direito de chamar alguém assim ou dizer que ele é. Talvez a única feiura de verdade seja o que mora dentro de algumas pessoas.

Fecho as portas e vou para a cozinha.

— Temos até uma torta de abóbora inteira — fala Henry.

— Não vamos comer a torta toda. Você precisa levar o resto de volta para casa.

— Minha mãe quis mandar para você e sua família. É o Dia de Ação de Graças, e ela pensou que…

— Meus pais não entenderiam.

Começo a arrumar a mesa. Henry entra na sala de jantar atrás de mim, trazendo os pratos de comida, e os coloca no centro da mesa. Volto para a cozinha e pego os talheres na gaveta.

Enquanto ajeito as coisas na mesa, canalizo minha mãe.

— Senta. É melhor começarmos. A cara está ótima. Dá para sentir o cheiro do recheio.

Henry enche o prato com peru, vagem, purê de batata, o recheio do peru e molho. Vejo o garfo dele passar por cima da geleia de cranberry que está em cima da mesa.

— Sua mãe não vai ficar feliz se souber que você não vai provar isso.

Ele me olha.

— Você e meu pai são as únicas pessoas que eu conheço que gostam disso.

Comemos em silêncio por um minuto, e a comida está boa. Muito boa mesmo.

— Eles estão de boa por você não estar lá com a família? — pergunto, enfim.

— Eles queriam que você fosse almoçar com a gente, mas sabiam que você precisava descansar. — Henry diz isso entre garfadas de peru e purê. — Além do mais, fiquei lá a manhã toda para o café da manhã de Ação de Graças dos Kimball e vou estar de volta para outra rodada de torta ou algo assim.

Coloco molho em cima do purê e provo um pouco.

— Esta é a melhor refeição que já fiz. Talvez seja a melhor coisa de toda a minha vida.

Henry levanta as sobrancelhas.

— Melhor até do que...

— Quase.

— É difícil distinguir. Você meio que faz o mesmo som para as duas coisas.

— Cala a boca, Kimball.

— Ugh, não me chama pelo sobrenome assim. Isso é coisa do Jeremy.

— Desculpa. Não vamos falar dele agora, não. Na verdade, vamos só focar no que está acontecendo aqui. Isto é... não sei dizer, é... a comida está perfeita. Por favor, agradeça à sua mãe por tudo isto. — Balanço o garfo por cima da mesa toda, aponto para Henry e faço um círculo na direção dele. — Agradece a ela por tudo *isto*!

Nós rimos.

— A Tess iria morrer agora — digo.

— O quê?

— Ela tem um crush enorme em você. Você sabe disso, né? Ela me falou. Ela iria morrer, real.

Henry balança a cabeça em descrença e diz:

— Então, não vou te ver este fim de semana?

— Não estou te evitando. Só não sei.

— Qualquer coisa me avisa?

Assinto.

— Preciso trabalhar. O fim de semana depois do feriado... vai ser uma loucura lá no empório. No domingo, bem, você sabe como é. *Domingo.* — Eu me sirvo outra colherada de purê. — Como foi com os esquilos albinos?

— Claire disse que viu um. Eu não vi. *Eles* também me evitaram. Talvez seja algo comigo?

— Não é você. Ninguém, nem mesmo um esquilo, iria querer te evitar.

Henry me dá um meio-sorriso.

Vejo parcialmente as covinhas.

— Eu nunca quis te evitar.

Ele abre mais ainda o sorriso e responde:

— Quando você vai buscar o carro? E o que você disse para o seu pai?

— Não sei, e nada de mais.

Henry abaixa o garfo.

— O que vamos fazer sobre segunda-feira? Voltar para a escola e tal?

Eu queria evitar esse tópico, porque não sei o que fazer.

— Ev, tudo mudou. A escola toda sabe que somos gays. Você está nesta situação por minha causa, e agora nós...

Abaixo o garfo. Por algum motivo, neste exato momento, tudo fica claro para mim, então me ouço falar:

— Nós falamos a verdade e pronto.

Henry me encara.

— Não dá para voltar de repente e fingir que...

— Não me sinto confortável por ter arrastado você para isso — diz ele.

— Não vou fingir que isso tudo não está acontecendo. Você viu o vídeo. Não quero voltar para a forma como as coisas eram antes.

Pego um pedaço de peru com o garfo. Concentro-me em passá-lo no purê de batatas até ficar coberto. Olho para Henry.

— As coisas mudaram. E que bom que isso aconteceu.

Talvez eu tenha mudado também.

Coloco o peru coberto de purê na boca e mastigo.

Henry começa a rir.

— Você é muito bobo.

Mastigo de boca aberta para Henry ver o purê literalmente escorrendo. Tento falar:

— *Rual é o flovlema?*

— Você é meu problema. Você é um problemão. — Henry olha para meu rosto cheio de purê de batata como se estivesse vendo, ao mesmo tempo, a coisa mais incrível do mundo e a mais nojenta.

Ele se levanta e vem me dar um beijão de mentira, enquanto purê voa da minha boca.

— Para. — Não consigo parar de rir. Quanto mais tento parar, mais batata e um pouco de peru voam. — Acho que entrou batata no meu nariz. Para!

Ele para de tentar me fazer rir e pega um guardanapo para limpar meu rosto. Nós recuperamos o fôlego. Henry fica de joelhos na frente da cadeira e apoia a cabeça no meu colo.

— Ev, faz tanto tempo que quero isto. Eu posso esperar um pouco mais se você precisar de mais tempo.

Passo os dedos no cabelo dele.

— Você acha que é o único que queria isso?

E aí minha ficha cai.

Sempre foi Henry.

Sempre.

trinta e sete

Já passa das dez e eles ainda não chegaram.

Estou deitado na cama com a ponta de um travesseiro embaixo da cabeça. Ainda sinto o cheiro do cabelo de Henry nele. Depois que ele foi embora, encarei meu rosto no espelho por um bom tempo. O banheiro tem a luz mais clara, portanto a mais sincera, e eu queria garantir que veria tudo. Tinha mudado alguma coisa? Eu estava diferente? Não dava para saber.

Ouço o som da chave virando na porta de casa, sendo destrancada. Levanto-me e fico em pé no meio do quarto.

Por que estou tão nervoso? Ah, é, porque acabei de transar com um garoto. E não só qualquer garoto, mas Henry Luther Kimball.

O garoto que amo.

E o céu não está se partindo ao meio, e Deus não está me atacando. Eu ainda estou parado quando ouço a voz da minha mãe me chamando.

Vou até o corredor e os vejo na sala de estar. Eles parecem estar com um humor aceitável. Isso é um sinal positivo. Meu pai está no sofá — já tirou os sapatos, e minha mãe não gritou para ele guardá-los no armário. Outro bom sinal. Já começamos com uma nota nove. Ela está parada em frente à poltrona de veludo, tirando os brincos, quando me vê.

— Vem aqui. Quero te contar sobre a noite. Eles mandaram beijos, e a Maria sentiu sua falta. Você se lembra da Maria? Ela ficou perguntando de você a noite toda, não foi, Elias?

Meu pai assente.

— Sim. Ela perguntou mesmo.

Minha mãe aponta para a outra poltrona.

— Primeiro, conta para a gente sobre a sua noite. O que você fez? Dormiu? Tem tanta comida aqui. — Ela aponta para três sacolas de plástico na mesa de centro. — Eles *não* nos deixaram ir embora sem praticamente nos dar um peru inteiro e os acompanhamentos. Helen até assou uma torta extra para trazermos para você.

— Nossa.

Eu me sento.

— Quer que eu faça um prato para você? Você preparou alguma coisa?

— Vou colocar na geladeira para comer amanhã. Agora não estou com fome. A não ser que vocês queiram beliscar alguma coisa.

Levanto-me da poltrona e levo as sacolas para a cozinha. Estou com receio de ficar na frente dos meus pais por muito tempo, principalmente da minha mãe, caso eles percebam algo diferente em mim.

— Estamos cheios assim como aquele peru! Mas eu tomaria um café grego — diz meu pai.

— Certo, eu faço. Podem ficar aqui. Mãe, quer alguma coisa?

— Só um copo d'água, docinho.

Merda. Isso não é um bom sinal. *Docinho?*

Levo a água para ela.

— Seu café está no fogo, pai. Então, contem sobre a noite de vocês. — Estou tentando desviar de perguntas sobre como passei as últimas horas. Sento-me de novo.

Quando meu pai começa a descrever a ceia, minha mãe diz:

— Evan, você não está usando cueca? — Ela está encarando embaixo da minha cintura.

— Mãe, por favor. Estou de calça de moletom.

— Voula, deixa o menino. — Meu pai se espreguiça no sofá, bocejando.

— Você não está usando cueca. Dá para ver, do jeito que tudo balança. Espero que não tenha saído assim e mostrado isso para o bairro todo.

Levanto-me para olhar o café.

Meu pai volta a falar sobre a noite. Ele está tentando distraí-la de mim, fazê-la voltar ao tópico.

Minha mãe fala:

— Você perdeu mesmo uma noite linda. Linda. A casa deles é maravilhosa, é claro, porque eles têm dinheiro, e Helen é uma ótima dona de casa. Ela cozinha, limpa e sabe ser uma dama. Dean, é claro, é médico, como você bem sabe.

Essas coisas, além do negócio de ser uma boa serva ou um bom servo de Deus e ser grego, são qualidades extremamente importantes em uma pessoa para que minha mãe a considere digna do tempo dela.

— Além do mais, eles são pessoas de Deus. Então você sabe que os filhos deles vão ser o tipo certo de adultos.

Ao contrário de mim. Eu vou ser o tipo errado de adulto.

Volto para a sala de estar com o café do meu pai e entrego a xícara para ele.

Ele se endireita no sofá e arruma a camisa.

— Obrigado.

— Senta, senta, precisamos falar de muito mais coisas. — Minha mãe se senta na cadeira dela e tomba a cabeça com o rosto em direção ao teto, quase como se estivesse nostálgica por algo que aconteceu anos atrás. — Dean é tão bonito e um verdadeiro cavalheiro. Ele também é muito inteligente em relação a negócios e deu umas ideias ótimas para o seu pai, não foi, Elias?

Meu pai assente, dando um gole no café.

— Está perfeito, Evan. Do jeito que eu gosto. — Ele pisca para mim e dá mais um golinho.

Minha mãe continua:

— Eles ficaram encantados com você na festa do seu tio. Acharam você um menino inteligente e com um futuro brilhante. Fizeram tantas perguntas sobre você. — Ela pega o copo d'água e dá um gole bem grande, depois olha em volta.

Sei o que ela está procurando, então corro para a sala de jantar e pego um apoiador de copos. Coloco na mesa de centro.

— Pronto.

Minha mãe coloca o copo sobre a mesa, estica-se para tirar os sapatos e os coloca embaixo da cadeira. Ela dobra as pernas para cima na cadeira.

— Principalmente Dean. Ele disse que tirou os raios-X, mas os resultados ainda não saíram. — Ela se vira para meu pai. — Isso é possível? — Sem dar a ele a chance de responder, minha mãe se vira para mim. — De qualquer modo, ele queria saber tantas coisas sobre você e sobre nós. Acho que quer oferecer a você um trabalho na clínica ou algo assim. Por que mais ele faria tantas perguntas?

Sinto meu estômago revirando. O que Dean está tentando fazer? Uma hora ou outra ela vai sacar a intenção das perguntas e perceber o que ele está tentando descobrir.

Olho para meu pai. Ele está só sentado ouvindo minha mãe falar, como se fosse novidade para ele. Conheço essa cara. É a cara de "não vou me comprometer a nada até sua mãe terminar de falar, depois vou concordar com tudo o que ela diz". Olho de volta para a minha mãe, e ela não perde tempo em continuar:

— Esse negócio de arte é hobby. Você é um homem feito agora. Não precisa de passatempos. Você precisa é de um trabalho de homem, com responsabilidades de homem. — O rosto dela se alegra. — Dá para imaginar você trabalhando em um consultório médico? Não seria maravilhoso? Nós teríamos tanto orgulho. — Ela se vira para o meu pai. — Não teríamos, Eli?

— Ele não ofereceu emprego nenhum ainda.

— Não seja pessimista. Por que mais ele faria tantas perguntas sobre o Evan?

Talvez minha mãe tenha conseguido se safar de tudo por tanto tempo que a mera ideia de alguém descobri-la passa completamente despercebida. Tento manter minha voz estável ao falar:

— Mãe, o que eu faria num consultório médico?

— Ah, muita coisa! Atender ao telefone, lidar com os pacientes, trabalhar no computador… tantas coisas que precisam ser feitas no dia. Além disso, eles pagariam bem, e talvez você pudesse até virar médico. — Ela está animada mesmo.

O fato de que trabalhar em um consultório médico não é o caminho para *virar* um médico nem surge nesta conversa.

— Que tipo de perguntas eles fizeram sobre mim?

— Ah, nem me lembro, só fique feliz que alguém importante está interessado. — Ela se estica para pegar a água. — E a filha linda deles, Maria. Eles são bênçãos do Senhor para a sua vida.

— Está tarde, Voula. Melhor irmos todos deitar e falar sobre isso depois. — Meu pai se levanta. — Evan, você não precisa trabalhar amanhã?

— Sim, e no sábado.

Minha mãe se levanta e vai para a cozinha com o copo.

— Vamos vê-los domingo na igreja. Falamos mais sobre isso quando chegar. Não se esqueça de orar hoje e agradecer a Deus por te dar este presente. — Ela faz uma pausa. Depois sorri. — Apesar de você não merecer.

É domingo de manhã, e hoje eu vou poder ir para a igreja com meu próprio carro. Isso porque minha mãe ainda está alegrinha com a ideia de eu ir trabalhar em um consultório médico e acabar me casando com a filha do doutor grego. Além disso, também tem o fato de o meu pai ter deixado claro para mim e minha mãe que o carro era um presente de Natal.

Vou poder voltar para casa depois da igreja.

No meu carro.

Sozinho.

Estou no meu quarto vestindo um terno cinza-escuro quando ouço meu celular vibrar na cabeceira ao lado da cama. É Henry:

Tá fznd oq?

Me vestindo pra ir pra igreja. E vc?

Deitado na cama querendo q vc estivesse aqui. Manda foto, homem de terno!

Pego a gravata e a coloco no pescoço. Ajusto o blazer, abro a porta do armário e fico no meio da visão no espelho. Tento ajeitar meu cabelo, mas não adianta. Tiro uma foto de corpo inteiro e a mando para o Henry.

> Puta que pariu, que homem lindo! Amo vc de terno, responde ele.
> Escrevo: E cadê a minha foto?

Ele manda uma foto. Não posso emoldurá-la nem mostrá-la para ninguém. Ele não está de terno. Ele não está vestindo nada.

> Respondo: Eita! Nossa. Porra, vc é um problema msm.
> Sou um problema bom. Sdds.
> Tbm.

Apesar de já terem passado algumas semanas desde que fui à igreja pela última vez, por causa do trabalho, não mudou muita coisa. O sermão é a mesma bizarrice de sempre, semana após semana, só uma versão minimamente diferente sobre o quanto somos pecadores e indignos.

De costume, quando o culto acaba, vamos até o porão para beber alguma coisa, e é lá que costumamos ser convidados para almoçar na casa de alguém. Mais tarde, voltamos à igreja para o culto da noite e depois vamos jantar na casa de outra pessoa. É um comprometimento que ocupa o dia todo. Os dias em que somos os anfitriões são bastante corridos.

Hoje, depois do culto, nós nos reunimos todos no porão da igreja. Fico em frente a uma das três mesas retratáveis longas que estão cobertas com toalhas de mesa plásticas de ponta a ponta. Elas têm uma estampa com desenhos de folhas de outono e algumas cabeças flutuantes de Jesus. É meio que uma combinação fantástica que sempre me deixa admirado — quer dizer, só o fato de você poder comprar algo assim já é incrível. Durante o Natal, a toalha de mesa utilizada tem as figuras flutuantes de Jesus bebê com enfeites natalinos espalhados pelo fundo de maneira aleatório. A mesa a que estou próximo é a de salgadinhos, batatinhas, docinhos e biscoitos.

Maria Boutouris me vê e vem até mim. Ela literalmente saltita em minha direção.

— Oi, Evan.

— E aí, como você está?

— Ótima! Você está bonito.

— Obrigado? — Isso é tão desconfortável. — Hm... gostei da sua pulseira — digo, tentando encontrar algo mais apropriado para elogiar.

— Obrigada, eu que fiz! Você vai lá para casa hoje?

— Como é?

— Convidamos sua família para ir para a minha casa hoje quando acabar aqui.

— Tenho lição de casa, então provavelmente não.

Nunca fiquei tão feliz por ver nosso pastor. Ele aparece e diz:

— Evan, podemos conversar em particular? Me procure quando terminar a conversa com a adorável senhorita Boutouris aqui. — Ele olha para baixo e sorri para Maria.

Eu o sigo até o escritório e me sento diante dele. O pastor cruza os dedos das mãos e sorri de um jeito bondoso, mas distraído.

— Como você tem passado? — pergunta ele, em um tom sério.

— Bem, obrigado. E o senhor, pastor?

— Estou bem, Evan. O doutor Boutouris disse que você esteve em um acidente de carro?

— Sim. Sim. Mas já está tudo bem agora. Estou bem...

— Evan, ele me contou sobre o que viu. Ele está preocupado. Você sabe que eu já estava. Ainda estou.

Assinto.

— Não falei com seus pais. Eu deveria ter falado antes, mas de alguma forma achei que tudo iria se acertar com o tempo. — Ele dá uma respirada curta antes de continuar: — Eu errei. E me desculpe por isso. Falhei com você. — Ele faz uma pausa. — Além disso, fiquei sabendo do vídeo.

Engulo em seco.

— Como é, pastor?

— Muitas pessoas viram, mas presumo que seus pais...

— Acho que minha mãe não viu.

— E seu pai?

— Acho que ele talvez saiba.

— E as marcas no seu corpo?

— Falei para o doutor que sou estabanado.

— Ele disse que os raios-X mostram muitos danos. E não da briga.

— Nossa. O que aconteceu com a confidencialidade entre médico e paciente? — Minha voz soa irritada, porque estou mesmo. Não gosto de ser abordado de surpresa assim, independentemente de quanto as intenções sejam boas.

— Ele está preocupado, e eu também estou. Isso é mais sério do que eu pensava. Vou precisar falar com os seus pais.

Não digo nada. Só fico sentado ali. Pensando.

— Evan, sei que isso é um assunto particular.

— É mesmo. É muito particular. Pastor, o que o senhor acha que vai acontecer quando falar com os meus pais? — Não dou brecha para que ele responda. — Que ela vai parar? Que, de repente, ele vai colocar um ponto-final no que ela faz? Se impor e tomar meu lado, pela primeira vez na vida? — Minha voz vai ficando mais e mais brava, mas não mais alta. — Nada disso vai acontecer. Tudo vai só piorar.

— Entendo como você se sente.

— O quê? Por favor, não diga isso. É tão condescendente. — E, do nada, tudo fica claro para mim. — Você não pode falar nada, porque não pode consertar isso. Só eu posso.

Alguém bate na porta do escritório.

— Pois não?

— Pastor, é a Voula. Voula Panos.

O pastor e eu nos encaramos. Assinto.

— Pode entrar, irmã. — Ele se levanta quando minha mãe entra, com um sorriso no rosto.

— Deus abençoe, pastor. — Ela olha para mim. — Evan, querido. Aconteceu alguma coisa?

Levanto a mão para gesticular que estou bem.

— Só queria ver como o Evan está e como tem passado — diz o pastor.

— Continuamos a orar por ele. Por favor não pare, pastor. Ele assente.

— Vamos, Evan. A família Boutouris quer falar com você antes de você ir para casa fazer lição. — Ela entrelaça o braço no meu e me acompanha para fora do escritório do pastor. Enquanto subimos as escadas, ela sussurra: — Que tipo de mentiras você tem contado para o pastor?

— Não falei nada. Mas ele sabe.

Sinto uma corrente de energia. Talvez seja porque todo mundo ao meu redor está querendo me dizer o que fazer ou porque agora tenho menos medo do que pode acontecer comigo. Do que ela pode fazer.

— Sabe do quê?

— Do que você faz comigo. E o motivo é porque ele leu nos meus cadernos. Que você deu para ele ler. Curioso, não é? Foi você. Não eu. Depois desse tempo todo, *você* contou seus segredos. Você envergonhou a si mesma.

Não me dou o trabalho de olhar para ver a reação dela. Saio da igreja rápido, tremendo e seguindo até o estacionamento. Está frio aqui fora, provavelmente só um pouco acima de zero grau, mas está gostoso. É refrescante. Entro no carro e dou partida. Não sei para onde vou, mas preciso ir a algum lugar onde me sinta seguro.

Acabo indo parar no mosteiro. Logo, estou de joelhos, cavando. É sempre mais difícil tirar a caixa da terra quando está frio assim. Pelo menos o chão não está congelado.

Levanto a caixa de metal toda e a levo para o porta-malas do Tercel. Volto à árvore e cubro o buraco com terra para ninguém saber que estive aqui. Olhando para trás, para o mosteiro, forço a vista para tentar distinguir as estátuas, mas não consigo.

Mando mensagem para Henry:

Quer dar uma volta?

Ele responde:

Sim! Onde vc tá?

No mosteiro. Tô indo praí.

Não vou rápido o suficiente para a casa de Henry. Quero ver o rosto de pessoas que não julgam as outras. Quero aprender a acreditar que há sinceridade em elas não fazerem isso.

Paro o carro em frente à casa dele e praticamente subo as escadas da varanda correndo. Antes mesmo que eu possa apertar a campainha, a porta se abre e Henry está ali. Eu o abraço. Com força. Com tanta força que minhas costelas doem, mas não me importo.

— Evan? — A sra. Kimball aparece atrás dele.

— Oi, senhora Kimball. Obrigado pelo jantar ontem. Estava uma delícia.

Ela vem até mim e me abraça por um longo tempo. Ao se afastar, dá uma boa olhada em meu rosto. Estou bem melhor agora do que estava uns dias atrás, mas as marcas ainda estão fortes o bastante para que ela estremeça.

— Você é um menino lindo. Ninguém pode tirar isso de você. — Ela coloca um braço em meu ombro e me leva ao corredor. Henry fecha a porta atrás de nós e nos segue. — Querem algo para comer?

Eu me viro e olho para Henry. Ele diz:

— Não precisa, mãe. Vamos sair.

Claire acena da sala de estar e grita:

— E aí, Engomadinho? Foi para um enterro, é?

— Ele estava na igreja, Claire. — Isso vem do pai dela, a quem posso ouvir, mas não ver.

Claire aparece no corredor.

— Como está seu rosto? Não está tão feio quanto achei que estaria. Quer dizer, não que esteja feio. Mas não está… ah, enfim.

— Tudo bem. Estou bem.

A sra. Kimball quebra a tensão.

— Evan, obrigada por defender Henry. As coisas estão um pouco… Nem todo mundo está aceitando tudo como esperávamos.

— Não fiz nada disso. Quer dizer, o Henry… — Olho para ele, e ele está piscando bem rápido com a cabeça baixa.

O sr. Kimball fala, da sala de estar:

— Só queremos que vocês fiquem seguros.

— Tudo bem, gente — diz Henry. — Não precisamos pensar em tudo agora. — Ele se vira para mim. — É melhor irmos.

Geralmente, é Henry quem dirige, mas hoje sou eu.

O Tercel e eu estamos no comando.

— Aonde você está me levando? — Henry finge estar preocupado.

— Preciso te contar, é?

— Nunca fui sequestrado antes. É meio eufórico. — Ele fixa o olhar na janela do passageiro. Depois de um momento, pergunta: — Você acredita em Deus?

— Hm… não sei. — Eu já pensei nisso. Muito. — Gosto de pensar que há algo por aí maior do que nós. Não dá para sermos a maior força do universo, sabe? Eu só… não sei *o que* "Deus" é.

— Acho que Deus provavelmente é incrível e olha para isso tudo e balança a cabeça. — Henry ainda está olhando pela janela. — Espera, você vai pegar a saída? — Ele se vira para mim, sorrindo. — Para onde estamos indo?

— Paciência.

Em um momento, digo:

— Eu não deveria acreditar em nada. Às vezes não acredito mesmo. Eu orava para Deus me ajudar, e isso nunca aconteceu, mas talvez as coisas não funcionem assim.

— Só sei que o que eu gostaria de fazer causaria mais dor e arrumaria mais problemas para você. — Henry soa sombrio.

Dou uma olhada rápida para ele e volto a prestar atenção na estrada. Ficamos em silêncio por um pouco mais de tempo, porque o que será que eu deveria dizer? *Obrigado. Obrigado por querer fazer isso por mim. Obrigado por me amar.*

— Ei, você está me levando para a capital — fala Henry.

— Talvez.

O Lago Michigan se abre bem à frente do Museu Field de História Natural. Tem uma pequena área próxima ao lago onde a água encontra as rochas irregulares. Pouca gente vai lá, principalmente nesta época do ano. É gelado e venta muito, e também não é fácil chegar e andar por lá, mas a vista que se tem da cidade de Chicago é de tirar o fôlego. Dá para ver o litoral e como ele se curva em direção àquelas caixas altas acesas que explodem do chão.

Henry e eu nos sentamos em uma das rochas, e tento não perder o equilíbrio com o vento, que está rápido e constante. A gola do meu blazer está virada para cima, e eu o mantenho fechado com minhas mãos geladas. O casaco forrado de Henry está com o zíper fechado até em cima. Ele recupera o fôlego em meio ao vento forte.

— Isso é incrível! Você consegue me escutar? — Ele ri.

O cabelo dele está esvoaçando, e seus olhos semicerrados parecem quase completamente fechados. Nossas bochechas estão vermelhas. Ele apoia a cabeça no meu ombro e ficamos sentados deste jeito pelo máximo de tempo que aguentamos.

O céu está cinza-claro. A água, em seu tom escuro de grafite, está agitada e bate com força nas pedras. Quero desenhá-la, mas não acho que eu faria jus à realidade. A vista daqui e tudo o que inclui é potente. Ela aguenta tudo o que vem com o tempo. Não importa o quanto a estação seja dura, este céu, esta água e estas árvores continuam aqui, desafiando os elementos.

Digo a mim mesmo que pertenço a esta vista, este céu, este lago, estas árvores. *Meu lugar é aqui, com ele.*

trinta e oito

Parado no quarto, mais tarde, na mesma noite, o cômodo parece menor do que da última vez que o vi. Eu costumava gostar do jeito como parecia um casulo, um abrigo. Mas agora, do meio dele, olhando ao redor, sinto-me grande demais para este espaço. Pego alguns papéis soltos da minha primeira gaveta e começo um novo esboço. É o lago. Do jeito que me fez sentir esta tarde.

Ouço a porta de casa ser destrancada. Olho para o celular. São 21h07. Guardo o desenho e saio do quarto.

— Está pronto para amanhã? — Meu pai começa a tirar o casaco.

— Estou. — Mas não falo olhando para ele. Olho para a minha mãe.

Ela tira o casaco e o pendura no armário do corredor, depois gesticula para que meu pai entregue o dele, que coloca no cabide ao lado do dela. Ela passa a mão pelo vestido, para minimizar os amassados, e vai até a cozinha.

— Elias, quer café? — Está me ignorando.

— Sim. — Meu pai me olha e pede com os olhos que eu o acompanhe até a sala de jantar. Eu o sigo.

Minha mãe aparece de volta e coloca uma xícara de café sobre a mesa, junto com o leite e o açúcar. Trabalhar como garçonete no restaurante do meu tio por todos aqueles anos deu a ela a habilidade de carregar muitos pratos e copos ao mesmo tempo, sem quebrá-los. Ela desaparece de novo na cozinha e volta com outra xícara.

Meu pai diz para mim:

— Como foi seu encontro com a família Boutouris?

E, então, minha mãe volta.

— É, o que você falou para o doutor Boutouris?

— Como é?

Ela coloca leite e açúcar na xícara dela e mexe devagar. Não tira os olhos do café.

— Quer saber? Você é um personagem interessante.

Fico em silêncio.

— Você consegue bancar a vítima sem nem gaguejar. Você planta sementes que viram mentiras para nos sabotar. — Enfim, minha mãe me olha com um sorriso quase imperceptível. — Você nos envergonhou.

Meu pai toma um gole do café.

— Seu pai pode se deixar enganar ou ser mole em relação à sua maldade, mas eu não. Estou alinhada com o Senhor, e Ele me dá *forças*. — A última palavra é dita tão alto que assusta até meu pai. Ela volta ao tom melódico. — Você faz que as pessoas sintam pena de você. De *você*? Se soubessem quem você é de verdade, elas também te bateriam para livrar você de todos os seus pecados e de toda a sua feiura.

Já faz muito tempo desde que parei de pensar que eu ainda poderia me surpreender com os adultos da minha vida. Passei minha infância toda sendo um saco de pancada literal e emocional. Depois de um tempo, se tiver sorte, você aprende habilidades de sobrevivência para seguir no fluxo em que os socos te empurram, em vez de ir contra eles. Não vou tentar esclarecer as coisas, porque aprendi muito tempo atrás que isso não ajuda em quase nada, se é que surte algum efeito. Mas algo dentro de mim está se revoltando e queimando. Uma a uma, sinto todas as emoções — que lutei tanto para conter — se libertando.

— Você desonra nossa família contando mentiras para estranhos e depois vai e conta para a escola toda sobre a semente de perversão dentro de você. Contou a eles?

— Voula, já chega.

— Não temos um filho. Não. Temos. Um. Filho.

Minha perna direita começa a tremer.

Meu pai olha de volta para a xícara de café e trava a mandíbula antes de começar a falar.

— Acho que deveríamos conversar com o pastor. Em família.

Tudo está em câmera lenta. O estranho é que, neste momento, não sinto nada. Não me sinto triste, feliz, bravo, nada. Estou sentado cheio de paz quando... *Bam!*

A xícara de café dela bate no meu rosto. De repente, a câmera lenta acelerou e agora está tudo rápido. *Bam!* Agora meu pai a está segurando. Ela está gritando e tentando escapar das mãos dele. Não consigo ouvir ou distinguir o que ela está dizendo. Tudo volta a ficar em câmera lenta. E sem som.

Ela se livra dele e vem me atacar, jogando-me da cadeira para o chão. Deitado de costas, ela sobe em mim e começa a bater no meu peito e a cuspir no meu rosto. Meu pai tenta tirá-la de cima de mim.

Depois, o silêncio some.

— Quero você morto!

Ele pula atrás dela e tenta mantê-la no chão. Ela continua gritando.

— Prefiro o luto de um filho morto do que ter você nesta casa.

Ela balança os braços para que meu pai a solte. Quando consegue, pega uma bandeja de madeira de cima da mesa e a ergue acima da cabeça, batendo-a no meu peito. Levanto os braços para tentar bloqueá-la e eles recebem os golpes.

— Tem um vídeo. Um. *Vídeo.* De você contando para o mundo todo que é um *pousti*! Estamos arruinados. Humilhados. Você nos matou. Você nem tem a decência de contar o que aconteceu. Tivemos que descobrir de estranhos. — Ela está se debatendo e tentando escapar do meu pai.

— Voula. Voula! Você precisa parar.

— Sempre odiei você, desde que você saiu de mim. Eu só queria uma família boa. — Ainda segurada pelo meu pai, minha mãe começa a chorar. — Queria uma família que tirasse minha dor. Minhas memórias. Um lugar bom onde tudo é do jeito que deveria ser.

— Voula, nossa família é boa. Eu já sabia. Eu sabia, você ouviu? Eu li alguns dos cadernos. Vi o vídeo. Eu sabia.

De repente, meu pai parece ter dois metros e meio de altura.

De uma vez, o corpo dela fica mole. Ela ainda está em cima de mim, olhando-me, mas agora está completamente mole. Ele solta as mãos dela. Estou deitado no chão, imóvel.

Um minuto se passa. Os olhos dela brilham de novo. Ela fecha as mãos em punho e começa a socá-lo.

Talvez seja a raiva que guardei por todos esses anos ou a visão dela batendo em outra pessoa, para variar. Mas é como se algo, enfim, clicasse para mim.

Pego minha mãe com força o bastante para arrancá-la de perto do meu pai. Carrego-a até a parede da sala de jantar e jogo o corpo dela ali. Eu a prendo contra a parede e encaro os olhos dela. A coisa que assumiu o controle sobre meu corpo agora vai para o meu cérebro. Sinto meu pai atrás de mim. Ele tenta me afastar dela como tentou afastá-la de mim. Eu a seguro com uma mão e o empurro com a outra.

Quero dizer algo, mas tenho a sensação de que a coisa vai sequestrar minha voz também. Talvez eu esteja mesmo possuído.

— Você não pode machucá-lo. Para. *Para!*

Não é minha voz, mas é minha voz.

Afasto minha mãe um pouco da parede e bato as costas dela de novo para mostrar que não estou brincando. E lá está — ela está brava e furiosa, e seus olhos estão cheios de tristeza e ódio. Mas tem algo novo ali. Medo.

Eu a solto e, de repente, tudo passa. A coisa que tomou conta de mim vai embora com a mesma rapidez com que apareceu, deixando-me ali parado, sem fazer nada.

Evan Panos.

Só eu.

Minha voz está calma e firme quando digo:

— Sou gay, mãe. Você me ouviu?

Encaro minha mãe chorando no chão. Abaixo-me. Ela me olha nos olhos e cospe em minha direção, acertando meu rosto. Eu limpo e digo:

— Não sou mau. Não sou feio. Não sou perfeito. Sou uma pessoa boa. Uma pessoa boa de verdade. — Ela continua chorando, mas dessa vez eu também choro. — Ainda sou o menininho que você buscou na Grécia. Você me quer? Do jeito que eu sou?

Eu a encaro.

— Meu Deus tem nojo de quem você é. — Ela para, olha para mim e, por um momento, vejo leveza nos olhos dela. E, então, acrescenta: — Eu também tenho.

Meu pai aparece atrás de mim e me levanta. Ele me arrasta para o quarto, coloca-me na cama, beija minha testa e fecha minha porta.

— Evan. Evan.

Meu pai me sacode.

Olho para ele. *Onde estou?*

Olho ao redor. É meu quarto.

— Acorda. Já são quase seis da manhã.

Levanto-me. Ainda estou vestido. Meu corpo todo dói. Pego o chapéu, coloco os sapatos e saio de casa em direção ao carro. Sinto-me indiferente. É como se eu nem soubesse o que está acontecendo, como se fosse só por hábito. Rotina. Tudo volta a ficar em câmera lenta. Quando me sento no banco do passageiro, abaixo o quebra-sol e vejo meu rosto no espelho.

— Limpei os cortes e coloquei Band-Aids nos que estavam mais sérios.

— Obrigado.

Olho para o meu pai, e ele não está fumando. Acho que esse seria um bom momento para acender um cigarro. Volto a olhar para a minha cabeça no espelho. Os curativos são pequenos, então os cortes não devem ser tão grandes, mas o hematoma é. Sinto minha cabeça, que lateja.

— Você não tem remédio para dor de cabeça aqui? — Fuço no porta-luvas.

— Não. — Meu pai encosta o carro.

— O quê... onde nós...

— Desculpa.

— Nós vamos para a... — Eu paro. Olho para ele. Nunca vi meu pai chorar. Ele não está chorando agora. Ele não fala sobre sentimentos.

— Ela vai superar isso. Eu prometo. — Ele não tira os olhos da rua.

— Pai. Por favor.

— Eu a conheço. Ela sempre se sente tão mal depois. É como se algo tomasse conta dela e ela não conseguisse parar. — Ele se vira para mim. — Ela te ama.

— Eu não posso mais ser amado assim. Isso vai me matar.

Isso é o mais perto que já cheguei de vê-lo suplicar para mim.

— Não vou deixar isso acontecer.

— Pai. Você não para ela. Não de verdade.

— Escuta. Vamos pegar rosquinhas. Vamos dar uma volta. Dar um tempo para ela relaxar. Depois fazemos um plano. Vamos ver o pastor e orar. Com a ajuda de Deus, vamos sair disso.

— Pai, eu vou me mudar. — Não acredito que eu disse isso, mas percebo que é verdade. É o que estive esperando para fazer desde que fiz dezoito anos.

Meu pai volta os olhos para mim e eu meio que espero que ele discuta comigo. Mas depois do que parece uma eternidade, ele assente. Fácil assim.

Continuo.

— Voltar não é uma... Eu não sei me colocar de volta naquela caixa. De volta naquele mundo. Eu não iria conseguir, nem se tentasse. Acho que eu...

— Posso te ajudar com a mudança. — As mãos estão firmes no volante, mas meu pai está tremendo. Ele respira fundo. — Podemos arrumar suas coisas quando eu voltar. Deve ter um lugar onde você possa... — Ele para e me olha, depois balança a cabeça. — Evan, meu coração está batendo tão rápido que parece que tenho dois.

Não sei o que dizer, então coloco a mão no ombro dele. Ele começa a chorar.

Paramos na Dunkin'. Quando entramos, meu pai acena para Linda e gesticula para eu ir me sentar. Ele fala com ela sozinho por um minuto. Ela olha para mim e sorri. Ele se senta ao meu lado e comemos o de sempre em silêncio. Quando terminamos, ele me leva de volta para casa e espera eu entrar no carro para sair de novo, rumo ao trabalho. Dirijo até o mosteiro.

Paro em frente aos portões com a caixa de metal no banco do passageiro. Rasgo as páginas dos cadernos.

Virar as páginas e rasgar as folhas.

Esta página? *Não.*

Esta? Sim.

Sim.

Sim.

Não.

Não.

Sim.

trinta e nove

Estou no estacionamento da escola, ainda no banco do motorista, quando Jeremy bate na janela, assustando-me. Abaixo o vidro e ele pergunta:

— Cara, de quem é este carro?

Suspiro.

— Entra aí.

Ele dá a volta para o lado do passageiro, abre a porta, joga a mochila no banco de trás e se senta ao meu lado.

— Quando ganhou?

— Isso não…

— Panos, seu rosto…

— Não vamos falar disso.

— Quem…

Quero deixar isso para lá, mas não vou mais fazer isso.

— Minha mãe. Eu não sou de me acidentar facilmente como dizia.

— Caralho. Eu não…

— Não precisa. Só fica aqui sentado comigo, tá? Estou esperando Henry.

— Ah. — Ele inclina a cabeça um pouco. — Ele deve me odiar.

— Aham. E tá errado?

— Não.

Ficamos em silêncio por um tempo antes de Jeremy dizer:

— Posso entrar com vocês?

— Não acho que vai ser legal.

— Me sinto um cuzão. — Ele encara a escola com os olhos semicerrados. — Sabe, eu não entendo completamente… o que você e Henry são... mas sei que o que aconteceu não foi certo. Você não deveria apanhar por ser quem é.

Olho para Jeremy.

— Sou gay. Henry também é. É só isso. Todo o resto... bem, não mudou nada. Sério.

Jeremy assente.

Saímos, e praticamente consigo ouvir a respiração de Jeremy. Ele está morto de medo. O rosto dele, que geralmente é rosado, está branco como uma folha. Henry nos vê e vem em nossa direção.

— Você só pode estar brincando.

— Ele quer entrar com a gente — digo.

Henry levanta meu queixo com a mão e começa a examinar meu rosto. Eu me afasto.

— Desculpa, está um pouco sensível.

— Ev, isso...

— Ela não vai mais me machucar. Foi a última vez.

Olho para Jeremy, que está imóvel, e depois de volta para Henry.

— Ele sabe que fez merda.

Henry suspira.

— A escolha é sua.

— Acho que quero que ele entre com a gente também.

Henry olha para Jeremy e muda um pouco o tom.

— Por mais que eu queira muito socar sua cara agora, pelo menos você não é completamente um cuzão.

Lembro-me de quando entrei no ensino médio. A inquietação e a ansiedade de como esse lugar seria sufocante eram tão grandes e amedrontadoras que eu tinha certeza de que o melhor jeito de passar por essa experiência seria de cabeça baixa, não chamando atenção.

Tá, não foi bem assim que aconteceu.

Nós três caminhamos até a entrada, e parte de mim sente a mesma ansiedade que senti no primeiro dia do primeiro ano, mas agora tem outra sensação. Uma de pertencimento. Meu lugar é aqui, com essas duas pessoas que estão andando comigo.

Quando entramos, olhamos uns para os outros, sabendo que no mínimo vamos ter histórias para compartilhar no fim do dia.

— A gangue dos B tá crescendo?

Nossa, nem demorou tanto. Tommy e os amigos não perdem tempo mesmo. Suponho que o B não quer dizer *bacanas*.

Ali aparece e diz:

— Jeremy? Sério? Acho que faz sentido.

Antes que qualquer um de nós possa reagir, o diretor Balderini aparece e se coloca no meio deles. Ele não é um homem muito rápido, mas é alto. Quase dois metros de altura e com o corpo de um jogador de defesa.

— Não. Nem pensem em começar nada. — Ele os bloqueia. — Vai todo mundo para a aula. Agora.

As pessoas começam a dispersar. O sr. Balderini fala:

— Tommy, Lonny, Scott e Gabe. Fiquem por perto. — Depois ele olha para mim e acrescenta: — Todo mundo para a aula. Estamos de olho em vocês. Nada de gracinhas. — Ele encara Tommy ao dizer essa última frase. — Panos, na minha sala, por favor. — Ele se vira para Tommy e os outros. — Vocês esperam do lado de fora da minha sala. Serão os próximos.

É a segunda vez em todo meu tempo de ensino médio que vou para a sala do diretor. Sento-me diante dele, esperando algum tipo de sermão.

— Você voltou — diz ele ao se sentar na cadeira.

— Sim, senhor.

— Como foi sua semana? O feriado?

— Bem.

— Conversei com os pais de Henry. Assisti ao vídeo. Falei com outros envolvidos depois de ter visto o vídeo.

— Sim, senhor.

— O senhor e a senhora Kimball quiseram esclarecer algumas coisas.

— Sim.

— Senhor Panos?

— Sim, senhor?

— Não foi você quem começou. Sinto muito. — Ele balança a cabeça.

— Eu apaguei por boa parte de tudo aquilo.

— Foi o que pareceu. Os alunos envolvidos vão ter consequências. O vídeo está com a polícia, eles vão precisar de uma declaração sua.

Ele limpa a garganta e abaixa o olhar para a mesa. Quando olha para cima de novo, vejo frustração e tristeza. Pela primeira vez, penso: *O trabalho dele deve ser difícil.*

A voz dele é firme, mas gentil:

— Pode me procurar sempre que quiser. Quero que saiba que você sempre terá um lugar seguro aqui. Isso eu garanto daqui para a frente.

— Sim, senhor.

— Me desculpe se eu ou qualquer outra pessoa nesta escola fez que você se sentisse incompreendido ou em perigo.

— Obrigado.

Por mais que eu seja grato pelo que está acontecendo aqui, o cara não consegue nem começar a entender metade do que passei.

Estou na metade do corredor antes de Tess Burgeon e duas colegas dela do time de vôlei aparecerem do meu lado.

— Oi, Evan. — A voz de Tess soa mais prepotente do que o normal. — Passou bem de feriado?

— Claro. E como foi o seu?

— Provavelmente não tão bom quanto o seu. A propósito, machucado legal. — Isso vem de Leesha Johnson.

Estamos no meu armário agora, e me viro para encará-las. Nunca tive qualquer tipo de experiência real e marcante com nenhuma delas. O único motivo de eu conversar com Tess é porque esperava ajudar Jeremy, antes de... bem, antes de tudo.

— Então, eu me sinto um pouco melhor sabendo que não tinha nada a ver comigo quando seu namorado não estava interessado em mim. — Acho que Tess está se gabando. — Porque ele não teria interesse em nenhuma garota.

Reviro os olhos e me volto para o armário. Eu as ouço se afastando.

Todas menos uma.

— Vamos, Kris! — grita Tess.

Viro-me e vejo Kris olhando para mim com um meio-sorriso.

— Que bom que você voltou, Evan.

Sorrio de volta.

quarenta

Todo mundo diz isso, mas desta vez o Natal realmente veio do nada. Isso foi o que aconteceu nas últimas semanas:

Perdi o emprego no empório porque o fluxo de clientes diminuiu.

Consegui o estágio na galeria de arte. Meu novo apartamento estilo estúdio é a duas cidades de distância e me permite focar em trabalhar nos meus desenhos. Até coloquei fita em alguns dos que minha mãe tinha rasgado. Eu os trouxe de volta para a vida, como o monstro de Frankenstein, e os entreguei ao sr. Q.

Por fim, agora trabalho na Dunkin'. Meus turnos são bem embaralhados, e alguns deles eu compartilho com a Linda. E, por mais incrível que pareça, não me cansei de rosquinhas. Ainda.

Nos meus turnos de manhã bem cedo, vejo meu pai. É estranho ficar do outro lado do balcão, servindo-o. Linda mora no duplex de frente para a loja. Meu apartamento fica do lado de trás — costumava ser um depósito, mas tem banheiro. Não sei se o aluguel está de acordo com a lei, mas para mim é um palácio. Linda passa lá em casa de tempos em tempos para ver se estou comendo. Eu ganho muitas rosquinhas e bagels que não foram vendidos ao longo do dia.

Vejo meu pai cerca de uma vez na semana. Ainda não vi minha mãe desde que fui embora. Sei que vai soar estranho, mas sinto falta da minha família. Não da minha família de verdade, mas da ideia do que ela poderia ter sido. Às vezes me pergunto o que teria acontecido, onde estaríamos, se uma só coisa tivesse sido diferente — se, de alguma forma, uma das coisas ruins que aconteceram nunca tivesse existido. Será que teria feito alguma diferença? Será que ainda estaríamos juntos?

Meu celular vibra.

Q hrs vc vem pra cá?

Respondo: Tô saindo daqui a pouco.
Henry responde: Feliz Natal

Henry é o primeiro a me cumprimentar com um abraço e um beijinho no rosto. Os pais dele são ótimos, mas um beijo de verdade não me deixa muito confortável na frente deles.

— Feliz Natal!

— Feliz Natal. — Eu o abraço de volta.

Claire e o sr. Kimball já estão na ilha da cozinha.

— Mãe, precisa fazer mais bacon. Não vai sobrar o bastante para o resto da família e o Nate quando eles chegarem aqui. — Claire coloca mais três tiras no prato.

— Feliz Natal. — A sra. Kimball coloca os braços ao meu redor.

— Que horas todo mundo chega mesmo? — pergunta Henry.

— Um pouco antes do jantar. Lá pelas cinco. — O sr. Kimball vem até mim e me envolve com um braço.

— Vou dar uma volta com Evan. O tempo está bom hoje. *Vamos?*

Eu o olho, um pouco perplexo. Henry levanta as sobrancelhas em minha direção e pega uma panqueca do monte.

— Vamos lá!

No carro de Henry, resisto à vontade de perguntar aonde estamos indo. Em vez disso, digo, da maneira mais casual possível:

— É a primeira vez que passo o Natal com sua família inteira.

— Está sentindo a pressão? — Ele olha para mim. O cabelo dele está mais escorrido do que o normal hoje.

Isso é um problema. Escondo minhas mãos embaixo da perna.

— Está nervoso? — pergunta ele.

— É claro.

— Deveria mesmo. Eu meio que sou o filho prodígio da família. A expectativa está alta.

— A Claire é a filha prodígio. Você é só um filho.

Nós rimos.

— Vai ser ótimo, e o que não for, nós fazemos ficar. Para ser sincero, só há dois babacas na minha família, e nem mesmo eles vão dizer alguma coisa. Se disserem, você sabe que Claire dá um jeito rapidinho. — Ele pega minha mão.

Paramos o mais perto do lago que conseguimos, logo depois do Museu Field. Ficamos só sentados ali no carro ainda ligado, olhando para a vista da linha de onde o céu encontra a cidade.

— É mágico, né? — Ouço a admiração na voz de Henry.

— Aham.

Ele se vira para mim e dá um sorriso leve e equilibrado. Talvez seja o reflexo do sol no lago batendo no para-brisa, mas os olhos verdes dele parecem estar ainda maiores e mais claros do que já vi.

Com sua mão direita, ele pega minha mão esquerda, e nossos dedos se apertam tanto que os meus começam a ficar dormentes. Mas esse tipo de dormência é bom. A última coisa que quero é que este momento acabe, mas fiz uma promessa para o sr. Kimball.

— É melhor voltarmos antes que fique mais tarde.

— Espera só mais um pouquinho. Preciso pegar uma coisa.

Henry sai do carro e o ar gelado entra com tudo. Ele dá uma corridinha até o porta-malas e eu o vejo tirar algo de lá, mas não consigo ver o que é. A porta se abre de novo, e o frio volta com Henry. Ele se joga no banco do motorista e me entrega um pacote embrulhado em papel marrom de formato retangular e mais ou menos com o tamanho de uma caixa de camisas.

— Deixei seu presente na sua casa. Achei que só trocaríamos à noite, com a sua família — digo.

— Isto é para você. Não queria entregar na frente de mais ninguém.

A luz batendo no carro desenha um brilho no rosto de Henry. Cada feição parece ter sido esculpida da pedra mais perfeita, só que ele é de verdade.

Minhas mãos tremem. Passo os dedos por cima de onde ele escreveu EVAN na parte superior direita. Só para ver se está mesmo ali. Viro o pacote de cabeça para baixo e, devagar, rasgo o embrulho.

Dentro tem uma caixa de papelão marrom. Viro a caixa de novo e a coloco no colo, abrindo-a.

Olho para Henry. Os olhos dele estão marejados.

Olho de volta para a caixa. Tiro o papel de seda branco. Dentro tem dez cadernos em preto e branco com pauta. Cada um tem um espaço em destaque no meio da capa com algumas linhas.

Em cada um desses espaços, ele escreveu: *Para cada dia normal.*

Sinto as lágrimas escorrerem pelo meu rosto.

— Você se lembrou.

Ele assente. Baixinho, diz:

— É um começo.

Henry estica o braço e me puxa para mais perto.

nota do autor

*"Se quiser ser amado, não mostre às pessoas
quem você é de verdade".*

Na primeira vez que ouvi essas palavras da minha
família, eu tinha cinco anos. Elas eram repetidas com
frequência e me assombraram por boa parte da minha
vida. Acreditei nelas e vivi de acordo com elas. Um dia,
comecei a odiar o que significavam.

Neste livro, Evan tem muito medo de que os outros
descubram o abuso que ele sofre em casa e sua sexualidade. Como muitos de nós, ele se esforça para separar os
diferentes pedaços da vida para conseguir lidar com tudo.
Mas, uma hora, não consegue mais manter tudo em caixas,
e todos os pedaços são expostos à luz do dia.

Na minha vida, passei anos tentando me esconder,
como Evan. Cresci em uma cidade pequena no centro-
-oeste, em uma casa rígida com pessoas gregas, e morria
de medo de que descobrissem sobre mim. Será que "ser
descoberto" faria minha família me amar menos? Será
que eu iria perder os amigos que me esforcei tanto para
fazer no ensino médio?

Quando minha família e eu chegamos nos Estados
Unidos, assim como a maioria dos jovens imigrantes, eu
tinha um único objetivo: entrosar-me. Tentar ser parte

daquele novo mundo. Destacar-me nunca foi uma intenção, mas era quase impossível evitar. Eu não tinha a mesma aparência que o restante dos garotos daquela cidade pequena. Os almoços feitos em casa que eu levava para a escola tinham um cheiro esquisito. Eu mal entendia essa língua nova e, nas vezes em que eu a falava, era gaguejando e com um sotaque estranho. Havia hematomas não explicados em meu rosto e meu corpo. E eu era gay.

Tudo isso levou à imagem de alguém que não estava fazendo um bom trabalho em ser invisível. Mas tentei. Eu me esforcei muito para ser um bom aluno, um bom cristão, um bom filho. Falhei drasticamente em tudo isso, até não conseguir mais fingir. Eu não queria mais fingir. O processo de me declarar gay foi lento e levou um tempo, nada ousado como a situação de Evan. Eu lutei muito para me aceitar, mas, quando consegui, minha vida ganhou outro significado.

Apesar de psicólogos terem me incentivado a escrever minhas experiências como forma de cura, eu nunca passava da primeira página. Doía muito. Eu tinha chegado num patamar em que podia falar com um profissional sobre o que passei, mas colocar no papel era como me expor demais, verdadeiro demais.

Minha melhor amiga, Jennifer Niven, sugeriu que eu desse a história a outra pessoa. Naquela noite, comecei a escrever, e Evan apareceu de repente.

Tive muita sorte pela forma como minha vida mudou nos últimos anos, mas nada aconteceu por acidente. Inúmeras pessoas me mostraram o que significa ser amado e apoiado incondicionalmente. Pessoas que se tornaram minha família por escolha.

Sentir-me isolado, com medo, com pensamentos suicidas, errado e indigno eram coisas com as quais eu lutava. Felizmente, aprendi que não estou sozinho. Sei que muitos jovens por aí estão com dificuldades — eu os conheci enquanto viajava pelo país a trabalho. Por favor, saibam que existem pessoas e organizações que podem apoiá-los. Eles querem ajudá-los. Deixem que façam isso. Procurem ajuda e mostrem ao mundo quem vocês são de verdade.

organizações nacionais

No site da Associação Brasileira de Lésbicas, Gays, Bissexuais, Travestis, Transexuais e Intersexos (ABGLT), há uma lista mais completa de diversas organizações de auxílio a pessoas LGBTQIAP+ espalhadas pelo Brasil. Visite: abglt.org/associadas.[1]

A seguir, listamos alguns sites e redes sociais de ONGs que podem ajudar você.

Grupo Arco-Íris (Rio de Janeiro/RJ)
www.arco-iris.org.br

Casa Um (São Paulo/SP)
www.casaum.org

Mães pela Diversidade (São Paulo/SP)
www.maespeladiversidade.org.br

Grupo Dignidade (Curitiba/PR)
www.grupodignidade.org.br

---

[1] Os sites enumerados nesta seção foram acessados e estavam ativos em 9 mar. 2022.

Grupo Gay da Bahia (Salvador/BA)
www.grupogaydabahia.com

Instituto Boa Vista (Recife/PE)
www.institutoboavista.org.br

Projeto It Gets Better Brasil
www.itgetsbetter.org/brasil

Eternamente Sou | Centro de referência para idosos LGBT
www.eternamentesou.org

redes sociais

@instituto.lgbt
Instituto LGBT+ (Brasília/DF)

@nuanceslgbts
Nuances | Grupo pela livre expressão sexual (Porto Alegre/RS)

@AIgualdade
Igualdade RS | Associação de Travestis e Transexuais do Rio Grande do Sul (Porto Alegre/RS)

@SomosBR
Somos | Comunicação, saúde e sexualidade (Porto Alegre/RS)

@paradasp
APOGLBT | Associação da Parada do Orgulho de Gays, Lésbicas, Bissexuais e Transgêneros de São Paulo (São Paulo/SP)

@casaflorescer1
Casa Florescer | Centro de acolhida para travestis e mulheres transexuais (São Paulo/SP)

@perfilmovimentodellas
Movimento D'ellas (Rio de Janeiro/RJ)

⊙ @casanem
CasaNem (Rio de Janeiro/RJ)

f @adehonline
ADEH | Associação em Defesa dos Direitos com Enfoque em Gênero e Sexualidade (Florianópolis/SC)

⊙ @ongtransvest
TransVest (Belo Horizonte/MG)

⊙ @casatransformar
Casa Transformar | Casa de acolhimento LGBTQIAP+ (Fortaleza/CE)

⊙ @transviver
Instituto Transviver (Recife/PE)

⊙ @casasatine
Casa Satine | República de acolhimento, clínica social e espaço cultural (Campo Grande/MS)

⊙ @aurora_casalgbt
Casa Aurora | Centro de cultura e acolhimento LGBTQIA+ (Salvador/BA)

⊙ @casamigalgbt
Casa Miga | Acolhimento LGBT+ (Manaus/AM)

organizações LGBTQIAP+ internacionais

The Trevor Project
www.thetrevorproject.org

It Gets Better Project
www.itgetsbetter.org

LGBT National Help Center
www.glbthotline.org

GLSEN (Gay, Lesbian & Straight Education Alliance)
www.glsen.org

PFLAG (Parents and Friends of Lesbian and Gays)
www.pflag.org

abuso

Em caso de gravidade extrema, a recomendação é ligar diretamente para a Polícia Militar (190).

Disque Direitos Humanos — Disque 100, gratuitamente, de qualquer localidade no Brasil.

Acionar o conselho tutelar da região.

Buscar uma delegacia de polícia na região.

Enfrentamento à violência contra a mulher — Disque 180.

Ocorrências em rodovias federais, como tráfico e exploração sexual de crianças e adolescentes — Disque 191 (Polícia Rodoviária Federal).

Serviços de assistência social locais — Centro de Referência de Assistência Social (CRAS) e Centro de Referência Especializado de Assistência Social (CREAS).

Instituto Médico Legal (IML), órgão vinculado à Secretaria de Segurança Pública local.

Ministério Público (MP).

Poder Judiciário.

bullying

Referências nacionais
Central de segurança do Facebook contra o bullying
www.facebook.com/safety/bullying

Helpline | Canal de ajuda
www.canaldeajuda.org.br/helpline

Abrace | Programas Preventivos: Escola sem Bullying
www.abraceprogramaspreventivos.com.br

Referências internacionais
Stomp Out Bullying
www.stompoutbullying.org
StopBullying
www.stopbullying.gov

agradecimentos

Quando morei em Nova York, eu andava ao menos treze quilômetros todos os dias. Dá para pensar em muita coisa e chegar em muitas soluções durante uma boa caminhada. Dá para descobrir ainda mais nesse tempo não só sobre o mundo físico ao seu redor, mas também sobre o mundo na sua cabeça. Quando comecei a escrever *A perigosa arte de ser invisível*, acabei indo a muitas dessas caminhadas por Nova York na minha cabeça. Havia muitas memórias sobre experiências pessoais em que eu estava trabalhando. Quando, enfim, terminei de colocá-las em uma história, morri de medo ao pensar que outra pessoa leria tudo aquilo. Essa pessoa foi minha agente forte e inteligente, Kerry Sparks. Sua sabedoria, seu cuidado e a sensibilidade de sua edição me deram a coragem para escrever a partir de um lugar bastante autêntico. Obrigado, Kerry, e a todos na Levine Greenberg Rostan, por serem maravilhosos.

Obrigado, Alessandra Balzer, minha editora genial da Balzer + Bray. Sem seus comentários, inteligência e confiança total nesta história, eu não acho que teria a coragem de ir cada vez mais fundo. Obrigado por me apoiar e por ser uma parceira no meu amor por carnes e queijos. Alessandra, você e todo o time na Balzer + Bray/ HarperCollins encheram minha bola: Kelsey Murphy, Renée Cafiero, Alison Donalty e Michelle Cunningham, Jenny Sheridan, Kathy Faber, Jessie Elliot, Kerry Moynagh e Andrea Pappenheimer, Cindy Hamilton e Stephenie Boyar, Nellie Kurtzman, Sabrina Abballe, Bess Braswell e Jace Molan.

Obrigado a toda a minha família de amigos, que nunca julgam, sempre torcem por mim e estão prontos para encontrar mais um espaço na parede para comida e bebidas — sobretudo a imensamente talentosa e incrível Jennifer Niven, que ouviu cada uma de minhas ideias arriscadas e me incentivou a melhorar com gentileza. Você, querida amiga, minha irmã, minha melhor parte, nunca vai entender totalmente o que significa para mim.

Obrigado a Judy Kessler, por me preparar os *melhores* jantares de macarrão em Los Angeles *do mundo*. E por acreditar e ter visto algo em mim anos atrás, quando eu mesmo não enxergava.

Obrigado a uma de minhas primeiras leitoras, Beth Kujawski, por suas palavras sábias sobre um manuscrito bem inicial e por toda a sua genialidade na cozinha. Juro, não tem como se referir ao que essa mulher consegue fazer com farinha, manteiga e açúcar se não como um milagre.

Obrigado, Josh Flores, por ser meu primeiro leitor adolescente e por seu entusiasmo contagiante, não só por esta história, mas pelas de outros livros e autores em geral. Mal posso esperar para ler seu primeiro livro.

Meu cachorro mal-humorado, Baxter, que infelizmente faleceu seis meses antes de este livro ser lançado, foi adotado e me adotou. Todo mundo que tem um animal de estimação sabe muito bem o poder que eles têm sobre nossas almas. Obrigado, Baxter, por não facilitar as coisas para mim, mas sempre as fazer valerem a pena.

Um grande agradecimento, acima de tudo, a Ed Baran (e sua família) por cuidarem tão bem do meu coração e nunca me deixarem esquecer que sou amado. Seu apoio e seu amor incondicionais abriram tantas portas para mim, inclusive a deste livro.

Por último, obrigado a todas as pessoas com quem conversei que estão por aí, vencendo do outro lado de seus traumas de infância. Para mim, vocês são heróis e heroínas.

sobre o autor

Angelo Surmelis foi criado na Grécia até imigrar para Illinois, aos seis anos. Atualmente, mora em Los Angeles. Como designer ganhador de prêmios, o trabalho de Surmelis já apareceu em mais de cinquenta programas de televisão, incluindo o *Today Show* e *Extra*, além de revistas como a *InStyle*, a *TV Guide* e a *Entertainment Weekly*. Já foi apresentador de emissoras como a HGTV e a TLC. Este é seu primeiro romance.

Você pode encontrá-lo na internet em: www.angelohome.com.